한국 현대시의 형식과 기법

안현심

국학자료원

책머리에

그동안 썼던 논문과 평론을 정리하여 책으로 묶는다. 두 종류의 글을 한데 묶는 것은 그 성격이 크게 다르지 않다고 생각하기 때문이다. 물론 접근 방식이 다소 다르긴 하지만, 인문학 특히 현대문학 분야에서의 두 글은 지성과 감성이 조화를 이루는 경지에서 탄생하기 때문에 유사한 맥락을 점하는 것이 사실이다.

오늘 새벽 산책길에선 노부부를 만났다. 삽상한 바람과 살랑대는 나뭇잎, 풀벌레 울음소리에 둘러싸여 얼굴을 맞대다시피 웃고 있었다. 무심한 척 지나치며 바라본 얼굴은 주름투성이였고, 앞니가 빠진 입에선 단내가 날 듯도 싶었다. 그럼에도 불구하고 마주보는 얼굴, 저 모습이 학문이요 문학이 아닐까. 가장 허름한 곳에서 탄생하는 우아한 사랑. 지식과 지혜가 무르녹은 얼굴을 종일 그리워했다.

가식을 좇지 않으며 본성을 귀히 여기는 글을 써야겠다. 자연에서 왔으면서도 잘난 짐승인 양 우쭐대다가 다시금 자연을 인식하는 이즈음, 학문도 창작도 더욱 자연스러워져야겠다는 생각이다. 이 산고를 치르고, 쓸쓸히 비워내는 가을이 가고 나면, 내 얼굴도 초연한 자연을 닮아 있으리라.

2015년 10월
가을의 한가운데서 안현심 쓰다.

목 차

제2부:

지성과 감성의 변주

제 1 부 | 한국 현대시의 얼개

김영석의 '사설시' 연구

1. 서론

김영석은 첫 시집 『썩지 않는 슬픔』(창작과비평사, 1992)을 시작으로, 『나는 거기에 없었다』(시와시학사, 1999), 『모든 돌은 한때 새였다』(시와시학사, 2003), 『외눈이마을 그 짐승』(문학동네, 2007)을 펴내기까지 산문형식과 운문형식이 하나의 구조로 결합된 작품을 선보여 왔다. 이러한 시 형식을 최동호는 "『삼국유사』의 「황조가」, 「헌화가」 등에서 그 단초를 볼 수 있는 시적 변형"[1]이라고 언급하였고, 김영석 자신은 "산문으로 된 이야기를 배경으로 두고 쓴 시로서, 시와 산문이 하나의 구조로 결합되면서 좀 더 높은 수준의 새로운 시적 영역을 열고자 시도한 '사설시(辭說詩)'"[2]라고 명명하고 있다.

'사설시'는 첫 시집 『썩지 않는 슬픔』에 「두 개의 하늘」, 「지리산에서」, 「독백」, 「마음아, 너는 거름이 되어」 등 4편이 실려 있고, 두 번째 시집 『나는 거기에 없었다』에는 「매사니와 게사니」, 「바람과 그늘」, 「거울 속

---

1) 최동호, 「삶의 슬픔과 뿌리의 약」, 『썩지 않는 슬픔』, 창작과비평사, 1992, 138쪽.
2) 김영석, 「서문」, 『외눈이마을 그 짐승』, 문학동네, 2007, 5쪽.

모래나라」, 「길에 갇혀서」가 실려 있다. 세 번째 시집 『모든 돌은 한때 새였다』에서는 「세설암을 찾아서」라는 사설시가 서문처럼 배치되어 있고, 시집을 구성하는 나머지 시들은 「세설암을 찾아서」가 구현하는 세계를 구체적으로 형상화하는 역할을 담당하고 있다. 네 번째 시집 『외눈이마을 그 짐승』에는 '관상시'[3]가 선보이면서 '사설시'는 「외눈이마을」, 「그 짐승」, 「포탄과 종소리」 등 3편이 실려 있다. 다섯 번째 시집 『바람의 애벌레』에는 '사설시'라고 명명되는 시 형식은 보이지 않는다.

그렇다고 하여 사설시가 김영석의 관심에서 멀어진 것은 아니다. 그는 사설시를 모은 시집 『거울 속 모래나라』(황금알, 2011) 서문에서 "나는 앞으로도 기회가 닿는 대로 이러한 사설시를 조금 더 써볼 생각이다."라고 말하고 있기 때문이다. '사설시'는 지대한 시적 관심과 함께 오랫동안 김영석의 창작 동력으로 작용해온 것이 사실이다. 이 연구에서는 김영석이 끈질기게 시도한 '사설시'의 형식적인 측면과 표현 방식을 알아보고, 어떠한 주제를 구현하고 있는지 살펴보기로 하겠다.

그동안 김영석의 시세계는 평론가들에 의해 빈번하게 논의되어 왔지만, 학위논문으로는 한 편의 석사학위논문[4]이 있을 뿐이다. 하지만 김영석의 시가 '도(道)의 세계'를 구현한다든지, '사설시', '관상시' 등 새로운

---

3) 동양의 철학과 시는 상(象)을 직관하는 것을 중시하는 전통이 있고, 서양의 철학과 시는 의미의 사고를 중시하는 전통이 있다. 한쪽은 직관의 길이요, 다른 쪽은 사고의 길이다. 상과 직관은 일차적이고 자연적인 것이요, 의미와 사고는 이차적이고 문화적인 것이다. 그런데 오늘날은 사고의 힘이 일방적으로 지배하는 상황이 되었다. 이러한 상황에서 참다운 현실 혹은 자연으로 돌아가고자 하고, 사고의 인위적이고 지적인 조작으로부터 직관의 자연적인 본능으로 회귀하고자 하는 반동이 생기는 것이 당연하다. 바로 여기에서 동양의 시적 전통에 따라 상의 직관을 위주로 하는 관상시가 요청된다(김영석, 「관상시에 대하여」, 『외눈이마을 그 짐승』, 문학동네, 2007, 165~166쪽 참고).
4) 조미호, 「김영석 시 창작법 연구」, 단국대학교 대학원 석사학위논문, 2008.

형식을 끊임없이 추구해온 점을 감안한다면 앞으로 많은 논의가 이어지리라고 믿는다. 이 논문이 그러한 연구에 마중물 역할을 할 수 있기를 바란다.

2. 시의 형식과 기법

1) 고대시가와 향가, 판소리 형식의 재현

우리가 창작물이라고 지칭하는 것은 순수한 창작품이라기보다는 과거에 존재했던 사실들에 대한 '재발견' 또는 '인유'라고 할 수 있다.[5] 인유는 '다시쓰기(rewriting)' 혹은 패러디(parody)와 동일한 맥락으로도 이해할 수 있다. 다시쓰기 혹은 패러디는 주로 문학작품들 간에 이루어지고 있으나 장르를 뛰어넘어 판소리를 패러디한 시작품이 창작되기도 하고, 설화가 소설이나 영화로서 패러디되기도 한다.[6] 이러한 사실은 내용적인 측면에 대한 언급이지만, 형식적인 측면에서도 과거에 존재했던 형식들을 인유해올 수 있다는 점을 상기한다면 패러디와 동일한 맥락에서 이해할수 있을 것이다.

김영석이 추구하는 사설시의 구조를 살펴보면 '고대시가' 형식을 닮아있기도 하고, '설화'와 '향가'가 하나의 구조로 결합된 『삼국유사』의 형식

---

5) 러시아 형식주의자들은 새로운 예술 형식을 독창적인 표현 기법이라기보다는 선행 시대의 형식들 속에 감춰진 것들을 발견하는 행위로 보았다.
6) 안현심, 「서정주의 『학이 울고 간 날들의 시』 연구」, 『한국언어문학』 제73집, 한국 언어문학회, 2010, 238~239쪽.

을 닮아 있기도 하다. 그런가하면 '아니리'와 '창'을 번갈아 시연하는 판소리 형식을 닮아 있기도 하다. 그러한 측면에서 김영석의 사설시를 '고대 시가 혹은 향가와 판소리 형식의 재현'이라고 언급해도 무리한 판단은 아닐 것이다.

　내가 15세기 조선시대의 기인 매월당의 죽음에 대한 그 파천황의 이야기를 들은 것은 어수선하고 스산하게 한 해도 다 저물어가는 1980년 12월 말일경, 유난히도 추운 어느 날이었다. 마침 그때 나는 무슨 일로 충청도 홍산에 있는 처가에 내려갔다가 매월당이 임종하기까지 그의 말년을 의탁하고 있었다는 만수산의 무량사에 잠시 들렀다. 거기서 한 늙은 스님과 매월당에 대한 이런저런 이야기를 하게 되었는데, 좀 황당하게 들리는 그 이야기를 스님은 이렇게 더듬더듬 말하는 것이었다. "그전부터 내려오는 이야기를 그저 주워들은 것이긴 합니다만, 그분이 생전에 보인 여러 기행들을 생각하면 미상불 그럴 듯도 해요. 죽고 난 뒤 화장을 하지 말라는 유언을 남기고 그분은 곧바로 똥통 속으로 들어갔다고 합니다. 그리고 똥통 속에 들어앉아서 무슨 노래를 부르다가 열반에 드셨다는 거지요. 더러 큰스님들이 가부좌하거나 혹은 서 있는 채로 입적하는 일이 있고 심지어는 물구나무 선 채로 사대 육신을 벗기도 했다는 이야기를 들어보긴 했습니다만 그분처럼 똥통 속에 들어가서 입적한 것은 실로 고금에 없는 일이지요. 그리고 또 이상한 것은 관곽을 이 무량사 곁에 3년 동안 모셨다가 장사지낼 적에 관을 열어보니 그 얼굴이 마치 살아 있는 것과 같았다는 것입니다. 그래서 모두들 그분이 부처가 되었다고 말했다는 것이지요." 어디까지 믿어야 할지 알 수 없는 이야기이긴 하지만, 한편으로는 그것이 사실일지도 모른다는 생각이 들었다. 왜냐하면 매월당 그에게는 생전에 이미 스스로 똥통 속에 몇 번 들어갔었다는 이야기가 널리 전해지고 있기 때문이다. 그가 젊어서 삼각산 중흥사에서 글을 읽고 있을 때, 세조가 어린 단종을 제치고 왕위에 올랐다는 소식을 듣고 그는 처음으로 똥통 속에 들어가서 큰 소리로 울었다고 한다. 그리고 훗날에 그의 재주를 아까워하던 임금이 벼슬을 주기 위해 관원을 시켜 그를 모셔 오라고 했을 때, 그는 또 똥통 속에 들어가서 관원들이 아예 접근조차 하지 못하도록 했다고도 한다. 이런 이야기들로 미루어보면 그가 똥통 속에서 입적했다는 것이 전혀 사실무근한 일로만은 여겨지지 않는다. 그러나 무엇보다도 그 이야기에 설득력을 주는 것은 그가 생전에 자신의 초상화에 붙였다는 찬시다. 그 찬시에 그는 "네 모습 지극히 약하며 네 말은 분별이 없으니 마땅히 구렁 속에 빠질지어다"라고 하였던 것이다. 그런데 가만히 생각해보면, 그의 사상과 행위에 얽혀서 하나의 뜻 깊은 문맥을 이루고 있는 그 분뇨의 상징적 의미가 얼핏 생각하는 것과는 달리 어딘지 영 쉽게 풀리지 않는 구석을 지니고 있는 것이다. 부정하고 혼탁한 세속의 현실과 권세를 풍자하고 냉소하는, 그리고 엄격한 자기 책벌의 가열한 도덕적 의지를 보여준다는 차원에서만은 그 의미가 잘 이해되지 않는 구석이 있는 것이다. 특히 그의 임종시의 행위가 그렇다. 나는 그도 생전에 이 무량사의 도량에서 무연히 바라보았을 먼 하늘을 한동안 망연히 바라보았다. 낮게 드리운 잿빛 겨울 하늘에 수염은 기른 채 머리만 깎은 그의 모습이 잠시 환영으로 보이는 듯했다. 몇 세기의 까마득한 세월을 사이에 두고 나는 그가 똥통 속에서 불렀다는 그 노래를 마치 장님이 뭐 만지듯이 한번 희미하게 떠올려본다.

　　　　　　　　　　　　　　— 「마음아, 너는 거름이 되어」산문부분

　시 「마음아, 너는 거름이 되어」의 산문부분은 매월당 김시습의 행적에 관해 듣는 것으로부터 시작된다. 이 부분은 직접화법을 삽입하기도 하면서 산문형식으로 형상화되다가, 제2연에서 운문형식으로 마무리된다. 산문에서 운문으로 넘어갈 때는 "이러매 내가 노래한다", "대강 맞추어서 여기에 적어본다", "신음하듯 낮게 중얼거렸다", "희미하게 떠올려본다" 등의 표현을 사용함으로써 운문형식의 노래가 등장할 것임을 예고하는데, 사설시의 이러한 형식들은 『삼국유사』에서 일연이 향가의 배경설화나 사건의 경위를 기술한 후 "이에 찬한다(讚曰)" 혹은 "이에 사(詞)를 지어 경계한다"라고 하면서 '향가' 또는 '게(偈)', '사(詞)'를 도입한 것과 다르지 않다.

　인용시의 산문부분에서는 매월당이 똥통에서 임종을 맞이한 사실에 대해 의문을 제기한다. 큰스님들이 가부좌하거나 물구나무선 채로 임종했다는 소리는 들어봤지만, 똥통에서 열반했다는 소리는 들어본 적이 없기 때문이다. 이렇게 문제를 제기해놓고, 운문부분에서 분뇨가 함의하는 의미를 시인의 주관적인 노래로 풀어내고 있다.

　　　　너희들이 내어버린 세상을
　　　　내가 가지마
　　　　너무 커서 손아귀로 움켜잡지 못한 것들
　　　　너무 작아 육신의 눈으로는
　　　　볼 수 없었던 것들
　　　　이제는 바람 재워 내가 기르마

　　　　세상의 크고 작은 모든 책들과
　　　　한 줌 내 머리칼을
　　　　캄캄한 무쇠 속에 불 지르고
　　　　나는 창자를 비워버렸다
　　　　너희들이 그토록 즐기는 고기와 떡을
　　　　이제 마음은
　　　　입이 없어 먹지 못한다

　　　　이제 나는
　　　　너희들이 더럽게 내어버린 오물을
　　　　다툼 없이 홀로 차지한다
　　　　오물의 감추인 뼈와 씨앗을
　　　　그 맑은 하늘과 흰 구름을
　　　　대지의 더운 입김으로 껴안는다

마음아, 무량한 마음아
너는 언제나
이 세상의 가장 더러운 거름이 되어
늘 푸른 만민의 허공으로 눈 떠 있어라.
　　　　　　　　　―「마음아, 너는 거름이 되어」 운문부분

「황조가」나 「공무도하가」, 「구지가」 등의 고대시가가 배경설화와 함께 전승되어왔다는 것은 익히 알고 있는 사실이다. 김영석의 사설시가 사건을 설명하는 산문부분과, 산문부분을 다시 한 번 응축하여 운문으로 마무리하고 있다는 것은 고대시가 형식을 인유해왔다고 주장할 수 있는 근거가 된다.

　그런가하면 김영석의 사설시를 판소리 형식의 재현으로 이해할 수도 있다. 판소리의 구조는 '아니리'와 '창', '너름새', '발림'으로 구성되는데, 공연할 때 창자는 음률이나 장단이 실리지 않은 일상적 어조의 말로 '아니리'를 읊다가 '창(소리)' 부분에서는 가락을 얹어 노래를 한다. 여기서 사설시의 산문부분은 판소리의 '아니리'에 해당하며, 운문부분은 '창'에 해당한다. 새로운 시 형식에 대한 시인의 고민은 고대시가와 향가, 판소리 형식을 현대시의 표현 기법으로 차용하면서 '사설시'라는 독특한 영역을 탄생시킨 것이다.

2) 이야기/시 형식의 도입

　'이야기' 즉 'narrative'란, 그리스어로 'mythos'이고, 영어로는 'myth'이다. 그리스어에는 '언어' 혹은 '말'이라는 단어가 여러 개 있지만, 그 중에서도 대표적인 것이 '로고스(logos)'와 '미토스(mythos)'였다. 전자는 논리적 · 이성적 · 직접적 · 추상적인 언어이며, 후자는 비논리적 · 감각적 · 암시적 · 구체적 언어이다. 논리적인 개념이나 이성적 사유는 '로고스'의 언어로 충분히 표현하거나 전달할 수 있지만, 이 세상은 이성만으로는 해명될 수 없는 것들이 많고, 이성으로 설명할 수 없는 것이 세계의 본질 혹은 토대를 이룬다. 그리하여 고대인들은 이성이나 논리적 사유로 해명할 수 없는 문제들을 간접적으로 깨우치도록 하기 위하여 '이야기'라는 형식의 언어를 개발하기에 이르렀다. 이것이 신화, 즉 '미토스'라 불리는 '이야기'이다.[7]

김영석의 사설시에서 산문부분은 비논리적, 감각적, 암시적 언어의 이야기 형식을 지닌다. 그런가하면, 운문부분은 산문에서 이야기한 내용이 시적으로 응축되어 형상화된다. 김영석의 이러한 시 형식을 본고에서는 '이야기/시' 형식이라고 지칭하겠다.

김영석의 두 번째 시집 『모든 돌은 한때 새였다』의 서문 격인 「세설암을 찾아서」는 매우 흥미롭다. 「세설암을 찾아서」는 사설시의 산문부분에 해당하지만, 시집의 맨 앞에 위치하기 때문에 독자들은 자칫 시집의 서문이라고 생각하기 쉽다. 글의 말미에 '2003. 12, 청계산 기슭 삼가재(三可齋)에서, 김영석'이라고 붙여놓았기 때문에 독자라면 누구든 속을 수밖에 없다. 목차가 시작되는 부분에서도 서문이 위치할 자리에 「세설암을 찾아서」를 배치한 후 하단에 제1부, 제2부, 제3부의 시들을 배열해 놓고 있다.

그런데 자세히 살펴보면, 제1부, 제2부, 제3부의 시들은 「세설암을 찾아서」에서 구현하는 형이상학적 세계가 응축되어 형상화되고 있음을 알 수 있다. 이러한 구조를 큰 틀에서 조망하면, 한 권의 시집이 한 편의 사설시로 구성되어 있다고 주장할 수도 있다. 즉, 서문 격인 「세설암을 찾아서」

---

7) 오세영, 「색계(色界)와 무색계(無色界)를 넘어서」, 『80소년 떠돌이의 시』, 시와시학사, 2001, 112쪽 참조.

는 사설시의 산문부분이 되고, 제1부, 제2부, 제3부의 시편들은 산문을 구체적으로 응축한 운문부분에 해당하는 것이다. 이러한 사실은 「세설암을 찾아서」의 다음 내용이 증명해준다.

> 여기에 묶은 대부분의 시편들은 원래 『세설암시초(洗雪庵詩抄)』라는 제목 아래 연작시 형식으로 쓰기 시작한 것들이다. 나중에 연작시 형식을 버렸지만 어쨌든 이 시들은 세설암이라는 전설 속의 암자와 그 암주 세설대사와의 다소 기이하고 비현실적인 만남으로부터 비롯된 것들이다. 그러니 이 자리를 빌려 서문 삼아 그 이상한 인연에 대하여 대강이나마 이야기를 해 두는 것이 좋을 것 같다.[8]

이렇게 전제한 뒤 김영석은 본격적인 이야기꾼이 되어 '세설암'이라는 전설 속의 암자와 그 암주 '세설대사'와의 기이하고도 비현실적인 만남을 맛깔스럽게 구연한다. 구체적인 행정구역까지 등장하는 이 이야기가 운문을 탄생시키기 위한 허구라는 사실을 알아차리는 사람은 드물 것이다.

> 내가 그곳에 처음 갔던 것도 벌써 십 오륙 년이 흘렀다. 그때만 해도 그곳에서 겪었던 일들이 그렇게 오래도록 내 의식의 어두컴컴한 밑바닥에 가라앉아 있다가 십여 년의 세월이 흐른 뒤 어느 날 갑자기 생생하게 살아나서 한동안 내 정신을 강렬하게 사로잡으리라고는 꿈에도 몰랐다.
> 경상북도 상주군 화남면 동관리 절골.
> … (중략) …
> 한여름의 땡볕 속을 한나절 걸어서 예닐곱 가호나 될까 말까하는 산기슭 마을의 끝 그의 집에 이르렀을 때 나는 예사롭지 않은 주변 광경에 잠시 발을 멈추었다. 그의 집으로 들어서는 입구부터 그 집 뒤편으로는 무릎을 넘는 쑥대와 잡초들이 우거진 아주 널따란 평지였고,

---

8) 김영석, 「세설암을 찾아서」, 『모든 돌은 한때 새였다』, 시와시학사, 2003, 9쪽.

거기에 연이어 한쪽으로는 동네사람들이 일구어 먹는 밭들이 널부러져 있었다. 그런데 잡초 사이 어기저기는 말할 것도 없고, 밭 한가운데까지 거대한 주춧돌들이 흩어져 있었다. 좀더 자세히 보니 개중에는 이끼가 긴 탑신이 해체된 채 흩어져 있기도 하고, 거의 온전한 모습으로 서 있는 탑도 보였다. …… 놀라움과 호기심으로 밭 가운데로 들어서니 거대한 너럭바위가 있었는데, 한가운데에 바둑판이 그려져 있었다. 빙 둘러보니 눈이 미치는 대로 그 드넓은 일대가 온통 유적의 잔해물들이었다.

—「세설암을 찾아서」 일부

이러한 산문부분과 대응하면서 구체적으로 응축된 시작품이 「버려둔 뜨락」이다.

뜨락을 가꾸지 않은 지 여러 해
온갖 잡초와 들꽃들이
절로 깊어졌다
풀숲 여기저기 흩어진 돌들은
깊은 생각에 잠겼다
이제 내 마음대로
저 돌들을 치우고
잡초를 뽑을 수 없다는 것을
조용히 깨닫는다.

—「버려둔 뜨락」 전문

시 「버려둔 뜨락」이 상정하고 있는 공간은 한때 승려들이 기거하며 도를 닦았던 세설암 터이다. 김영석은 온갖 잡초가 우거진 세설암 터를 "절로 깊어졌다", "깊은 생각에 잠겼다"라고 표현함으로써 숙연하고도 고요한 우주의 현상을 형상화하고 있다. '버려둔'이라는 말 속에는 의도적으로 방치해놓았다는 의미가 함축되어 있다. 뜨락을 의도적으로 방치한 행위의 이면에는 천년 인연의 현장을 인위적으로 바꾸어놓고 싶지 않은 시인의 내면이 반영되었다고 하겠다. 김영석은 세설암 터에 흩어진 돌과 잡초들이 제멋대로 누워서도 인연의 몫을 충분히 해낸다는 사실을 인지하고 있는 것이다.

시「거울 속 모래나라」를 보면, 거울 속에 빠진 사내가 다시 거울 밖으로 나오는 환상적 이야기가 산문부분에 제시되고, 그 이야기에 빙의된 시인의 노래가 운문 형식으로 뒤따르는 구성 방식을 취하고 있다. 이러한 사실을 보더라도 김영석의 사설시가 '이야기/시' 형식을 지향한다고 언급할 수 있겠다. '이야기/시' 형식에서 독자는 흥미로운 이야기를 산문으로 읽다가, 운문부분에서는 이야기와 사뭇 다른 느낌의 노래를 접하게 되는 것이다. 시인은 "산문(이야기)으로 담아내기에 격렬한 메시지를 운문의 리듬으로 전달하는 것이다. 이야기꾼이 무당의 춤을 끊임없이 말로 풀어낸다면, 노래하는 이(시인)는 무당의 춤을 그대로 재현"9)한다고 할 수 있다.

한편, 사설시의 운문은 산문부분에서 제기한 문제에 대한 '해답'의 성격을 지니기도 한다. 김영석은 철학적인 문제, 양심적인 문제, 삶에 대한 문제를 산문형식으로 제기한 후, 운문으로 풀어내는 형식을 취하고 있다. 따라서 산문부분은 시인의 주관이 개입되지 않은 이야기체의 서술 방법이 동원되지만, 운문에서는 종합적으로 응축된 시인의 주관을 형상화한다. 김영석 사설시의 이러한 기법을 '이야기/시 형식의 도입'이라고 말할 수 있겠다.

---

9) 오홍진, 배재대학교 현대문학회 엮음, 「이야기에 들린 시인의 노래」, 『김영석 시의 세계』, 국학자료원, 2012, 354쪽.

3. 주제의 구현 양상

1) 삶의 비극성에 대한 통찰

김영석의 사설시에서 비극적인 세계인식이 두드러지게 나타나는 것은 주로 초기의 작품에서이다. 그러다가 후기로 갈수록 심오한 인식론적 세계를 형상화하는 데 심혈을 기울인다.

> 그는 수재답게 중학교부터 대학을 마칠 때까지 줄곧 학비를 면제받은 특대장학생이었고, 그 어렵다는 회계사가 되었고, 사람들이 흔히 노른자위라고 일컫는 세무서의 요직들을 두루 거친 다음에 국세청에서 주로 기업체의 세무 감사를 맡고 있었다. 그래서 우리는 아직도 세상의 때가 묻지 않은 듯한 그를 두고 호박씨나 까는 위선자쯤으로 여기기 시작했던 것도 사실이다.
> 그러나 그가 죽은 뒤에 확인할 수 있었던 그의 을씨년스럽기 짝이 없는 살림살이 형편은 그런 속된 우리들의 생각을 여지없이 깨버렸다. 그는 세검정 산비탈의 서너 칸이나 될까 말까하는 블록 집에서 네 명의 이복동생을 포함한 아홉 식구를 근근이 부양하며 살고 있었던 것이다.
> … (중략) …
> 시체를 수습하다가 내가 발견한 그의 낡은 수첩 속에는 곳곳에 뜻 모를 독백체의 일기가 흩어져 있었다. 그 일기의 파편들 속에 그의 죽음에 대한 어떤 실마리가 있을 것으로 여겨졌다. 그래서 이제야 나는 그를 면례(緬禮)하는 셈치고 그의 일기 중에서 무슨 의미가 있을 듯한 뼛조각들만을 추려 다소 애매하고 불완전한 대로 대강 맞추어서 여기에 적어본다.

새벽은 늘
깨어 있는 자의 푸른 힘줄이다
물은 아래로 아래로 흘러가면서
푸른 하늘에 이르지만
나는 사람이므로
갈수록 부서지고 갈라지는 마음을
새벽의 힘줄로 동이고
맑은 물빛 하늘이 그리워
오늘도 산에 오른다

새벽에 산에 올라
흰 피톨처럼 아직 빛나고 있는
하늘의 별들을
땀 젖은 칼날의 이마에 비추어본 사람은
홀로이 깨달았으리라
지상의 척도로는 재어볼 수 없는
인간의 키를
발바닥과 이마의 그 절벽의 높이를
그리고
왜 낮은 땅 위에서는
하늘이 둘로 나누어질 수밖에 없는가를

—「두 개의 하늘」 일부

　시「두 개의 하늘」은 '결벽증'이 심하고 '순수성'이 강했던 한 친구의 죽음을 다루고 있다. 소문난 수재로서 국세청의 요직에 근무하던 친구가 부양하던 아홉 식구를 남겨둔 채 자살하는 사건이 일어난다. 자살의 이유는 알 수 없이 억측만 무성할 뿐이다. 이야기의 화자는 그가 남긴 독백체의 일기를 보고 자신의 생각을 종합하여 시로써 형상화한다.

　시의 내용을 분석해보면, 나는 '하나의 하늘'로 상정되는 '순수의 세계'

에 살고 싶지만, 지상적 삶의 현실은 '또 하나의 하늘'인 '타락의 세계'로 번번이 나를 유혹한다. 그리하여 순수의 세세를 지키고 싶은 나는 자살할 수밖에 없다. 친구의 수첩을 읽어보고도 화자는 '두 개의 하늘'이 무엇을 의미하는지 알 수 없다고 시치미 떼지만, 그의 주관이 개입된 운문에는 두 개의 하늘이 지닌 의미가 암시되어 있다.

산문부분에는 친구가 수재였다는 것, 지극히 순수했다는 것, 잘나가는 그를 모두 부러워했다는 것, 그런데 자살했다는 것, 후에 알고 보니 가난하게 살았더라는 것들이 사실적으로 기술되어 있다. 반면, 운문부분은 화자의 주관이 미묘한 울림으로 암시되어 있다. 김영석 사설시의 "이러한 방법적 장치는 우리로 하여금 인간의 비극적 존재 양태를 삶의 일부로 받아들이게끔 유도한다. 삶의 비극성은 관념적인 문제가 아니라 우리가 살아가면서 당연히 직면하게 되는 인간 범사의 하나임을 깨닫게 하는 것이다."10)

이 작품에서 주목할 것은 주인공이 죽은 뒤에 산 자들에 의해 억측과 편견이 난무한다는 사실이다. 이런 점에서 이 시는 역사 속에 늘 내재되어 있는 '인간세속의 편벽된 사고 구조'를 비판한 시로서도 읽을 수 있다.

일정한 범위 내의 것들만을 감각하고 영위해야 하는 인간의 신체적 조건은 인간이 갖는 가장 본질적인 한계이다. 이런 한계는 생물학적 차원에서만 그치는 것이 아니라, 개개인의 정신 영역과 사회 규범, 역사 속에 그대로 투영되어 나타난다. 이렇게 닫힌 사고 구조로는 개인의 진실이 정확히 읽히지 못하고, 세속의 이분법적 속단에 가위질당할 수 있다.11) 그리하여 지상적인 삶은 '두 개의 하늘'로 나누어질 수밖에 없는 것이다.

김영석 시의 비장미는 인간 존재의 비극성을 훤히 알면서도 적당히 타

---

10) 이숭원, 「절제의 미학과 비극적 세계인식」, 위의 책, 207쪽.
11) 이만교, 「삶의 비극성과 비장미」, 위의 책, 271쪽.

협하지 않고, 자신의 양심을 끝내 지켜나가려 하는 정신의 아름다움에서 기인한다. "물은 아래로 아래로 흘러가면서/ 푸른 하늘에 이르지만/ 나는 사람이므로/ 갈수록 부서지고 갈라지는 마음을/ 새벽의 힘줄로 동이고" 산에 오르고자 하는 견고하고도 맑은 정신에 있다. 사람은 물처럼 스스로 정화되지 않으므로, 순수의 하늘 하나만을 남겨두고 나머지는 죽일 수밖에 없다는 절규 속에 인간 삶의 비극성이 함축되어 나타난다.

결국, 「두 개의 하늘」에 등장하는 주인공은 사회적으로 가해지는 억압을 이기지 못하고 자살할 수밖에 없었다. 이복동생들을 포함하여 부양할 가족이 많은 그에게 사회 현실은 타락한 하늘 아래 서도록 했을 것이다. '결벽증'과 '순수성'이 유달리 강했던 사람이 검은 하늘에 젖어 살고 있는 자신을 직시하는 고통은 클 수밖에 없다. 바로 이러한 현실에 삶의 비극성이 내재한다.

2) 도(道)의 시적 형상화

사설시를 포함한 김영석의 모든 작품에서 간과할 수 없는 것이 도道의 시적 형상화이다. 일찍이 그는 『도의 시학』(민음사, 1999)을 펴내면서 동양의 도에 심취한 바 있다. 따라서 서정시든, 사설시든, 관상시든지 간에 김영석의 작품에는 도의 상상력이 내재할 수밖에 없다. 김영석은 '있음과 없음', '이론과 실천', '구상과 추상', '아름다움과 추함', '의미와 무의미' 등의 대립 항들을 동양의 사유 전통에 따라 일여적一如的인 것이라고 언급하는데, '일여적'이라는 것은 도에서 '전일성(全一性)'과 같은 맥락으로 이해할 수 있다.

음과 양이 합일하여 완전한 형상을 짓고자 하는 것처럼 전일성이란 우주의 현상과 사물이 대립적 부분, 즉 결핍을 채우고자 하는 성질이다. 전일성이 실현된 전일의 세계는 도道의 세계이며, 태극의 세계이기도 하고, 어느 한쪽에 치우치지 않는 중中의 자리이기도 하다. 태극론의 입장에서 보면 태극으로부터 음양이기陰陽二氣가 생겨나오고, 그로부터 무수한 대립적 사물과 현상의 분화가 일어나 천지만물이 이루어졌다. 따라서 세계는 음양이기로 수렴되는 수많은 대립과 분열과 갈등이 존재할 수밖에 없다. 인간의 욕망 또한 전일의 상실을 회복하고자 하는 의지로부터 출발했다고 할 수 있다.12)

김영석에게 시 쓰기란 "말과 사물이 미묘하게 어긋난 그 틈으로 들어가는 일, 그 틈을 가능한 한 넓게 벌리는 일, 그 틈으로 무한대의 공간과 무량한 고요를 체험하는 일, 그래서 눈에 보이는 사물이나 말의 의미에만 매달리지 않고 자유롭게 살게 하는 일"13)이다. 김영석의 이러한 시 쓰기를 본고는 '도의 시적 형상화'라고 명명하고자 한다.

> 그림자 없는 사내의 이야기는 삽시간에 장안의 화제가 되었고, 그는 금방 유명해졌다. 그러나 병원에서 정밀검사를 수없이 해보고, 저명한 과학자들이 모여서 온갖 검사와 실험을 다 해보았지만, 그림자가 없어진 원인이 밝혀지기는커녕 점점 더 혼란스러운 미궁에 빠져버린 나머지 이제는 모두가 제 자신의 정신이 혹 어떻게 잘못된 것은 아닌가 하고 의심하는 지경이 되어버렸다. 그림자가 없어졌다는 것이 물질 현상인지, 정신 현상인지, 또는 물리적 현상인지, 생물학적 현상인지, 아니면 사회학적 현상인지, 신학적 현상인지 도무지 갈피를 잡을 수 없었고, 생각할수록 그것은 애초부터 있을 수도 없는 일이요 웃기는 일로만 여겨졌다.

---

12) 안현심, 「텅 빈 고독과 우주적 전일성」, 위의 책, 449면 참조.
13) 김영석, 「서문」, 『나는 거기에 없었다』, 시와시학사, 1999, 7쪽.

… (중략) …

그림자들은 철모르는 어린애를 빼놓고는 닥치는 대로 사람을 죽이
고 다녔다. 그림자가 죽인 시체는 아무 상처도 없이 말짱하였는데 다
만 한 방울의 피도 남기지 않고 빨린 채 종잇장처럼 하얗게 말라 있었
다. 참으로 끔찍한 모습이었다. 피해자의 시체는 곳곳에 즐비하였다.

… (중략) …

소금기 눈부신 햇살을 거두고
날이 저문다
잿빛 낮은 목소리로
하늘에는 구구구 모이도 흩뿌리며
밤이 맨가슴 품을 열자
비로소 참나무는 참나무 속으로
옻나무는 옻나무 속으로 어두워져
문득 잊은 새를 깨운다
멀고 먼 돌 속에서
속눈썹 사이로 날아오는 흰 새

… (중략) …

아침이 되면
감싸고 감싸이는 꽃잎의 중심
그 돌 속에서
온갖 물생(物生)들은 다시 태어나지만
그러나 보라
돌 밖 에움길의 어지러운 발자국 속에
휴지처럼 구겨진 깃털과 함께
사람들은 늘 시체로 남는다

—「매사니와 게사니」 일부

시 「매사니와 게사니」는 그림자가 사라진 사람들의 이야기가 산문부분에 제시되고, 운문부분에는 시인이 구현하고자 하는 세계가 노래로써 형상화된다. '매사니'는 그림자가 없는 사람이며, '게사니'는 임자 없는 그림자를 지칭한다. 어린이에게는 그림자를 잃고 매사니가 되는 현상이 일어나지 않는다고 하는 말로 미루어볼 때, "그림자는 이성을 신봉하는 주체들이 억압한 무의식의 세계"[14]라고 할 수 있다.

어느 날, 박 변호사는 그림자를 잃고 매사니가 되는데, 그림자가 사라졌다는 사실보다도 심각한 문제는 그림자가 자신을 만든 존재를 공격한다는 데 있다. "어린이만 빼놓고는 남녀와 직업과 연령을 가리지 않고, 그 말도 안 되는 재앙의 희생자가 되었다." 어린애는 인간사회의 규범에 익숙하지 않을 뿐 아니라, 본능에 따라 행동하기 때문에 '이성을 신봉하는 주체들이 억압한 무의식의 세계'로서의 게사니가 범접하지 못하는 것이다.

'이성을 신봉하는 주체들이 억압한 무의식의 세계'는 「거울 속 모래나라」에서 "두 개의 거울(허공 – 천지만물)이 사라지고, 한 개의 거울(말씀)만 남은 세계의 존재로 나타나기도 한다. 어둠이 내리면 참나무는 참나무 속으로, 옻나무는 옻나무 속으로 들어가 자연히 어두워지듯, 허공과 천지만물과 말씀이 하나가 되는 세상은 인격화된 신(인간)의 말씀으로 세상(자연)을 나누지 않으려는 마음을 전제로 한다. 시각이 지배하는 낮의 세계가 청각이 지배하는 밤의 세계로 전환되는 것도 자연스럽다. "멀고 먼 돌 속에서/ 속눈썹으로 날아오는 흰 새"의 이미지는 이러한 자연의 이미지를 그대로 반영한다.[15] 자연의 흐름을 뒤따르는 온갖 물생物生들은 "아침이 되면/ 감싸고 감싸이는 꽃잎의 중심/ 그 돌 속에서/ 다시 태어나지만" 말씀에 치우친 인간은 아침이 되면 시체로 변할 수밖에 없다.

---

14) 오홍진, 앞의 글, 355쪽.
15) 위의 글, 같은 쪽 참조.

"어둠이 내리면 참나무는 참나무 속으로, 옻나무는 옻나무 속으로 들어가 자연히 어두워"진다는 표현이 함의하는 '자연스러움'은 전일숲-의 세계를 의미한다. 허공과 천지만물과 말씀이 하나가 되는 세상, 즉 이성적 사고에 의해 '분화되지 않은 자연' 역시 전일의 세계이다. "속눈썹으로 날아오는 흰 새"에서 '희다' 역시 전일의 세계를 의미하므로, 이 시는 전일의 세계로 수렴되는 도를 형상화했다고 할 수 있다.

4. 결론

이 연구의 목적은 김영석이 추구해온 '사설시'의 구조와 형식, 표현 방식을 알아보고, 시의 주제를 살펴보는 것이었다. 그 결과 사설시의 구조는 '고대시가' 형식을 인유해오기도 하고, '설화'와 '향가'가 하나의 구조로 결합된 『삼국유사』의 형식과, '아니리'와 '창'을 번갈아 시연하는 판소리 형식을 차용해오기도 하였다.

김영석의 사설시에서 운문부분은 산문에서 제기한 문제에 대한 '해답'의 성격을 지니는데, 철학적인 문제, 양심적인 문제, 삶에 대한 문제가 산문부분에서 이야기하듯 제시된 후, 그것을 종합하여 운문 형식으로 구현하는 방식을 취하고 있다. 따라서 산문부분은 시인의 주관이 개입되지 않은 이야기체의 서술 형식이 동원되지만, 운문은 산문에서 제시한 내용을 종합적으로 응축한 시인의 주관이 형상화된다. 김영석의 사설시가 지향하는 이러한 기법을 '이야기/시 형식'이라고 언급할 수 있겠다.

시「두 개의 하늘」은 '결벽증'이 심하고 '순수성'이 강했던 한 친구의 죽음을 다루고 있다. 소문난 수재로서 국세청의 요직에 근무하던 친구가 이복동생들을 포함한 아홉 식구를 남겨둔 채 자살하는 사건이 일어나는데, 가장의 역할을 수행하려다보니 '순수의 하늘'을 외면하고 '타락한 하늘'에 기대어 살 수밖에 없던 것이 비극의 원인이었다. 지상의 삶은 두 개의 하늘로 갈라질 수밖에 없다는 비극성이 김영석의 사설시에 잘 나타나고 있다.

시「매사니와 게사니」에서 '매사니'는 그림자 없는 사람이며, '게사니'는 임자 없는 그림자를 말한다. 어린이에게는 매사니가 되는 현상이 일어나지 않는다는 말로 미루어볼 때, 그림자는 '이성을 신봉하는 주체들이 억압한 무의식의 세계'이다. '이성을 신봉하는 주체들이 억압한 무의식의 세계'는 시「거울 속 모래나라」에서 두 개의 거울(허공－천지만물)이 사라지고 한 개의 거울(말씀)만 남은 세계의 존재로 나타나기도 한다.

어둠이 내리면 참나무는 참나무 속으로, 옻나무는 옻나무 속으로 들어가 자연히 어두워지듯, 허공과 천지만물과 말씀이 하나가 되는 세상은 인격화된 신(인간)의 말씀으로 세상(자연)을 나누지 않으려는 마음을 전제로 한다. 허공과 천지만물과 말씀이 하나가 되는 세상, 즉 이성적 사고에 의해 '분화되지 않은 자연'은 도의 상상력에서 전일숲—의 세계를 의미한다. "속눈썹으로 날아오는 흰 새"에서 '희다' 역시 전일의 세계를 의미하므로, 「매사니와 게사니」는 전일의 세계로 수렴되는 도를 형상화했다고 할 수 있다.

김영석 시의 형식과 기법

– '사설시'와 '관상시'를 중심으로

1. 서론

　김영석은 첫 시집 『썩지 않는 슬픔』(창작과비평사, 1992)을 시작으로 『고양이가 다 보고 있다』(천년의시작, 2014)에 이르기까지 6권의 시집을 출간해오면서 산문형식과 운문형식이 하나의 구조로 결합된 작품을 선보여 왔다. 이러한 시 형식을 최동호는 "『삼국유사』의 「황조가」, 「헌화가」 등에서 그 단초를 볼 수 있는 시적 변형"[1]이라고 언급하였고, 김영석 자신은 "산문으로 된 이야기를 배경으로 두고 쓴 시로서, 시와 산문이 하나의 구조로 결합되면서 좀 더 높은 수준의 새로운 시적 영역을 열고자 시도한 '사설시(辭說詩)'"[2]라고 명명하고 있다.

　김영석의 시집에서 '관상시'가 선보이기 시작한 것은 네 번째 시집 『외눈이 마을 그 짐승』에 21편을 상재하면서부터이다. 다섯 번째 시집 『바람의 애벌레』에는 16편이 상재되지만, 굳이 관상시라고 명명하지 않았다

---

1) 최동호, 「삶의 슬픔과 뿌리의 약」, 『썩지 않는 슬픔』, 창작과비평사, 1992, 138쪽.
2) 김영석, 「서문」, 『외눈이 마을 그 짐승』, 문학동네, 2007, 5쪽.

하더라도 그의 대부분의 시에는 관상시적 요소가 내재한다고 볼 수 있다. 김영석은 도(道)를 시작품 연구 방법론으로 도입함[3]과 동시에 시 창작에도 반영해왔는바,[4] '관상시'는 그동안 추구해온 '도의 시학'과 멀리 있지 않기 때문이다.

이 연구의 목적은 '사설시'의 형식과 '관상시'의 표현 기법을 살펴보는 데 있다. 김영석은 창작 초기부터 '사설시'라는 시 형식에 관심을 보이다가 고구考究의 궁극에서 '관상시'라는 새로운 형식의 시를 주창하기에 이른다. '사설시'로써 관심을 받아온 그가 시력 후반기에 내놓은 '관상시'의 표현 기법은 무엇이며, 그것이 의미하는 바가 무엇인지 궁금하지 않을 수 없다.

많은 평론가들에 의해 김영석의 시가 논의되었지만,[5] 학문적 연구물로는 석사학위논문[6] 한 편과 학술논문[7] 한 편이 각각 존재할 뿐이다. 김영석이 '사설시'와 '관상시' 등 새로운 시 형식을 끊임없이 추구해온 점을 감안한다면 학문적 차원에서의 논의가 절실하다. 이 논문은 그러한 당위성을 출발점으로 삼는다.

---

3) 김영석은 「한국 현대시와 도-만해 시의 도의 형상화」와 「산수시와 허정의 미학-정지용론」에서 한용운과 정지용의 시를 '도의 시학'으로 분석한 바 있다(김영석, 『한국 현대시의 논리』, 삼경문화사, 1999.).
4) 김영석은 『새로운 도의 시학』(국학자료원, 2006)에서 시의 유추와 시정신, 상상력 등의 원리를 동양의 도로써 해석하였다.
5) 배재대학교 현대문학회 엮음, 『김영석 시의 세계』, 국학자료원, 2012.
6) 조미호, 「김영석 시 창작법 연구」, 단국대学校 대학원 석사학위논문, 2008.
7) 안현심, 「김영석의 '사설시' 연구」, 『한국언어문학』 제89집, 한국언어문학회, 2014.

2. '사설시'의 구조와 형식

사설시는 한 편의 시 속에 산문과 운문이 공존하는 양식이다. 김영석이
그동안 상재해온 사설시의 산문부분과 운문부분의 연결 형식을 도표로
정리하면 다음과 같다.

게재 시집	시작품	산문부분과 운문부분의 연결 형식	비고
『썩지 않는 슬픔』 (첫 시집)	「두 개의 하늘」	대강 맞추어서 여기에 적어본다.	
〃	「지리산에서」		특별한 장치 없이 운문이 시작됨.
〃	「독백」	신음하듯 낮게 중얼거렸다.	
〃	「마음아, 너는 거름이 되어」	희미하게 떠올려본다.	
『나는 거기에 없었다』(제2시집)	「매사니와 게사니」	이러매 내가 보고 들은 대로 노래한다.	
〃	「바람과 그늘」	〃	
〃	「거울 속 모래나라」	〃	
〃	「길에 갇혀서」	〃	
『모든 돌은 한때 새였다』(제3시집)	「세설암을 찾아서」		서문이 산문부분 역할을 하고, 본문의 시들이 운문부분에 해당함.

『외눈이 마을 그 짐승』(제4시집)	「외눈이 마을」	이러매 내가 노래한다.	
〃	「그 짐승」	〃	
〃	「포탄과 종소리」	〃	
『고양이가 다 보고 있다』(제6시집)	「나루터」	〃	

첫 번째, 산문부분과 운문부분의 연결 형식이 첫 시집『썩지 않는 슬픔』에서는 "대강 맞추어서 여기에 적어본다", "신음하듯 낮게 중얼거렸다", "희미하게 떠올려본다" 등으로 각기 다르게 나타난다. 두 번째 시집에서는 "이러매 내가 보고 들은 대로 노래한다"로 표기하다가, 네 번째 시집과 여섯 번째 시집에서는 "이러매 내가 노래한다"라는 형식으로 통일되어 있다. 이러한 사실로써 후기로 갈수록 사설시의 형식에 일관성·통일성을 부여하고 있음을 알 수 있다.

두 번째, 세 번째 시집『모든 돌은 한때 새였다』에서는 '서문'이 사설시의 산문부분이 되고, 본문의 시들은 운문부분의 역할을 한다. 따라서 두 부분의 연결 형식은 따로 존재하지 않지만, 서문을 허구로 구성했다는 것은 새로운 시도라고 평가할 수 있다.

1) 고대시가와 향가 형식의 패러디

우리가 창작물이라고 지칭하는 것은 순수한 창작품이라기보다는 과거에 존재했던 사실들에 대한 '재발견' 또는 '인유'라고 할 수 있다.[8] 인유는

'다시쓰기(rewriting)' 혹은 패러디(parody)와 동일한 맥락에서도 이해할 수 있다. 다시쓰기 혹은 패러디는 주로 문학작품들 간에 이루어지고 있으나 장르를 뛰어넘어 판소리를 패러디한 시작품이 창작되기도 하고, 설화가 소설이나 영화로서 패러디되기도 한다.[9]

『삼국유사』의 구조를 살펴보면, 향가의 배경 설화나 사건의 경위를 기술한 후 "이에 찬한다(讚曰)" 혹은 "이에 사(詞)를 지어 경계한다"라고 하면서 운문 형식의 '향가' 또는 '게(偈)', '사(詞)' 등을 도입하고 있다. 다음에 제시되는 사설시 ① ② ③에서 볼 수 있듯이, 김영석의 사설시도 산문에서 운문으로 넘어갈 때는 "이러매 내가 노래한다", "대강 맞추어서 여기에 적어본다", "신음하듯 낮게 중얼거렸다", "희미하게 떠올려본다" 등으로 형상화되고 있다.

① 시체를 수습하다가 내가 발견한 그의 낡은 수첩 속에는 곳곳에 뜻 모를 독백체의 일기가 흩어져 있었다. 그 일기의 파편들 속에 그의 죽음에 대한 어떤 실마리가 있을 것으로 여겨졌다. 그래서 이제야 나는 그를 면례(緬禮)하는 셈치고 그의 일기 중에서 무슨 의미가 있을 듯한 뼛조각들만을 추려 다소 애매하고 불완전한 대로 <u>대강 맞추어서 여기에 적어본다.</u>

새벽은 늘
깨어 있는 자의 푸른 힘줄이다
물은 아래로 아래로 흘러가면서
푸른 하늘에 이르지만
나는 사람이므로

---

8) 러시아 형식주의자들은 새로운 예술 형식을 독창적인 표현 기법이라기보다는 선행 시대의 형식들 속에 감춰진 것들을 발견하는 행위로 보았다.
9) 안현심, 「서정주의 『학이 울고 간 날들의 시』 연구」, 『한국언어문학』 제73집, 한국언어문학회, 2010, 238~239쪽.

갈수록 부서지고 갈라지는 마음을
새벽의 힘줄로 동이고
맑은 물빛 하늘이 그리워
오늘도 산에 오른다

　　　　　　　　　　　　　　　—「두 개의 하늘」 일부

② 그렇다. 나는 그도 생전에 이 무량사의 도량에서 무연히 바라보
았을 먼 하늘을 한동안 망연히 바라보았다. 낮게 드리운 잿빛 겨울 하
늘에 수염은 기른 채 머리만 깎은 그의 모습이 잠시 환영으로 보이는
듯했다. 몇 세기의 까마득한 세월을 사이에 두고 나는 그가 똥통 속에
서 불렀다는 그 노래를 마치 장님이 뭐 만지듯이 한번 <u>희미하게 떠올
려본다.</u>

너희들이 내어버린 세상을
내가 가지마
너무 커서 손아귀로 움켜잡지 못한 것들
너무 작아 육신의 눈으로는
볼 수 없었던 것들
이제는 바람 재워 내가 기르마

　　　　　　　　　　　　　　—「마음아, 너는 거름이 되어」 일부

③ 왜냐하면 아리안 계통의 바라문교가 토속 민간신앙인 힌두교를
융합하고 불교의 영향을 수용하면서 3세기경에 그 교파의 성립이 이
루어지는데, 그들은 일반적으로 신전에 신상을 두지 않았기 때문이
다. 어쨌거나 외눈이 마을 이야기는 그 사건 자체의 끔찍함에서라기
보다 끔찍한 인간성의 한 비의를 보여주는 것 같다는 점에서 매우 충
격적이다.

<u>이러매 내가 노래한다.</u>

무명(無明)의 어둠 속에서 두 눈을 뜨니
문득 한 줄기 바람이 일고
바람이 일어나 흔드니
온갖 바람의 형상들이 생기는도다

　　　　　　　　　　　　　　　—「외눈이 마을」일부

인용한 사설시 ①, ②, ③의 밑줄 그은 부분은 산문과 운문의 연결 부분이다. 이러한 근거로써 김영석의 사설시가 『삼국유사』를 패러디하고 있다는 사실을 증명할 수 있다. 한편, 「황조가」나 「공무도하가」, 「구지가」 등의 고대시가가 배경설화와 함께 전승되어왔다는 것은 익히 알고 있는 사실이다. 고대시가는 『삼국유사』처럼 연결 부분의 형식이 따로 존재하지 않지만, 김영석의 사설시가 사건을 설명하는 산문부분과, 산문부분을 응축하여 운문으로 마무리하고 있다는 점에서 고대시가 형식을 인유해왔다고 주장할 수도 있다.

2) 판소리 형식의 도입

판소리는 한 사람의 명창과 한 사람의 고수가 협동하여 긴 이야기를 노래로 부르는 전통적인 민속 연예 양식이다. 판소리의 구조는 '아니리'와 '창', '너름새', '발림'으로 구성되는데, 공연할 때 창자는 고수의 장단에 맞춰 음률이나 장단이 실리지 않은 일상적 어조의 말로 '아니리'를 읊다가 '창(소리)' 부분에서는 가락을 얹어 노래를 한다.

사설시 「거울 속 모래나라」는 거울 속에 빠진 사내가 다시 거울 밖으로 나오는 환상적 이야기가 산문부분에 제시되고, 그 이야기에 빙의된 시인의 노래가 운문 형식으로 뒤따르는 구성 방식을 취하고 있다. 이러한 '이야기/시' 형식에서 독자는 흥미로운 이야기를 아니리(이야기)로 듣다가, 운문부분에서는 이야기와 사뭇 다른 느낌의 창(노래)을 접하게 된다.10) 시인은 "산문(이야기)으로 담아내기에 격렬한 메시지를 운문의 리듬으로 전달하는 것이다. 이야기꾼이 무당의 춤을 끊임없이 말로 풀어낸다면, 노래하는 이(시인)는 무당의 춤을 그대로 재현"11)하는 형식이다. 사설시에서 산문부분은 판소리의 '아니리'에 해당하며, 운문부분은 '창'에 해당한다. 적당한 곳에서 너름새를 펼친다면 사설시는 한 편의 판소리 대본으로 손색이 없다.

> 새로운 매사니와 게사니는 기하급수적으로 불어나는 데 반하여 그것들이 사라지는 속도는 몹시 더디었다. 정부로서도 이제는 그것이 전염병이 아닌 줄 알면서도 매사니를 일정한 장소에 수용하여 관리하는 것이 고작일 뿐 속수무책이었다. 사람들은 악몽을 꾸고 있는 것이라고 억지로 믿음으로써 잠시나마 거짓 위안이라도 얻는 수밖에는 달리 도리가 없게 되었다.
> 그러자 이때를 타서 매사니와 게사니의 무서운 재액을 없앤다는 무슨 다라니 주문 같은 노래 하나가 출처도 없이 흘러나와 유행하기 시작했다.

> 산아 산아
> 바다에서 태어난 산아
> 바다의 얼굴로 나와서 춤을 추어라
> 바다야 바다야
> 산에서 태어난 바다야

---

10) 안현심, 「김영석의 '사설시' 연구」, 앞의 책, 87쪽 참조.
11) 오홍진, 배재대학교 현대문학회 엮음, 「이야기에 들린 시인의 노래」, 『김영석 시의 세계』, 국학자료원, 2012, 354쪽.

산의 얼굴로 나와서 춤을 추어라

　　　　　　　　　　　　　　　　—「매사니와 게사니」 일부

　사설시 「매사니와 게사니」에서는 그림자가 사라진 사람들의 이야기가 산문부분에 제시되고, 운문부분에는 시인이 구현하고자 하는 세계가 노래로써 형상화된다. 작품에서 '매사니'는 그림자가 없는 사람을 지칭하며, '게사니'는 임자 없는 그림자이다. 어린이에게는 그림자를 잃고 매사니가 되는 현상이 일어나지 않는다는 말로 미루어볼 때, "그림자는 이성을 신봉하는 주체들이 억압한 무의식의 세계"[12]라고 언급할 수 있다.

　「매사니와 게사니」는 김영석의 사설시가 판소리 형식을 도입하고 있다는 사실을 뒷받침해주는 대표적인 작품이다. 그것은 "다라니 주문 같은 노래 하나가 출처도 없이 흘러나와 유행하기 시작했다."라는 부분이다. '다라니 주문' 자체도 리듬을 지니고 있지만, '노래 하나가 출처도 없이 흘러나와 유행하기 시작했다'라고 한 형상화는, 다음에 등장할 운문부분은 꼭 창으로 불러야 한다는 점을 상기시키고 있기 때문이다.

　한편, 운문부분의 '산아 산아' 혹은 '바다야 바다야'라는 표현은 강한 리듬감을 획득하는 반복적 기법이다. 이러한 기법은 창자가 이 부분에서 덩실덩실 어깨춤을 추지 않고는 견딜 수 없도록 만들어준다. 이러한 부분에서 자발적으로 너름새가 펼쳐지는 것이다. 또한 사람이 아닌 '산'과 '바다'에 호격 조사인 '~아'와 '~야'라고 붙여 부름으로써 자연과 인간이 동격으로 어울리는 판소리 대사의 정체성이 나타난다.

---

12) 위의 글, 355쪽.

3. '관상시'13)의 표현 기법

시집『외눈이 마을 그 짐승』과『바람의 애벌레』에 상재된 '관상시'의 목록은 다음과 같다.

게재 시집	시작품
『외눈이 마을 그 짐승』 (네 번째 시집)	「성터」,「어느 저녁 풍경」,「면례(緬禮)」,「고지말랭이」, 「현장검증」,「옛 노래」,「잊어버린 연못」, 「동판화 속의 바다」,「종이 갈매기」,「벙어리 박씨네 집」, 「동백꽃과 다정큼꽃 사이에 앉아」,「빈집」, 「묵정밭에서」,「누군가 가고 있다」,「비질 소리」, 「돌탑」,「옛 절터」,「쓰레기 치우는 날」,「섬에 갇히다」, 「그 차돌」,「노숙자」(총 21편)
『바람의 애벌레』 (다섯 번째 시집)	「나침반」,「달」,「썰물 때」,「염전 풍경」,「그 집」, 「봄 하늘 낮달」,「적막」,「바닷가 둑길」,「까치집」, 「당집」,「오갈피를 자르며」,「칡뿌리」,「갈대숲」, 「왜냐고 묻는 그대에게」,「푸른 멧돼지 떼가 해일처럼」, 「물까치는 산에서 산다」(총 16편)

---

13) 관상시는 눈에 보이는 것이나 의미에만 치중하지 말고, 눈에 보이는 것 너머의, 의미 이전의 보이지 않고 개념화되지 않은 움직임, 즉 상을 느껴보자는 것이다. 상은 느낄 수밖에 없는 것이며, 느낌이야말로 개념과 달리 모호하지만 가장 확실한 앎이기 때문이다. 인식론적 측면을 떠나서 시적 감동은 물론이고, 모든 예술적 감동에 있어서 '감동(感動)'이란 결국 감각-직관의 느낌과 섞여 있는 미분된 감정에 불과하다(김영석,「관상시에 대하여」,『외눈이마을 그 짐승』, 문학동네, 2007, 172쪽 참조.).

1) 객관적인 세계 - 탈의미의 추구

객관적 묘사란 의미의 빈터를 활성화하여 실재 세계와 상상력이 천연의 모습으로 움직이고 숨 쉬게 하는 기법이다. 객관적 묘사에서의 이러한 의미의 표지 기능이 언어의 존재론적 특성, 즉 언어의 지시성을 이룬다. 언어의 지시성은 의미 자체가 지니고 있는 것이라기보다는 의미가 지니고 있는 무의미의 힘이라고 보아야 한다. 무의미가 없다면 의미는 아무 쓸모가 없다. 이것은 마치 질그릇이 그릇으로 쓸모가 있는 것은 질그릇 속에 텅 빈 무의 공간이 있기 때문이라는 노자의 말과 같다.[14]

산기슭 자귀나무 꽃가지에
나비 형상의
물고기 등뼈 하나 걸려 있다
새가 그런 것일까
탈화하여 날아간 것일까

나침반처럼 그것이 가리키는 곳
먼 하늘가에
흰 나비 떼가 분분하다.
　　　　　　　　　　　　－「나침반 － 기상도 22」 전문

시 「나침반 － 기상도 22」는 주관적 의미화의 움직임을 최대한으로 억제하고 객관적 묘사에 의해 형상화된 작품이다. 객관적 묘사를 극명하게 보여주는 이 시는 제1연에서 근경을 묘사하고, 제2연에서는 원경을 묘사

---

14) 김영석, 배재대학교 현대문학회 엮음, 「현관(玄關)과 객관적 묘사」, 『김영석 시의 세계』, 국학자료원, 2012, 584쪽.

하고 있다. 시 전반에 드러나는 선명한 이미지는 철저한 객관적 묘사에 의해서이다. 제1연의 4, 5행에 "새가 그런 것일까/ 탈화하여 날아간 것일까" 하고 시인의 주관이 개입되고 있지만, "것일까"라는 추측성 어휘가 개입됨으로써 그 주관성은 몹시 미미하다.

이 시는 설명이 필요 없는 한 폭의 그림이다. "산기슭 자귀나무 꽃가지에/ 나비 형상의/ 물고기 등뼈 하나 걸려 있"고, "먼 하늘가에"는 "흰 나비떼가 분분"히 날고 있다. 자귀나무 꽃이 바람에 날려가는 모습이 아무런 의미부여 없이 직관적으로 묘사되지만, 독자들은 나비 형상의 물고기 등뼈가 걸려 있는 자귀나무 꽃가지와, 꽃들이 분분하게 날고 있는 먼 하늘가 사이의 거리, 즉 공간이 지니는 여백에서 명징한 의미를 감지하게 된다. 이러한 효과를 추구하는 것이 '관상시'이다.

관상시가 추구하는 객관적 세계에 대한 묘사는 탈의미의 언어를 기반으로 삼는다. 탈의미는 문자 그대로 의미를 벗어나는 것이며, 이때의 의미는 현실의 관념이나 이데올로기를 지시한다. 탈의미의 시는 의미의 무화가 아니라 의미(현실)의 실체를 부정하지 않으면서 그 이전의 실재를 탐구한다는 점에서 김춘수의 무의미시와는 다르다.15) 시 「나침반 ― 기상도 22」에서 "나비 형상의/ 물고기 등뼈"가 일종의 현상이라면, 그것이 '탈화'한 것으로 상상되는 "먼 하늘가에/ 흰 나비떼"는 실재의 세계이다. 현상은 실재를 가리키는 '나침반'으로 상정될 수 있으므로, 실상을 깨닫는 길은 현상에서 찾을 수 있다는 의미를 내포한다. 이러한 시학이 현상을 부정하지 않으면서 본질(실재)을 탐구하는 탈의미의 시학이다.

---

15) 이형권, 배재대학교 현대문학회 엮음, 「바람의 감각과 실재의 탐구」, 『김영석 시의 세계』, 국학자료원, 2012, 226쪽 참조.

낮게 흐린 하늘
텅 빈 들판
흰 헝겊조각처럼
여기저기 남은 잔설
연필로 희미하게 그린 듯
가물가물 이어진 길을
누군가 가고 있다 먼 옛날부터
거기 그렇게 가고 있었다는 듯
누군가 아득히 가고 있다

흐린 기억
하늘 저편으로
점점이 꺼지는
예닐곱 철새들.

— 「누군가 가고 있다 – 기상도 13」 전문

짧고 간결한 시 행으로 구성된 작품 「누군가 가고 있다 – 기상도 13」은 「나침반 – 기상도 22」와 동일한 구조와 형식을 지니고 있다. 제1연과 제2연의 공간적인 여백에서 명징한 의미가 감지된다.

김영석 관상시의 특이한 점은 작품들마다 '기상도(氣象圖)'라는 부제가 붙어 있다는 점이다. '기상도(氣象圖)'의 의미를 살펴보면, '기운으로 그려지는', '기운으로 느껴지는' 그림이다. 그렇다면 관상시는 우주적인 여백에서 마음으로 느끼는 그림이 될 것이다. 우주적인 여백을 바꿔 말하면 '도' 즉, 전일의 세계, 즉자적인 세계, 자연이다. 이러한 점에서 김영석의 관상시가 꿈꾸는 것은 지적인 사고가 끼어들기 이전의 자연으로의 회귀라고 할 수 있다.

2) 직관적 · 감각적 표현

　동양의 철학과 시는 상象을 직관하는 것을 중시해왔고, 서양의 철학과 시는 의미의 사고를 중시해왔다. 전자는 직관의 길이요, 후자는 사고의 길이다. 상과 직관은 일차적이고 자연적인 것이요, 의미와 사고는 이차적이고 문화적인 것이다.[16] 그런데 오늘날은 사고의 힘이 일방적으로 지배하는 상황이 되었다. 이러한 상황에서 참다운 현실 혹은 자연으로 돌아가고자 하는 것, 인위적이고 지적인 사고의 조작으로부터 직관의 자연적인 본능으로 회귀하고자 하는 문학 양식이 '관상시'이다.

　'직관'은 대상이나 현상에 대해 즉각적으로 느끼는 깨달음이거나, 미적 대상을 추리나 판단의 과정 없이 주관에 의해 직접 파악하는 정신작용이다. '감각'은 신체 기관을 통해 안팎의 자극을 느끼거나 알아차리는 것 혹은 그런 능력이며, 시각 · 후각 · 청각 · 미각 · 촉각 등의 오관을 포함한다.

　직관은 곧 느낌이며, 느낌은 두뇌의 사고를 통해서 간접적으로 이루어지는 것이 아니라 직접적인 몸의 접촉을 통해서 이루어진다. 즉, 느낌은 가슴이나 창자와 같은 내장기관의 앎이다. 느낌은 모호하고 무정형적이긴 하지만 사고에 의해 자연을 왜곡하기 이전의 가장 확실한 앎이다.[17]

> 　　나지막한 돌담 너머
> 　　낡은 기와집 한 채가
> 　　인기척 없이 고즈넉하다
>
> 　　가을볕이 잘 드는 툇마루에
> 　　보자기만하게 널려서

---

16) 김영석, 「관상시에 대하여」, 『외눈이 마을 그 짐승』, 문학동네, 2007, 165쪽 참조.
17) 위의 글, 167쪽.

고실고실 마르는 산나물
그리고 노오란 탱자 몇 알

아무도 없는데

마당귀에선 듯
잎 떨군 오동나무 가지에선 듯
맑고 투명한 햇살에 실려오는
자꾸 비질하는 소리

돌아서면 문득
장독대께에서 들려오는
신발 끄으는
적막한 소리

아무도 없는데
　　　　　　　　　　　　　－「비질 소리 － 기상도 14」 전문

　관상시는 지식 작용이 없이 주관에 의해 즉각적으로 깨닫는 즈음에서
탄생한다. 인용시 「비질 소리 － 기상도 14」를 보면, 시적 화자는 인기척
없이 고즈넉한 집을 들여다보고 있다. 그런데 아무도 없는 집에서 '비질
소리'를 듣기도 하고, '신발 끄는 소리'도 듣는다. 시인이 청각적으로 느끼
는 '비질 소리'와 '신발 끄는 소리'는 직관에 의해 감지하는 것이다. 논리
적인 사고의 측면에서 본다면 빈집에서 신발 끄는 소리와 비질하는 소리
가 들릴 리 만무하다. 이처럼 현실적인 사고에 선행하여 감각에 의한 직
관을 형상화하는 것이 관상시의 표현 기법이다.

밭에 잘 익은 거름을 내고
종일 땀 흘리며 일을 했다
밤이 되자
거름 냄새 상긋한 밭고랑 위로
향그러운 과일같이
둥근 달이 떠올랐다.

─「달 ─ 기상도 23」 전문

오뉴월 뙤약볕이
온 세상 소리들을 다 태워 버렸는지
산골 마을이 적막에 싸여 있다
외딴 빈집을 지나면서
울 너머 마당귀를 얼핏 보니
길 잃은 어린 귀신 하나가
두어 그루 패랭이꽃 뒤로
얼른 숨는다.

─「적막 ─ 기상도 28」 전문

관상시 「달 ─ 기상도 23」을 견인해가는 감각 이미지는 후각 이미지이다. 시인의 후각 이미지는 잘 익은 거름 냄새를 '상긋하다'라고 표현하며, 밤이 되자 거름 냄새 상긋한 밭고랑 위로 '향그러운 과일같이' 보름달이 떠오른다고 형상화하고 있다. '상긋하다', '향그럽다'라는 후각 이미지는 기분을 상쾌하게 만들어준다. 썩은 거름을 잘 익었다고 형상화하면서 냄새마저 상긋하다고 하고, 밭고랑 위로 떠오른 보름달이 향그럽다고 느끼는 것은 순전히 시인의 직관에 의해서이다.

김영석의 관상시에는 빈집을 기웃거리는 시적 화자가 많이 등장한다. 이러한 정황은 관상시의 표현 기법이 직관에 의해 실현되기 때문일 것이다. 즉, 시끄러운 배경이나 복잡한 사물들이 작품에 개입되는 것은 직관을 방해하는 요소로 작용할 것이기 때문이다.

시 「적막 ─ 기상도 28」의 배경은 "오뉴월 뙤약볕이/ 온 세상 소리들을 다 태워 버렸는지" 적막하기만한 산골마을이다. 시적 화자가 빈집 앞을 지나다가 "울 너머 마당귀를 얼핏 보니/ 길 잃은 어린 귀신 하나가/ 두어 그루 패랭이꽃 뒤로/ 얼른 숨는다." 논리적인 사고를 대입한다면 참으로 허무맹랑한 형상화이다. 하지만, 다른 차원에 존재하는 귀신을 볼 수도 있고, 그 귀신이 길을 잃었다는 상황까지 감지할 수 있는 것이 시인의 직관이다. 이 시를 견인해가는 이미지는 시각 이미지이다. 빈집 앞을 지나던 시인은 마당귀를 들여다보았고, 길 잃은 어린 귀신이 패랭이꽃 뒤로 숨는 것을 보았으며, 그 귀신이 어리다는 것 또한 시각으로 감지하기 때문이다.

4. 결론

이 연구는 김영석이 추구해온 '사설시'의 형식과 '관상시'의 표현 기법을 살펴보는 데 있는바, 사설시는 산문과 운문이 한 편의 시 속에 공존하는 양식이며, 관상시는 기법적인 측면에서 '객관적 묘사 ─ 탈의미의 추구'와 '직관적 · 감각적 표현'을 지향한 시 양식이다.

『삼국유사』의 구조를 살펴보면, 향가의 배경설화나 사건의 경위를 기술한 후 "이에 찬한다(讚曰)" 혹은 "이에 사(詞)를 지어 경계한다"라고 하면서 운문 형식의 '향가' 또는 '게(偈)', '사(詞)' 등을 도입하고 있다. 김영석의 사설시도 산문에서 운문으로 넘어갈 때 "이러매 내가 노래한다", "대강 맞추어서 여기에 적어본다", "신음하듯 낮게 중얼거렸다", "희미하게 떠올려본다" 등으로 표현하고 있다. 「횡조가」나 「공무도하가」, 「구지가」 등의 고대시가는 연결 부분의 형식이 따로 존재하지 않지만, 배경설화 다음에 운문 형식의 시가가 등장한다는 측면에서 사설시와 유사한 형식을 지닌다고 주장할 수 있다.

시 「매사니와 게사니」는 김영석의 사설시가 판소리 형식을 도입하고 있다는 사실을 뒷받침해주는바, 그것은 "다라니 주문 같은 노래 하나가 출처도 없이 흘러나와 유행하기 시작했다."라는 부분이다. '다라니 주문' 자체도 리듬을 지니고 있지만, '노래 하나가 출처도 없이 흘러나와 유행하기 시작했다'라고 한 형상화는, 다음에 등장할 운문부분은 꼭 창으로 불러야 한다는 점을 상기시키기 때문이다.

관상시 「나침반 - 기상도 22」는 한 폭의 그림이다. "산기슭 자귀나무 꽃가지에/ 나비 형상의/ 물고기 등뼈 하나 걸려 있"고, "먼 하늘가에"는 "흰 나비 떼가 분분"히 날고 있다. 자귀나무 꽃이 바람에 날려가는 모습을 의미부여 없이 직관적으로 묘사하고 있지만, 독자들은 나비 형상의 물고기 등뼈 하나가 걸려 있는 자귀나무 꽃가지와, 꽃들이 분분하게 날고 있는 먼 하늘가 사이의 거리, 즉 공간이 지니는 여백에서 명징한 의미를 감지하게 된다. 바로 이러한 효과를 노리는 것이 '관상시'이다.

김영석 관상시의 특이한 점은 작품들마다 '기상도(氣象圖)'라는 부제가 붙어 있다는 점이다. '기상도(氣象圖)'는 '기운으로 느끼는 그림'이라고 해석할 수 있다. 그렇다면 관상시는 우주적인 여백에서 마음으로 느끼는 그림이 될 것이다. 우주적인 여백을 바꿔 말하면 '도' 즉, 전일의 세계, 즉자적인 세계, 자연이다. 이러한 점에서 김영석의 관상시가 꿈꾸는 것은 지적인 사고가 끼어들기 이전의 자연으로의 회귀라고 할 수 있겠다.

김영석이 사설시 이후 관상시를 고안해낸 의도는 무엇일까? 그 답은 그가 '도'를 연구해온 학자라는 점에서 찾을 수 있다. 사설시와 관상시는 '도의 시학'을 적실하게 실현하기 위한 방편으로서의 시가 될 것이다. 사설시가 형식적인 측면을 고려했다면, 관상시는 표현 기법적인 측면에 심혈을 기울였다는 점이 다를 뿐이다.

나태주 시의 원형 비평적 고찰

– '외갓집' 혹은 '외할머니'를 중심으로

1. 서론

나태주는 1945년 충남 서천에서 출생하였으며, 1971년 서울신문 신춘
문예에 시 「대숲 아래서」가 당선되어 문단에 나왔다. 나태주의 시 연구는
주로 서평, 시평 등 계간 문예지나 일간지에 게재된 것이 대부분이며, 학
술논문이나 학위논문으로 접근한 논자는 찾아보기 어렵다.[1] 이와 같은
현상은 작고 문인을 대상으로 삼아야 한다는 현대 한국의 연구 풍토가 암
묵적으로 작용했기 때문이 아닐까 한다.

나태주는 데뷔한 이래 왕성하게 창작활동을 개진해왔다. 따라서 40여
년의 시력으로써 한국 문단의 주류를 형성해온 그의 시를 살펴보는 것은
현대시의 발전 방향 모색에도 도움이 되리라 생각한다. 이러한 전제하에
본고는 나태주의 내면세계를 견인해간 원형이 무엇인지 살펴보고자 한
다. 이 연구의 텍스트는 『나태주 시전집』(고요아침, 2006) 제1권, 제2권,
제3권으로 삼을 것이다. 나태주는 현역의 시인이기 때문에 이후의 작품

---

[1] 학위논문은 송영호의 「나태주의 서정시 연구」(경희대학교 대학원 석사학위논문,
2005)가 유일하다.

은 다음 연구자의 몫으로 남겨두기 위한 것이다. 『나태주 시전집』에는 첫 시집부터 스물네 번째 시집 『쪼끔은 보랏빛으로 물들 때』(시학, 2005)까지 전재되어 있다.

그동안 논의된 나태주의 시세계를 주제별로 유형화하면, 첫 번째, '사랑과 이별·그리움의 시인'이라는 관점이다.[2] 대표적인 논자로서 조재훈은 작고, 소외되고, 이름 없는 것들에 대한 사랑을 논의하고 있으며, 이형권은 나태주의 사랑을 필리아로서 정의한 후, 필리아는 사람만이 아니라 자연(물)도 인격을 부여받으며 그 대상이 된다고 언급하였다.

두 번째, '식물성 시인·자연친화적 생명탐구의 시인'이라는 관점이다.[3] 이건청은 시 「상수리나무 나뭇잎 떨어진 숲으로」의 해설에서 '상수리나무'는 시인 자신의 환치물이라고 언급하면서 나태주의 식물적 이미지 차용에 주목하였고, 오세영은 청록파 시인들 이후 시단에서 외면당해온 자연을 소재로 하여 삶과 현실의 갈등을 승화시켰다고 언급하였다.

세 번째, '한국적 정서·동양적 세계관을 지닌 시인'이라는 관점이다.[4] 대표적인 논자로서 박목월은 1960년대의 현대시가 지닌 난해성과 건조성을 탈피하고 전통적인 서정시를 현대적 감각으로 세련·발전시킨 공로를 인정하면서 그것은 매우 긍정적·고무적인 일이라고 환기하였다.

본 연구자는 나태주의 시에 '외할머니' 또는 '외갓집'이 초기부터 지속

---

2) 조재훈, 「풀빛 고향의 시」, 『누님의 가을』, 창학사, 1977.
　이형권, 「필리아의 노래를 부르는 시인」, 『시와 사람』, 2003년 봄호.
3) 이건청, 「상수리나무 나뭇잎 떨어진 숲으로」 해설, 『현대시학』, 1972. 9.
　오세영, 「4행시와 전통적 율조」, 『막동리 소묘』, 일지사, 1980.
　김창완, 「자연과 시간의 의미」, 『현대시학』, 2000. 1.
4) 박목월, 「시집 『대숲 아래서』 서문」, 『대숲 아래서』, 예문관, 1973.
　윤석산, 「한국적 서정」, ≪충청일보≫, 1973. 5. 25.
　조남익, 「한국적 서정」, 『현대시학』, 1973. 10.
　최원규, 「한국적 서정에로의 회귀」, 『현대문학』, 1973. 7.

적으로 등장하고 있는 사실에 의문을 품어왔으나 누구도 그 점에 주목하지 않고 있었다. 따라서 본고는 '외할머니' 또는 '외갓집'이 시인에게 어떠한 의미를 지니며, 시세계에는 어떠한 영향을 미치는지 살펴보고자 한다. 이러한 연구를 진행하기 위하여 '진 시노다 볼린(Jean Shinoda Bolen, M.D.)'[5]의 인물원형 이론에 많은 빛을 지고자 한다. 그녀는 정신의학자 입장에서 여성이 나아갈 길을 제시하고자 『우리 속에 있는 여신들』(1984)을 집필하였으며, 그에 대한 호응과 함께 남성들의 요구에 부응하기 위해 『우리 속에 있는 남신들』(1989)도 집필하였다. 볼린의 두 저서가 우리나라에 소개된 것은 1994년이다.[6] 이들 저서는 그리스 신들의 원형을 인간의 유형에 대입하여 분석하는 한편, 특정한 원형의 결점을 보완해줄 수 있는 원형이 무엇인지를 밝히는 데 관심을 기울이고 있다. 신화에 등장하는 신들의 행동 유형이 인간의 본성을 치밀하게 재현해준다고 할 때, 외할머니라는 인물의 원형은 무엇이며, 어떠한 양상으로 구현되는지 볼린의 인물원형 이론이 밝혀 주리라고 믿는다.

2. 성장 배경

　나태주의 시에 대한 논자들의 견해를 함축하면 투명한 언어와 맑은 징신, 사물에 대한 따뜻한 사랑, 천진성과 서정성을 지닌 자연주의자의 모

---

5) 캘리포니아대학교 의과대학 정신과 임상 교수이며 융 정신 분석가이다.
6) 진 시노다 볼린(Jean Shinoda Bolen, M.D.), 『우리 속에 있는 여신들』, 조주현 · 조명덕 역, 또 하나의 문화, 1994.
　　　　　　　, 『우리 속에 있는 남신들』, 유승희 역, 또 하나의 문화, 1994.

습으로 요약할 수 있다. 지금까지 이와 같은 테두리를 파기한 논자는 없다. 이와 같은 사실은 나태주의 성장과정을 살펴봄으로써 그 해답을 얻을 수 있다.

> 사람의 마음이란 참 묘한 구석이 있고 정이란 또 외통수 기질이 있나 보다. 지금도 내게 '할머니'라고 하면 대번에 외할머니의 모습과 거기서 우러나오는 느낌이 떠오른다. 할머니 옆자리에 외할머니가 더불어 계신 것이 아니라 오로지 외할머니 혼자서 할머니 자리에 계시는 것이다.
> 어려서 외가에서 살다가 어쩌다 친가에 들르면 그야말로 나는 찬물에 따로 도는 기름이었다. 식구들 모두 내 편이 아닌 것 같고 눈치를 주는 것만 같아 괜스레 혼자서 쭈뼛쭈뼛 온갖 일에 자신이 안 서고 식구들 눈치를 살피곤 했다. 할머니 또한 다른 손자들만 귀여워하는 것 같고 나는 따돌리는 것 같게만 느껴졌다.[7]

인용글을 보면 외할머니는 친가의 할머니까지를 함의하는 존재이며, 할머니라는 호칭은 오로지 외할머니를 대변하는 말이 된다. 외할머니와 살다가 친가에 들른 나태주는 남의 집에 온 것같이 서먹서먹하여 융화하지 못했다고 한다. 그가 친가에서 어울리지 못한 이유는 외할머니의 헌신적인 보호를 받다가 친가에선 관심의 대상이 되지 못했기 때문이다. 그러한 정황으로 보아 나태주가 외할머니를 유일한 모성으로 인식하게 된 것은 자연스러운 현상이라고 하겠다.

> 나의 외할머니는 내게 다른 사람들의 외할머니보다 별다른 의미를 가지고 계신 분이시다. 나를 키워주신 분이시기 때문이다. 그렇다고 내가 천애고아란 말은 아니다. 내게는 버젓이 생부모가 계시니까. 우

---

7) 나태주, 『시골 사람, 시골 선생님』, 동학사, 2002, 249쪽.

리 어머니는 무남독녀 외따님이셨단다. 그래 그 좋다는 혼처를 다 마다하시고 외할아버지께서는 갈자리 한 닢 살 돈도 없는 가난뱅이인 우리 아버지를 데릴사위로 맞으셨단다.

거기서 낳은 첫 아이가 나였단다. 외할아버지와 외할머니의 반가움과 귀여움은 오죽했으랴. 친손자가 아닌 외손자였지만 각별하신 사랑을 쏟으셨단다. 사람들은 '외손자 귀여워할래 말고 전라도 방앗고를 이뻐하라'는 말로 놀렸지만, 외할아버지는 그런 말에 아예 귀를 막으셨단다. 그런데 그만 내가 네 살 나던 해 봄에 외할아버지가 돌아가셨다. 병명은 늑막염.[8]

나태주의 아버지는 데릴사위가 되겠다는 조건으로 무남독녀였던 그의 어머니와 결혼했지만, 외할아버지가 일찍 세상을 뜨자 호적을 환원시켜 본가에서 살게 되었다. 본가로 귀환하면서 홀로 남은 외할머니를 위로하고자 맏아들을 두고 떠난 것이 나태주가 외할머니와 동거하는 계기가 된 것이다. 남편의 오랜 병 구환으로 논 너 마지기를 간신히 건진 외할머니는 남의 집 곁방살이를 하면서 외손자 키우는 데 전력을 다하였다.

가난했지만 배곯지 않고 어린 날을 보낼 수 있었던 것은 외할머니의 지극한 정성 때문이었다. 그는 대여섯 살이 되도록 외할머니의 빈 젖꼭지를 물고 잠이 들었고, 대낮에는 남들 눈치 살피느라 참고 있다가 어둑어둑해지면 업어달라고 어리광을 부렸다. 외할머니의 특별한 사랑을 받으며 감꽃도 줍고 달팽이도 잡고, 뒷동산 구덩이 속에 새 새끼를 감추어두고 키우다면서 수선을 떨기도 했다.

정체성이 형성되는 네 살 무렵부터 청소년기 대부분을 그는 외할머니를 어머니로 인식하며 자란 것이다. 서른여덟 살의 외할머니와 네 살배기 외손자는 어머니와 아들로서도 전혀 어색함이 없었다. 나태주는 외할머

---

8) _____, 『외할머니랑 소쩍새랑』, 분지, 2000, 88쪽.

니의 이야기를 들으며 상상력을 키우고, 외할머니로부터 나무와 풀, 새들과 교감하는 법을 배웠다. 이때 외할머니의 모든 사상, 감정이 나태주에게 전이된 것이다. 고즈넉하고 단아한 외갓집의 분위기가 나태주의 정신세계에 영향을 미치면서 시작품 역시 그러한 영향으로부터 자유롭지 못했다고 할 수 있다.

> 어쩌면 외갓집에서 외할머니하고만 살려고 하는 아들이 미워서 그랬던 것이었는지도 모를 일이다. 또 어쩌면 방학이 되었으니 막동리 집에 가자고 하는 아버지의 제안을 내 편에서 단호히 거절했기 때문인지도 모르고, 전학을 시키겠다는 아버지의 주장을 내 편에서 받아들이지 않고 고집 부렸기 때문인지도 모를 일이다. 그 이유가 잘 기억나지는 않지만 나는 아버지를 피해서 달아나고 있었다. 아버지는 뒤쫓아 오고……
> … (중략) …
> 어쨌든 외갓집에 오신 아버지와 어머니는 다시 막동리 집으로 가셨고 나는 외할머니와 단둘이 다시 외갓집에 남게 되었다. 외갓집은 언제나 조용한 곳, 그 분위기가 나는 좋았다. 외할머니는 언제나 나를 편안하게 해주시던 분, 외할머니가 나는 좋았다. 외갓집은 또다시 호젓해지고 오므라들었던 내 마음의 줄은 천천히 풀려갔다. 외할머니가 여러 가지로 달래는 말을 해주셨다.9)

초등학교에 입학할 나이가 되자 아버지는 아들을 친가로 데려가려고 시도하지만 외갓집을 떠나지 않으려는 아들의 단호함 때문에 실패하고 만다. '외갓집은 언제나 조용한 곳'이었으며, 외갓집의 그러한 분위기가 나태주는 몹시 좋았다. 그러다가 결국 친가에서 살게 된 어느 날, 학교에 가지 않겠다고 떼를 쓰다가 어머니를 몹시 화나게 만들었다. 어머니는 베

---

9) 위의 책, 53~54쪽.

를 짜다가 사립문께서 비를 맞고 서 있는 아들에게 잉앗대를 던졌고, 그 것이 얼굴에 맞아 심하게 다치는 일이 벌어졌다. 그 일을 계기로 나태주 는 다시 외갓집으로 보내져 초등학교를 마치게 된다. 나태주는 그 일을 참으로 다행스럽고, 고맙고, 축복받은 일이라고 회상하고 있다. 실명의 위기까지 맞은 사건을 다행스럽고, 고맙고, 축복받은 일이라고 말한 것으 로 보아 그가 얼마나 외갓집에서 살고 싶어 했는가를 짐작할 수 있다.

젊고 힘센 아버지는 아들에게 공포의 대상이었다.[10] 그가 인식하는 한 아버지는 착하고 아름다운 어머니를 강압적으로 데리고 사는 산적 같은 사내일 뿐이었다. 어린 아들의 잘못을 눈감아주지 않는 패기와 젊음이 아 들을 더욱 외할머니의 품속으로 숨어들게 한 것이다. 따라서 외할머니와 함께 살던 시절을 나태주는 가장 만족스럽고 평화로웠던 시공간으로 기 억한다. 이러한 추억은 주도적이며 지속적으로 나태주의 시세계를 견인 해가는 요인이 되기에 충분하였다.

3. 시에 나타나는 외할머니의 원형

지구상의 여러 신화 중에서도 그리스 신화는 가부장권을 살아가는 인 간의 모습을 구체적으로 재현해주고 있다. 그들이 만들어간 서사는 가부 장권의 서로 다른 인물원형들이 화해하고 대립하며 엮어간 이야기라고 할 수 있다. 신화 속의 신들은 인간의 모습을 닮았지만 그 힘이 인간보다 훨씬 세거나 다양하게 행사되고 있을 뿐이다.

---

10) 나태주는 아버지가 19세 때 낳은 맏아들이다.

개인의 무의식 속에 신들의 원형이 내재한다면, 인간의 내적 욕망이 반영된 시 역시 그들의 영향에서 자유로울 수 없다. 따라서 본고는 나태주의 시에 지속적으로 등장하는 '외할머니'의 의미를 신들의 원형을 통해 탐구하고자 한다. 작품에 등장하는 '외할머니'가 데메테르와 헤스티아 원형의 양상을 구현한다는 전제하에 그들 원형이 지니는 의미를 살펴보기로 하겠다.

1) 모성회귀의 시세계 ─ 데메테르 원형

데메테르는 곡식의 수호신으로서 대지를 관장하며 양육자, 음식의 보급자로서 구현된다. 데메테르의 모성애는 강하고 지속적이어서 외동딸 페르세포네가 하데스에게 납치되자 아흐레 밤낮을 비를 맞거나 바람과 부딪치며 노천을 헤맸다. 딸을 잃었을 때의 분노와 실의는 그녀로 하여금 대지를 돌보지 않도록 하였으며, 황폐화된 대지는 곡식이 여물지 않고 꽃이 피어나지 않았다. 데메테르의 그러한 성향은 모성본능이 충만한 '어머니'의 원형을 함축한다.

어머니는 우리 인간의 고향이요, 그리움의 나라다. 그러기에 우리는 '어머니'란 말에서 한없는 부드러움과 정다움과 편안함을 느끼게 된다. 뿐만 아니라 어머니는 우리 최초의 친구요, 이웃이요, 스승이요, 보호자이다. 사람은 누구나 어머니란 거울을 통해서 세상을 보고 배우며 또 살아가고자 한다. 어머니는 여성이면서 그 이상이요, 인간이면서 그 이상인 신화적인 존재이다.[11] 이처럼 위대하고 신화적인 존재의 자리에 나태주

---

11) 나태주, 『추억이 말하게 하라』, 분지, 1997, 183쪽.

는 언제나 외할머니를 상정하였다. 호칭만이 외할머니일 뿐 나태주가 인식하는 외할머니는 어머니의 모든 것을 함의한 존재였다.

여기는 궈뜸
저기는 서아시
또 저기는 동아시
그리고 맹매
등 넘어서는
천방산 회리산 아래
절꿀 처마꿀 뒤꿀 첨방꿀
일요일 숙제로 신작로 가에 나와
코스모스 씨를 받는
초등학교 2학년짜리
여자아이한테
외갓집 마을 이름
알면서도 물어보고
그 대답에
실없이 반가워진다.

— 「막동리를 향하여 19」 전문

시인은 외갓집으로부터 비롯되는 추억의 지도를 그려놓고 그 공간에 현실의 자아를 위치시키고자 한다. 외갓집 마을 이름을 알고 있으면서도 길에서 만난 아이에게 재확인하는 행위는 추억을 현실에서 확인하고 싶은 무의식의 발현이라고 할 수 있다. 나태주가 이처럼 어린 시절의 추억에 집착하는 것은 외할머니의 모성으로 회귀하고 싶은 욕망의 표현이라고 하겠다. 따라서 나태주의 시에 나타나는 외갓집이나 외할머니는 모성의 고향으로서의 데메테르 원형을 구현한다고 언급할 수 있다.

나태주의 인식에서 '외갓집'이란 어휘는 그 공간의 절대적 존재인 '외할머니'까지를 포함한다. 외할머니는 외갓집을 완전하게 귀결하는 유일한 존재이며, 모정의 냄새와 그 영상이 묻어나는 모성의 고향이기도 하다. 엄마는 언제나 어머니였을 뿐, 외할머니를 '할매'라 부르며 자란 그에게 외할머니는 외할머니 이상의 의미를 지닌 존재였다.

저승에 대한 인식 또한 외할머니가 계신 나라이며, 외할머니와 재회할 수 있는 유일한 공간으로 상정된다. 그는 잠을 자다가도 대문 밖에서 "태주야, 태주야" 하고 부르는 외할머니의 목소리를 듣기도 하고, 살아계셨을 때의 모습 그대로 무명 치마저고리 차림의 외할머니를 만나기도 한다. 따라서 "언젠가는 가야 할 죽음의 나라도 외할머니가 먼저 가 계시기 때문에 무섭고 두렵지만은 않은 곳"[12]이다.

작품에서 외할머니는 모성의 고향을 상징하는 데메테르이며, 나태주는 모성의 고향으로 회귀하기를 소망하는 페르세포네로서 환기할 수 있다. 그가 존재하는 현실은 하데스의 지하세계이며, 외할머니가 계시는 지상은 데메테르의 모성이 존재하는 공간이다.

한편, 음식의 보급자로서의 데메테르 원형은 아이를 보살피거나 육체적·심리적·영적으로 남들을 보살핌으로써 모성 본능이 충족되며, 다른 사람들이나 자식들에게 음식을 해먹임으로써 그들의 어머니가 된 듯 만족을 느끼는 원형이기도 하다.[13]

> 시방도 기다리고 계실 것이다,
> 외할머니는.
>
> …중 략…

---

12) _____, 『외할머니랑 소쩍새랑』, 165쪽.
13) 진 시노다 볼린(Jean Shinoda Bolen, M.D.), 조주현·조명덕 옮김, 앞의 책, 238쪽.

손자들이 오면 주려고
물렁감도 따다 놓으시고
상수리묵도 쑤어 두시고

오나오나 혹시나 해서
고갯마루에 올라
들길을 보며.

조마조마 혼자서
기다리고 계실 것이다,
시방도 언덕에 서서만 계실 것이다,
흰옷 입은 외할머니는.

　　　　　　　　　　　　　　　　　—「외할머니」일부

　이 시는 물렁감과 상수리묵을 준비해놓고 외손자를 기다리는 데메테르 원형을 구현하고 있다. 데메테르의 음식으로 상정된 상수리묵과 물렁감은 시인이 외할머니와 공유했던 추억의 매개물이다. 데메테르의 모성 원형은 떠나간 자식을 간절히 기다리는 양상으로 구현되기도 하는데, 시속의 외할머니도 상수리묵과 물렁감을 준비해놓고 외손자를 기다린다. 외손자가 돌아오는 모습을 확인하고 싶어서 흰옷과 흰고무신을 신은 채 언덕에 올라가 망부석이 되기에 이른다. 이와 같은 형상화는 외할머니와 함께한 삶의 체험이 시인의 내면을 지배적으로 조율할 때 가능할 것이다.

흙내 나는
오두막집 방 안으로 돌아가고 싶다

따스한 아랫목의
잠 속으로 돌아가고 싶다

외할머니
옆에 계시고

밤이 깊어도
잠들지 못하고 속살거리는
상수리나무 마른잎

무엇보다 먼저
내 몸이 작아지고 싶다.

— 「꿈 2」 전문

시 「꿈 2」도 "흙내 나는 오두막집 방안"과 "따스한 아랫목의 잠 속"으로 돌아가고 싶은 시인의 회귀의식이 역력하게 드러난다. 여기서 '흙내', '오두막집', '방안', '아랫목', '잠 속' 등의 시어들은 모성의 고향을 구체화시켜주는 역할을 한다. '흙내'는 생명을 잉태하고 자라게 하는 대지와 상응하며, '오두막' 역시 포근한 어머니의 품과 같은 이미지를 함의한다. '방안'도 휴식을 취할 수 있는 공간인 '방'과, 비바람으로부터 보호막이 되어주는 '안'을 합성함으로써 모성이 지닌 포용력을 배가시켜주는 어휘로서 작용한다. '아랫목' 역시 온돌방에서 제일 따뜻한 부분으로 모성을 고조시키며, '잠 속'은 '잠'의 휴식 이미지에 '밖'이 아닌 '속'을 첨가함으로써 포근한 모성 이미지를 증폭시켜주는 역할을 한다.

나태주는 모성의 고향으로 들어가기 위해 "무엇보다 먼저/ 내 몸이 작아지고 싶다."고 한다. 작은 것은 더 많은 보호본능과 동정심을 유발하며, 모성의 품안으로 들어가는 데 물리적으로도 유리한 조건을 지니기 때문이다.

길어질 대로 길어진
거울밤

오줌 누러 일어나
물 한 컵 마시고

콩나물시루 옆으로 가
물을 퍼서 붓는다

너도 물이나 마셔라
물이나 마셔라

종이 창문에 이 시린
달빛 그림자 없고

머언 마을에 개 짖는 소리
부엉이 소리 없고

외할머니 세상에 이미
아니 계시지만.

―「겨울밤」 전문

　어린 시절 시인은 외할머니가 콩나물시루에 물주는 것을 보며 자랐다. 콩나물은 주로 방안에서 기르며, 채소가 귀한 겨울철에 비타민을 제공해 주는 식품이었다. 물을 자주 주어야만 잔가지 없이 매끈하게 자라기 때문에 자다가도 몇 번씩 일어나 물을 주었다. 그 시절엔 어느 가정에서나 볼 수 있는 정경이었지만 시인에게는 특별한 기억으로 각인된 듯하다.

　콩나물시루에 물주는 모습을 잠결에 보아온 시인은 외할머니 흉내를 내며 콩나물을 기른다. '너도 물이나 마시고 잘 자라라'라고 하는 주문은 외손자가 잘 자라주기를 바란 외할머니의 기도를 되새기는 행위이다. 외할머니는 외손자가 잘 자라주기를 바라는 마음으로 콩나물시루에 물을 주었을 것이고, 그 기도는 시인에게 전이되어 무의식을 지배하는 요인이 된 것이다. 현실 공간에선 "종이 창문에 이 시린/ 달빛 그림자 없고// 머언 마을에 개 짖는 소리/ 부엉이 소리"도 들리지 않지만, 시인의 상상력은 모성의 고향에 깊숙이 닿아 있다.

> 해가 떨어지는
> 서쪽 하늘가
> 노을 속에
> 오막살이 한 채
> 외할머니는
> 흰옷을 입고
> 흰버선을 신고
> 석양받이
> 오막살이 한 채.
>
> ──「막동리를 향하여 3」 전문

　일몰은 하루의 끝을 암시하며 '죽음'의 뉘앙스를 생성하기도 한다. 외할머니가 사는 오막살이는 이러한 이미지를 지니는 서쪽의 노을 속에 위치함으로써 '외로움'을 배가시키는 역할을 한다. 외할머니는 언제나 흰옷과 흰버선과 흰고무신을 신고, 노을 속에 흔들리는 오막살이 한 채로 형상화되는데, 흰색이 주는 이미지 또한 서글픔을 동반한다. 시인은 외할머니를 최대한 외롭게 상정함으로써 피붙이를 기다리는 데메테르 원형을 절실하게 구현하고자 한 것이다. 여기서 애상을 불러일으키는 '석양받이의 오막살이 한 채'는 자식의 귀소본능을 자극하는 매개체 역할을 충실하게 해낸다.

2) 자연친화적 시세계 – 헤스티아 원형

헤스티아는 화로와 신전의 수호신으로서 영적으로 느껴지는 존재이며 빛과 온기, 음식을 장만할 수 있는 불을 마련해준다. 헤스티아는 모험을 하러 황야에 나가지 않으며 집안이나 신전에, 또는 화로 안에 담겨져 있는 모습으로 다가온다. 헤스티아는 자신 내부의 주관적 경험에 관심을 기울이기 때문에 명상에 들 때면 완전히 몰두할 수 있다. 헤스티아의 초연함은 세상 사람들이 좇는 재산이나 권력, 명예에 집착하지 않으며 있는 그대로의 자기를 인정할 줄 안다. 있는 듯 없는 듯 자신의 일에 성실하며 높이 평가받으려고 하지 않는 헤스티아는 성숙한 내면을 지닌 원형이라고 할 수 있다.[14]

헤스티아 원형은 인내로써 고난을 승화시키는 양상과 인간관계 · 업적 · 재산 · 특권에 집착하지 않는 양상, 자연친화적이며 집안일에서 성취감을 얻는 여성의 양상으로 나타나지만 나태주의 시에는 대부분 '자연친화적인 생명 사랑'의 양상이 구현된다.

> 외갓집 손바닥만한 꽃밭에 물을 주면서
> 꽃을 무척 좋아하시던 외할머니 생각한다
> 내가 꽃을 좋아하는 것도 그 분에게서 배운 것이거니
> 지금은 없어진 내 꽃밭, 그리워라.
> — 「별곡집 135」 전문

> 봉숭아여, 분꽃이여, 외할머니 설거지물 받아먹고
> 내 키보다 더 크게 자라던 풀꽃들이여

---

14) 위의 책, 150쪽 참고.

여름날 꽃밭 속에 나무 의자를 가져다놓고
더위를 식히기도 했나니, 나도 한 꽃나무였나니……
—「별곡집 136」 전문

시 「별곡집 136」이 형상화하는 외할머니는 설거지한 물조차 함부로 버리지 않고 꽃밭에 뿌려주는 근면한 성품의 소유자이다. 설거지물을 꽃밭에 뿌려주는 행위는 알뜰히 꽃을 사랑하지 않고는 실천하기 어려운 행위이다. 그런데 이러한 행위는 외할머니 혼자서 한 것이 아니라 옆에서 보아온 나태주의 마음도 관여하고 있음을 알 수 있다. 그래서 나태주도 자연스레 꽃을 사랑하게 된 것이다.

꽃밭 속의 나무의자에 앉아 있던 시인과 외할머니는 결국 한 그루 꽃나무로서 동화되기에 이른다. 이러한 정황은 헤스티아 원형의 자연친화적인 양상과 동일한 선상에서 이해할 수 있다. 헤스티아는 자연을 훼손하지 않으며 자연과 가까워지고자 하는 성향을 강하게 지니기 때문이다. 나태주는 외할머니와 함께 꽃을 가꾸고, 그들을 삶 깊숙이 끌어들임으로써 자연친화적인 성향을 지니게 된 것이다.

나태주는 사내아이이면서도 계집애 같은 일면을 지니고 있었다. 외할머니와 단 둘이서 보낸 적적한 외갓집 분위기가 그토록 내성적인 아이, 말수가 적은 아이, 시무룩한 아이, 곰살궂은 아이, 계집애 같은 사내아이로 만들었는지도 모른다. 그의 관심은 어이없게도 예쁜 그림이나 예쁜 옷감, 예쁜 색실, 예쁜 꽃이나 풀과 같은 것들에게 쏠렸다. 뒤꼍에 조그맣게 분꽃이나 봉숭아, 과꽃을 기르는 화단을 만들기도 하면서 슬프고 아름다운 옛날이야기와 노래에 마음을 빼앗겨갔다.[15]

이러한 연유로 나태주의 시에는 작고 여린 존재들이 자주 등장한다. 일

---

15) 나태주, 『외할머니랑 소쩍새랑』, 101~102쪽.

상의 시각으로는 발견되지 않는 풀꽃이나 벌레들이 시작품의 소재로 빈번하게 선택되었다. 이러한 관심은 외할머니와 함께 꽃을 가꾸고 닭을 기르면서 형성된 것이라고 할 수 있다. "외갓집 추녀 끝 닭똥 구린내여/ 수채 구녁 가득히 흘러가는 지렁이 울음소리여."[16]라는 시구가 증명하듯, 그는 역겨운 냄새며 혐오스러운 벌레까지도 무심하게 보아 넘기지 않았다.

　그가 외할머니와 함께 꿩을 부화시켜 키웠다든지, 의료기기가 없는데도 원시적인 방법으로 닭의 개복수술을 해줬다든지 하는 행위는 일상적인 사고로는 이해하기 어렵다. 이처럼 외할머니와 함께 한 삶의 체험이 시인의 내면에 자연친화적인 헤스티아 원형을 내재시키는 계기가 되었을 것이다.

> 한지창 한 장을 사이에 두고
> 으르렁대는 밤바람과 얘기하고
> 떨고 있는 얼음별과 속삭이던 때
> 있었다
>
> 벌거벗은 버드나무 둥치 벌레집과
> 숨결 나누던 때
> 있었다
>
> 아마도 그 때는 나
> 한지창 한 장을 사이에 두고
> 밤바람이었고 얼음별이었던가
> 보다
>
> 벌레집 속의 어린

---

16) _____,『나태주 시전집』제1권, 220쪽.

벌레알이기도 했던가
보다.

─「한지창」 전문

　시 「한지창」에는 '외갓집'과 '외할머니'라는 시어가 드러나지 않는다.
그런데도 "벌거벗은 버드나무 둥치 벌레집과/ 숨결 나누던 때"는 외갓집
에서 외할머니와 함께 살던 때라고 짐작할 수 있다. 지금은 시골에서도
초가집을 찾아볼 수 없지만, 1970년대 이전의 시골사람들은 공통적인 경
험을 지니고 있다. 윗목에 떠다놓은 자리끼가 꽁꽁 얼어붙고, 이불을 둘
러쓰고 얼굴만 내민 채 잠을 자면 코가 시릴 정도로 겨울이 추웠다. 그러
나 시인에겐 그러한 추위마저도 외할머니의 보살핌으로 따뜻하게 추억될
뿐이다. "으르렁대는 밤바람과 얘기하고/ 떨고 있는 얼음별과 속삭"였다
는 형상화는 자연친화적인 헤스티아 원형의 양상이 구현된 예다. 시인
은 '밤바람'과 '얼음별'이라는 자연현상을 동등한 생명체로 인식한 것이
다. 또한 외갓집의 오두막을 '벌레집'으로 환기함으로써 자신을 벌레집 속
에서 보호받는 벌레알로 치환한 것 역시 자연친화적인 헤스티아 원형만
이 형상화할 수 있는 표현 기법이라고 할 수 있겠다.

조이 창문이 두 개 달린 집
두 개 가운데 하나만 불이 켜져서
밤마다 나는 황금의 불빛 아래
숨쉬는 조그만 알이 되고
아침마다 나는 솜털이 부스스한 어린 새 새끼 되어
알 껍질을 열고 나오고
외할머니 늘 조심스런 눈초리로
지켜보고 계셨다

불켜진 조이 창문이 쓰고 있는
썩어가는 볏짚 모자 속에
굼실굼실 뒹굴며 자라는 굼벵이들
쩍쩍글 참새들, 찍찍 쥐새끼들
더러는 굼벵이나 참새, 쥐새끼를 집어먹으며
몸통이 굵어가는 구렁이들

—「외할머니랑 소쩍새랑」일부

　나태주의 시에서 외갓집은 언제나 작은 오두막으로 형상화되는데, 이 작품 역시 그 범주를 벗어나지 않는다. '작은 조이 창문이 두 개 달린 집'은 '방이 두 개 있는 집'이라는 말과 다름이 없다. 그 중 창 하나만 불이 켜져 있다는 형상화는 나태주와 외할머니가 한 방을 썼다는 사실을 말해준다. 그처럼 작고 허름한데도 그 공간에 존재하는 생명체들은 사람과 짐승, 벌레를 불문하고 동등한 생명체로서 상호 우호적이다. 심지어 둘째 연에서는 오두막조차도 썩어가는 볏짚 모자를 쓴 인격체로서 형상화되기에 이른다.

　아침마다 알껍질을 열고 나오는 솜털이 부스스한 새새끼는 솜이불 속에서 자고 나오는 시인 자신이다. 오두막은 굼벵이, 참새, 쥐새끼들과 그들을 잡아먹는 구렁이까지도 가족으로 받아들여 자연공동체를 이룬 것이다. 그리하여 시인을 비롯한 그들 모두는 오두막과 외할머니의 모성 안에서 평화롭게 공존한다. 이러한 관점에서 이 시는 데메테르 원형과 헤스티아 원형을 농시에 구현했다고 할 수 있다. 첫째 연은 자식을 사랑하는 데메테르 원형이 구현된 예이고, 둘째 연은 자연친화적인 헤스티아 원형이 구현된 예이다.

4. 결론

본론에서 나태주의 시에 빈번하게 등장하는 '외할머니' 혹은 '외갓집'의 의미를 살펴보았다. '외할머니'는 '외갓집'까지를 함의하는 존재인바, 외할머니가 구현하는 원형의 양상은 다음과 같다.

첫 번째, 외할머니는 데메테르의 모성 원형을 내재하고 있다.

나태주는 외할머니의 극진한 보살핌을 받으며 유년시절을 보냈다. 그는 친가로 데려가려는 아버지와 여러 차례 맞서면서도 외할머니와 함께 살기를 고집하였다. 외할머니의 모성을 벗어난다는 것은 공포에 가까운 두려움이었기 때문이다. 모성애는 대부분 어머니에게서 느끼는 감정이지만 외할머니는 자식을 희생적으로 사랑하는 데메테르 원형을 행사함으로써 나태주의 정신세계에 모성의 고향으로 환기되기에 이른 것이다.

두 번째, 외할머니는 자연친화적인 헤스티아 원형을 내재하고 있다.

나태주는 외할머니와 함께 병아리를 기르고 꽃을 가꾸며 생명의 소중함을 배워나갔다. 외할머니의 자연친화적인 생활 방식이 나태주에게 전수되어 그 역시 자연친화적인 헤스티아 원형을 좋아하고, 내재하게 된 것이다. 자연과 동화되는 생활 속에서 생태계를 배워갔고, 외할머니의 사랑을 받으며 자신 또한 사랑을 베풀 줄 알게 되면서 작고 여리고 소외된 것들에게 관심을 기울일 수밖에 없었다고 하겠다.

그렇다면 '외갓집' 또는 '외할머니'의 의미는 '자연과 더불어 살아가는 방법을 가르쳐준 모성의 고향'으로 요약할 수 있다. 외할머니와 함께한 삶의 체험이 지금까지의 시세계에 영향을 주었듯이 앞으로의 창작활동에도 영향을 미치리라고 판단한다.

서정주 후기시의 형식과 기법

1. 서론

대부분의 연구자들은 서정주 문학의 정점을 여섯 번째 시집『질마재 신화』까지로 보고 있으며, 이후에는『질마재 신화』에서 완성한 시세계가 파편화되어 나타날 뿐이라는 견해를 보인다. 일관성 있게 발전해간 전기의 시세계에 비해 후기에는 중층적 · 분산적이라는 지적을 받는바, 그러한 현상은 일곱 번째 시집『떠돌이의 시』부터 나타나기 시작한다. 여행하면서 취한 소재들로 작품을 생산하는가 하면, 세계의 산을 소재로 삼고,『삼국유사』를 비롯한 한민족의 역사서와 설화집의 내용을 원용하면서 분산적인 시세계를 형성한 것이다. 앞 시기에 발표한 작품의 소재를 재사용한 것은 후기의 시세계가 중층적이라는 지적을 받는 원인이 되기도 한다.

작품에 등장하는 인물도 전기에는 3인칭이 많았던 데 비해, 후기의 인물은 '나'가 대부분을 차지한다. '나'가 화자가 되어 회상 · 독백 · 기록의 형식으로 작품을 형상화한 것은 미학성과는 거리가 있어 보이지만, 시인의 내밀한 내면을 표현하는 데는 최적의 방법이 되었을 수도 있다. 이러한 요소들이 일곱 번째 시집부터 드러나기 시작하면서 후기의 시세계를 특징짓는다.

후기시는 이야기체, 대화체, 창극형식, 희곡형식을 차용함으로써 간결한 시형식이 표현하기 어려웠던 육자배기와 판소리, 민요 가락을 자유자재로 구현하였다. 그러다보니 산문성이 강할 수밖에 없고, 작품의 구성이나 이미지, 언어에 주목하는 형식주의 문학이론에 반하게 되면서 비시적이라는 비판을 받기도 하였다. 그러나 산문성 안에 전통 소리의 요소들이 내재하고, 소설이나 희곡의 속성인 이야기체, 대화체 형식을 도입함으로써 후기시는 또 다른 세계를 구축해 나아간다.

2. 산문화 형식과 운율의 문제

후기시의 산문화는 시적이라는 것을 그 형식보다는 내용에서 찾아야 한다는 관점을 우선시한 사례이다. 후기시에 다수 도입되는 대화체, 이야기체의 작품은 산문화를 주도하면서 새로운 시형식을 추구한 실험적 산물이라고 말할 수 있다. 운율적 측면에서도 4음보와 층량 3보격의 도입은 시가 노래로서 읊어지는 데 성공적으로 기여했다고 할 수 있다.

1) 서사적 언술과 대화체

「저 거시기[居尸知]」는 『삼국유사』의 설화를 재구성한 작품이다. 형식상의 표기는 운문 형식을 취하고 있지만, 그 내용을 살펴보면 산문성이 강하게 내재한다.

> 그러신데 이 세상엔 땡도 있긴 있는 것이야.
> 굼벵이도 어쩌다간 뒹구는 재주가 있다고
> 거시기가 쏜 화살이 애앵 날아가더니
> 꼭 거짓말같이만 고 여우의 염통을 가 맞췄네.
> 이거야 정말 천지가 또 한 번 개벽해볼 일이지.
>
> 그래설라문 잔사설은 다 빼고
> 왜 그 남해용왕 할애비의 막내딸 아이 있지 않아?
> 나이는 금시 이팔청춘이고
> 이뿌기는 산복숭아 꽃봉오리 새로 머문 것 같은데
> 제 걸로 요걸 얻어설랑 가슴패기에 끼리고,
> 파도(波濤) 개여 잔잔한 날을 골라 배를 띄워서
> 고향으로 흔들흔들 돌아갔나니,
> 돌아가선 좁쌀이니 호박이니 수수목도 가꾸고
> 새끼들도 조랑조랑 까서 데불고
> 센머리가 파뿌리 되도록 오랜 살면서
> <거시기 팔자 상팔자>로 고쳐 갔나니.
>   ─「저 거시기[居尸知]」일부

이 작품에서 "그러신데 이 세상엔 땡도 있긴 있는 것이야."라는 형상화는 해학적인 구어체를 차용한 예이다. 여기서 '거시기'는 사람 이름인바, 사람 이름조차 해학성이 강한 어휘를 채택한 것이다. 서정주는 거시기가

여우를 죽이는 사건에 대해서도 그의 실력이 발휘된 것이 아니라 예견하지 않은 뜻밖의 좋은 수였다고 형상화하면서 '땡도 있긴 있는 것이야'라고 비아냥거림으로 처리하고 있다. 거시기가 여우의 급소를 맞춘 사실에 대해서도 "굼벵이도 어찌다간 뒹구는 재주가 있다"라고 공로를 폄하하고 있으며, 화살이 날아갈 때 나는 소리를 "애앵"이라고 형상화함으로써 여우를 죽이는 결정적인 순간의 소리조차 장난스럽게 처리하였다. 이러한 어투는 시 전반을 구성하는 표현 기법이 되는데, 이것을 문어체로 변환하면 다음과 같다.

> 그런데 이 세상엔 행운도 있는 거야.
> 굼벵이도 어찌다가 뒹구는 재주가 있다고
> 거시기가 쏜 화살이 날아가더니
> 꼭 거짓말같이 여우의 염통을 맞췄네.
> 이것은 정말 천지가 개벽할 일이지.
>
> 그래서 딴 소리 집어치우고
> 왜 그 남해용왕 할아버지의 막내딸 있지?
> 나이는 이팔청춘이고
> 산복숭아 꽃봉오리같이 예쁜데
> 신부로 얻어서
> 파도 잔잔한 날 배를 띄워
> 고향으로 돌아갔으니,
> 돌아가선 좁쌀이니 호박이니 수수목도 가꾸고
> 새끼들도 조랑조랑 낳아 데리고
> 흰머리가 파뿌리 되도록 오래 살면서
> <거시기 팔자 상팔자>로 고쳐 갔느니.

구어체의 작품과 문어체 작품을 비교해보면 뉘앙스가 확연히 다름을 알 수 있다. 구어체의 작품은 현장감괴 부연미를 내재함으로써 서사시 구현에 알맞을 뿐 아니라, 해학과 풍자성을 드러내는 데도 적절한 형식이다. 그러나 시론이 추구하는 함축성·긴밀성·간결성·상징성·은유성을 상실하게 됨으로써 운문의 품격을 지니지 못하게 되는 단점이 있다.

시집『떠돌이의 시』부터『80소년 떠돌이의 시』까지의 시형식을 도표로서 구체화하면 다음과 같다.

시의 형식 / 시집명	운문형식	산문형식	희곡 또는 창극형식	총 편수
떠돌이의 詩	53편	5편	1편	59편
西으로 가는 달처럼	98편	13편	5편	116편
鶴이 울고 간 날들의 詩	55편	57편	1편	113편
안 잊히는 일들	77편	15편		92편
노래	55편		1편	56편
팔할이 바람	51편			51편
山詩	88편		3편	91편
늙은 떠돌이의 詩	72편			72편
80소년 떠돌이의 詩	48편			48편
총계	597편 (85%)	90편 (13%)	11편 (2%)	698편

이와 같은 통계는 행과 연 가름에 중점을 두었으므로 도표에 나타나는 산문시가 후기 작품에서 논의하는 산문성을 모두 함의한다고 판단해서는 안 된다. 「저 거시기[居尸知]」에서 확인했듯이 운문형식을 지닌 작품들도

산문성을 내재할 수 있기 때문이다. 따라서 산문화를 논의할 때는 표기상의 형식보다 작품에 내재하고 있는 산문성 혹은 산문정신을 기준으로 삼아야 할 것이다. 통계에 의하면, 후기시 총 698편 중 산문시 형태를 지닌 작품은 90편으로 13% 정도를 차지한다. 그런데도 독자들은 후기시 대부분을 산문시로서 인지하고 있다. 그것은 운문형식으로 표기된 작품이라도 일인칭 고백체, 이야기체 등의 서술 형식을 많이 차용하고 있기 때문이다.

산문화와 함께 후기시의 특징적인 요소는 대화체의 도입이다. 대화체가 많이 도입된 시집은 『산시』와 『서으로 가는 달처럼』, 『학이 울고 간 날들의 시』, 『80소년 떠돌이의 시』이다. 『산시』는 특히 대화체로 구현되는 작품의 제목을 '~산과의 대화'라고 제명함으로써 그 구성에 대화체가 차용되고 있다는 것을 직접적으로 제시하고 있다.

> 스웨덴의 주봉 케브네카이세에게
> 내가
> 「나는 자네들 나라의 창시자 오딘을 좋아하네.
> 호색적이고 변덕꾸러기이고 애꾸눈이긴 하지만
> 그 시인다운 슬기를 좋아하네.
> 그가 매달려서 고행하며
> 스웨덴 최초의 그 신비문자 <르네>를 만들어냈다는
> 그 천지의 생명나무 —
> 그 큰 상수리나무도 좋아하네」
> 하고 말을 걸어 봤더니,
> 「그 상수리나무는 또
> 어디가 특별히 좋은가?」
> 하고 묻기에
> 「그건 그 세 개의 뿌리 중에서

그 한 개는 하늘에다 박고 있다는 게
독특하고 형이상학적이어서 그러네」
했다.
　　　　　　─「스웨덴 주봉(主峰) <케브네카이세>와의 대화」일부

　인용시는 '나'와 '케브네카이세' 산과 대화하는 형식으로 구현되며, 대화의 내용은 북유럽의 최고 신 '오딘'에 관한 이야기이다. 오딘은 호색한이고 변덕쟁이이며 애꾸눈이지만, 그의 시인다운 슬기가 좋다고 '나'가 먼저 '케브네카이세' 산에게 말을 건넨다. 오딘이 세계나무(물푸레나무)에 매달려 고행하며 스웨덴의 문자 '르네'를 만든 것이 좋고, 그 세계나무도 좋아한다고 말하자, 그 나무의 어디가 특별히 좋으냐고 '케브네카이세' 산이 되묻는다. 나는 세 개의 뿌리 중에서 한 개를 하늘에 박고 있는 것이 독특하고 형이상학적이어서 좋다고 대답한다.

　시베리아에서는 집을 지을 때 지붕 한쪽에 하늘로 향하는 기둥을 세워두는 관행이 있었다고 한다. 그러한 행위를 그들과 스웨덴의 선조들 중 누가 먼저 했는가 하고 '나'가 묻자, '케브네카이세' 산은 한참을 침묵한 후에 '아무려면 대순가?'라고 대답한다. 이 부분에서 신화의 보편성을 생각해볼 수 있다. 스웨덴과 시베리아는 동일한 북유럽권으로 비슷한 신화를 공유할 가능성이 크지만, 아프리카와 아메리카처럼 멀리 떨어진 지역에서도 동일한 신화가 발견됨으로써 신화의 보편성이 제기되는 것이다. 때문에 두 지역의 신화에 대해 어느 것이 먼저냐고 묻는 것은 집단무의식 측면에서 아무 의미가 없다. 누가 먼저였는가가 중요한 것이 아니라 다른 곳에 동일한 신화가 존재한다는 사실만이 중요할 뿐이다.

　오세영은 『80소년 떠돌이의 시』 해설에서 "시는 일반적으로 서정시의 현대적 변용이며, 그 형상화에 있어서는 1인칭 자기고백체에 의존한다."

고 기술하였다. 즉, 전형적인 시는 1인칭 화자의 자기고백적 문학양식인 것이다. 이것은 소설이 3인칭 이야기체로 되어 있고, 드라마가 2인칭 대화체로 되어 있는 것과 구분되는 사실이다. 그렇다면 서술적 이야기체, 2인칭 대화체를 도입한 서정주의 후기시는 전형적인 시의 틀에서 벗어나 있다고 언급할 수 있을 것이다.

2) 반복률과 가창의 구현

시가의 구성 요소 가운데 특징적인 것은 시가에 내재하는 음악성이다. 시의 운율을 논할 때 '외형율' 또는 '내재율' 운운하며 리듬감을 강조하는 것도 시의 음악적 특성이 갖는 중요성 때문이다.

여(余) 서정주의 독창
이세상의 남녀노소 얇지않은 귀있걸랑
이내말씀 들어보소. 깊이깊이 들어보소.
옛부터 까마귀는 불길하다 하는 샌데
어찌하여 대영제국 윙머식한 사람들은
런던탑에 까마귀들 날개잘라 먹이면서
<이 까마귀 훨훨 날아 딴나라로 갈작시면
영국땅은 망한다>고 안간힘을 쓰시는고?

런던탑에 목이 잘린 억울한 원귀들의 합창
여보소 자네씨가 무슨 묘책 가졌걸랑
우리들 좀 풀어주소. 답답해서 못살겠네.
이나라의 인종들은 윙머식은 해설랑은
형이하학 곧잘 하나 형이상학 서툴러서

추상이나 갖구 놀다 하폄하는 것 알지않나?
답답해서 답답해서 답답해서 답답해서
그러다가 우리피를 기껏 흘려 만든 것이
꼭 단 하나 실감있는 저승의 간접상징
꾸무룩한 원귀들이 못떠나는 간접상징
어슴푸레 안개속에 런던탑 이것이니,
까욱까욱 우리 불러 울어대는 까마귀떼
보내구선 잊을까봐 걱정되어 그런다네.
답답하고 답답하이. 우리들 좀 풀어주소.
　　　　　　　　　── 「런던 塔의 수수께끼(오페레타)」 일부

　인용시의 첫 행을 보면, '이세상의'(4음격) '남녀노소'(4음격) '얇지않은'(4음격) '귀있걸랑'(4음격)이라는 4음격 4개(4보격)가 결합하여 형성되었음을 알 수 있다. 이러한 형식이 모든 행에서 동일하게 실현됨으로써 위 작품은 4음 4보격 시가의 특징을 드러낸다. 4음 4보격의 시가는 3음 4보격이든, 2음 4보격이든 질적으로 동일한 같은 크기의 음보 4개로 이루어진다는 점에서 일반적으로 '4보격'으로서 통용될 수 있다.[1] 4보격은 모든 보격 가운데 가장 많이 쓰이는 양식으로서 첫째 음보와 셋째 음보의 첫 음절에 율동강세가 오는 특성이 있다. 따라서 1 · 2보격과 3 · 4보격은 각각 대등한 반 행의 구실을 하기도 한다. 그러나 4보격은 반 행 단위에서 보다 행 단위에서 통사적 완결성이 두드러진다.

　4음 4보격은 4음 2보격 두 개가 중첩으로 형성된 안짝(1 · 2보격)과 바깥짝(3 · 4보격)이 완전한 대칭을 이룸으로써 율격적 평형을 얻고 안정성을 확보하게 되어 4보격 특유의 유장한 율동감을 자아낸다. 따라서 4보격을 형성하고 있는 「런던탑의 수수께끼」도 차분하고 안정감 있는 리듬감

---

1) 성기옥, 『한국시가율격의 이론』, 새문사, 1986, 202쪽 참고.

을 내재하게 되는 것이다. 이처럼 안정감 있는 운율을 악보로 환기한다면 가창의 기교를 배제한 평이한 악보이기 때문에 독창보다는 합창에 알맞은 형식이라고 할 수 있다. 원귀들의 합창에 4보격의 율격을 차용한 것은 이러한 연유에서라고 하겠다.

이 작품은 "답답해서 답답해서 답답해서 답답해서" 혹은 "답답하고 답답하이"와 같이 동일한 낱말의 변형태를 반복적으로 열거하고 있는데, 이러한 반복법은 리듬 형성에 효과적으로 기능한다. 인용시는 4보격과 반복법이 지니는 음악성이 복합적으로 작용함으로써 노래로 불리기에 적절한 구조를 지니고 있다. 이러한 구조 때문에 리드미컬하면서도 감동적으로 읽히게 되는 것이다. 제목에서부터 오페레타라고 제시한 만큼 작품에 내재하는 음악성은 시인이 의도한 것이며, 이 의도를 실현하기 위해 4보격의 율격을 차용했다고 언급할 수 있다. 산문성이 강함에도 불구하고 후기시가 노래처럼 읊어지는 것은 이러한 율격구조 때문이다.

4음 4보격의 율격구조는 누구나 부를 수 있는 운율을 내재하지만, 다음에 인용한 작품들은 층량 3보격의 율격 양상을 보인다. 이들은 열한 번째 시집 『노래』에 실린 작품으로, '노래'로 불리기에 부족함이 없다. 작품 ①은 원문이며, ②는 원문을 보격 단위로 띄어 쓴 것이다.

① 봄눈 오는 골목에서 생각해 보니 　사랑에 에누릴랑 못하겠읍네. 　대밭 속에 둘이 숨어 싸각이거나 　솔밭 속에 둘이 숨어 서성일망정 　그 에누린 죽어도 못하겠읍네! 　　　　　─「봄눈 오는 골목에서」 일부	② 봄눈오는 골목에서 생각해보니 　사랑에 에누릴랑 못하겠읍네. 　대밭속에 둘이숨어 싸각이거나 　솔밭속에 둘이숨어 서성일망정 　그에누린 죽어도 못하겠읍네! 　　　　　─「봄눈 오는 골목에서」 일부

① 하늘이 저렇게도 침묵만 하니
　난초는 안타까워 꽃 피는 거냐?
　그 사랑 맺어 맺어 꽃 피는 거냐?
　그래서 그 향기도 유별난 거냐?
　　　　─「밤에 핀 난초 꽃」 일부

② 하늘이 저렇게도 침묵만하니
　난초는 안타까워 꽃피는거냐?
　그사랑 맺어맺어 꽃피는거냐?
　그래서 그향기도 유별난거냐?
　　　　─「밤에 핀 난초 꽃」 일부

① 한밤중에 슬프게 목울음 우는
　선운산 두견새에 그 까닭을 물으니
　「서러워도 너이는 울 줄도 몰라
　내가 대신 우노라」고 대답합디다.
　　　　─「두견새와 종달새」 일부

② 한밤중에 슬프게 목울음우는
　선운산 두견새에 그까닭을 물으니
　「서러워도 너이는 울줄도몰라
　내가대신 우노라」고 대답합디다.
　　　　─「두견새와 종달새」 일부

　인용한 시들의 율격구조를 보면, 첫 마디와 둘째 마디는 3음절이나 4음절로 구성되지만, 셋째 마디는 5음절로 구성되었음을 알 수 있다. 첫째 마디나 둘째 마디에서 3음절을 보이는 것은 자수가 셋이라 하더라도 음량은 4음절과 동일한 길이를 지니므로 4음절로 인식해야 한다. 따라서 이 작품은 층량 3보격의 율격구조로 형성되었다고 말할 수 있다.

　층량 3보격은 4음격의 음보 두 개와 5음격의 음보 하나가 결합하여 형성되는 4 · 4 · 5음의 3보격을 의미한다. 층량 3보격은 동적인 긴박감 조성을 특징으로 하는 3보격적 율동과 정적인 유장함을 조성하는 4보격적 율동이 복합된 율격 형태이다. 자유분방한 감정 표출이 앞서는 3보격적 성향과, 차분하고 정리된 생각의 깊이를 중시하는 4보격적 성향이 공존하는 형식인 것이다. 성기옥의 견해에 입각하여 층량 3보격의 율격구조를 분석하면, 마지막 음보가 내적 휴지를 동반한 5음격 음보이기 때문에 그 심층은 2보격적 구조를 지닌다. 즉, 4 · 4 · 5(2 · 3)의 4보격적 구조를 형성하기 때문에 4보격적 속성을 지니게 되는 것이다. 따라서 층량 3보격은 확고한 가치질서나 신념체계가 바탕이 되는 생각을 중심축에 두면서도, 현실적으로 일어날 수밖에 없는 감정의 기복이나 정서적 갈등의 현장을 포착해낼 수 있는 율동을 표출할 수 있다. 이 점이 근대에 들어 층량 3보격의 율격구조를 선호하게 된 이유라고 하겠다.

시집 『노래』는 시의 배경을 계절별로 유형화하여 싣고 있는데, 여기서 '노래'가 의미하는 바는 노래 부르듯이 과거를 추억한다는 뜻으로 받아들여진다. 즉, 『노래』에 상재된 작품들은 시로서 읊어지기보다 노래로 불리길 원했다고 할 수 있다.

> 그러나 그 화살은 날개만 맞혀
> 날갯털 하나만을 땅에 떨구었는데
> 그걸 갖다 눈에 대고 세상을 보니
> 세상은 두루 왼통 피비린내 바다고
> 사람들은 모두 다 짐승들로 보였네.
> 어이쿠나 큰일났군! 아깐 자식 돌았군!
>
> 가로 뛰고 모로 뛰며 가슴팍을 치면서
> 강원도라 오대산의 어느 움막집까지
> 미치고 돌아 돌아 딩굴어 드니,
> 중 하나이 기대리고 앉아 있다가
> 한쪽 끝이 찢겨 나간 가사ㄹ 보이며
> 「네가, 이놈, 쏘아 떨군 학의 날개는
> 내가 항상 입고 사는 가사 끝이다」
> 하여서야 미친 기가 슬슬 가라앉으며
> 피비린내도 썰물처럼 물러가고 있었네.
>
> —「신효의 옷」 일부

율격구조에 대한 논의 중 층량 3보격의 율격구조를 일본의 전통 율격인 7 · 5조로 파악하는 견해가 있었는바, 이러한 논의는 개화기 무렵 최남선의 신체시 가운데 대부분의 작품이 7 · 5조로 읽혀진다는 데서 근거한다. 한편으로는 7 · 5조를 우리의 전통 율격인 민요조로 파악하고, 그것을 현대적으로 계승한 인물로 김소월을 내세우는 견해도 있다.

김대행은 우리 민요를 검토한 결과 7 · 5조를 찾을 수 없었다면서 7 · 5조를 우리 고유의 전통률로 인정하는 견해를 반박하였다. 그는 7 · 5조가 우리에게 친근하게 접근되고, 쉽게 정착할 수 있었던 이유를 7 · 5조가 지니는 율격 단위의 시간적 등장성이 우리의 리듬 감각과 쉽게 접목될 수 있었던 데서 찾았다.[2]

조창환은 7 · 5조를 '3 · 4 / 5(2 · 3)'나, '4 · 3 / 5(3 · 2)'의 변이로 분석하였다. 그리고 7 · 5조가 일본 시가 율격에서 수입되고 정착되었음을 부인하지는 않으나, 전통의 문화적 토양과 우리 감각에 어울리는 요소를 지니고 있으며, 과거 7언시나 5언시로 대표되는 한시의 관습적 친화감과 연계되기 때문에 우리의 토착적 리듬과의 확연한 단절은 위험하다고 피력하였다.[3]

성기옥은 일본의 7 · 5조와 한국의 7 · 5조의 변별성을 두 민족의 상이한 율격 체계에서 찾고 있다. 즉, 일본 시가의 율격은 음절수의 규칙성에 따라 율격 모형이 결정되는 음절율이지만, 우리 시가의 율격은 음보의 크기와 수의 규칙성에 따라 율격 모형이 결정되는 음량율이라는 것이다. 따라서 일본 시가 율격의 기층단위가 음절이라면, 우리 시가 율격의 기층단위는 음보가 된다. 뿐만 아니라 음보의 형성은 음절만이 아닌, 음절과 장음 · 정음(구성 자질) 및 율격 휴지(분할 자질) 등 율격 형성 자질의 실현

---

2) 김대행, 『한국시가구조연구』, 삼영사, 1982, 59~73쪽 참고.
3) 조창환, 『한국현대시의 운율론적 연구』, 일지사, 1986, 24~25쪽 참고.

을 거쳐서 이루어진다는 것이다.4) 이러한 논의와 함께 성기옥은 7·5조의 율격 양상을 아예 충량 3보격으로 지칭해야 옳다고 주장한다.

운율구조에 관한 본고의 논의는 성기옥의 견해를 긍정적으로 수용하고자 한다.

「신효의 옷」의 율격구조를 살펴보면, '그러나(3) 그 화살은(4) 날개만 맞혀(5)/ 날갯털(3) 하나만을(4) 땅에(2) 떨구었는데(5)/ 그걸 갖다(4) 눈에 대고(4) 세상을 보니(5)/ 세상은(3) 두루 왼통(4) 피비린내(4) 바다고(3)/ 사람들은(4) 모두 다(3) 짐승들로(4) 보였네(3)/ 어이쿠나(4) 큰일났군(4) 아깐 자식(4) 돌았군(3)'으로 정리된다. 이를 다시 행별로 정리하면, 3·4·5자수와 3·4·2·5자수, 4·4·5자수, 3·4·4·3자수, 4·3·4·3자수, 4·4·4·3자수가 된다.

「신효의 옷」은 충량 3보격의 율격구조와 4보격의 율격구조가 복합적으로 실현되고 있음을 알 수 있다. 제1행과 제3행은 충량 3보격의 율격구조를 띠며, 제2·4·5·6행은 4보격의 율격구조를 띤다. 제2행의 3·4·2·5자수에서 2자수와 5자수를 합한 다음 둘로 나누면 4자수와 3자수가 된다. 그렇다면 제2행의 3·4·2·5자수는 3·4·4·3자수와 동일하게 간주할 수 있다. 3자수도 4음보의 음량을 지닐 수 있다면, 제2행은 4음보의 음격 4개로 구성된 4보격으로서 판단이 가능하다. 즉, 날갯털(3) 하나만을(4) 땅에떨구(4) 었는데(3)로 읊을 수 있다는 것이다. 이 작품은 충량 3보격이 지니는 율동성과 함께 4보격이 지니는 율동성이 교차적으로 실현되면서 다양한 리듬감을 자아낸다고 할 수 있다. 이것은 하나의 율격구조가 실현될 때의 단조로움을 극복하고, 엇박자 리듬의 역동성이 구현되는 운율형식이 될 것이다.

---

4) 성기옥, 앞의 책, 261쪽.

3. 해학·풍자적인 어조

포스트모더니즘의 논의와 함께 패러디는 문학·연극·영화·미술 등 다양한 장르를 넘나들며 중요한 예술 양식으로 자리 잡고 있다. 문학을 패러디함에 있어서 언어의 절대적 권위를 무너뜨리는 방법은 웃음과 풍자를 무기로 삼는 것이었다. 이러한 "패러디의 오랜 형태는 진지한 작품을 풍자적으로 모방했던 익살극이나 조롱극(burlesgue, travesty) 등에서 찾아볼 수 있다."5) 패러디는 선행 텍스트의 형식과 어조를 모방함에 있어서 부합되지 않는 하찮은 내용이나 천박한 형식을 삽입하기도 한다. 기존의 문학작품이나 장르, 도덕적 관습까지도 익살스럽게 만드는 풍자적 양식으로 조롱·야유·과장 등의 성격을 지니는 것이다.

1) 이야기시적 특성

서정주의 후기 작품에는 이야기체가 많이 도입된다. 이야기하는 주체는 서정주 자신이거나 또는 시인이 지정한 화자가 이야기꾼이 되어 작품을 형상화해나간다. 사실상 이야기체의 도입은 『질마재 신화』에서부터 시작되는데, 조창환은 '시에 대한 기존의 합의를 완전히 무시하는 비시非詩의 형태를 지님으로써 시와 잡문과의 구별을 무색케 하고 있다.'6)고 보았으며, 황동규는 '언어의 긴장감도 없고 시편 전체가 상想이나 리듬이나

---

5) 신익호, 『현대문학과 패러디』, 제이앤씨, 2008, 19쪽.
6) 조창환, 「산문시의 양상」, 『현대시학』, 1975년 2월호, 107쪽.

짜임새에 있어 너무 정적으로 진전이 없다.'[7]라고 하였다. 반면에 정효구는 '의미의 일탈을 보여 이야기가 상징적인 울림을 가지고 있다.'[8]라고 판단하였고, 유종호는 '과감하게 산문지향의 모습을 보여주고 있다.'[9]라는 긍정적인 의견을 제시한바 있다.

　　　　휑하게 휘영청 밝은 달밤엔
　　　　꼬리 아홉 개 달린 흰 암여우가
　　　　우리 집 뒷골 세 갈림 길에서
　　　　재주를 획 하고 한 번 넘으면
　　　　쉬는 숨결에서도 항시 좋은 향내가 나는
　　　　꽃보다도 더 이쁜 여자가 되어
　　　　사내들을 호리러 나온다고,
　　　　어느 달밤에 할머니가
　　　　눈웃음치며 말씀하셔서,

　　　　나도 사내는 사내인지라
　　　　이튿날 아침엔 나막신 신고
　　　　골목길로 나서서 한식경을 기웃거리며
　　　　찾어 보았지만
　　　　영영 그 모양은 보이지가 않어서,

　　　　언덕에 올라
　　　　개(浦) 넘어 산 쪽을 건네다 보니
　　　　보리밭 위에 흰 구름만 둥둥둥 떠가면서
　　　　그 구름 그늘에 보리 누른 빛이
　　　　어슴푸레 잠기고만 있었을 뿐,

---

7) 황동규, 「두 시인의 시선」, 『문학과 지성』, 1975년 겨울호, 949~951쪽 참고.
8) 정효구, 「이야기시의 가능성」, 『존재의 전환을 위하여』, 청하, 1980, 51~54쪽 참고.
9) 유종호, 「소리지향과 산문지향」, 『작가세계』, 1994년 봄호, 85~98쪽 참고.

여든 살이 된 이날 이때까지도
그런 여자를 만나본 일은 없다.
숨결이 늘 향기로운 그런 여자도,
그 아홉 개의 흰 꼬리가 드디어 드러나는 여자도
아직까지는 본 일이 없다.
아마 이것은 할머니가
못된 여자를 조심하라는 뜻으로
내 나이 일곱 살 때에 일찌감치 말씀해두신 것이겠다.
　　　　 ―「일곱 살 때 할머니에게서 들은 흰 암여우 이얘기」 전문

'이야기' 즉 'narrative'란, 그리스어로 말하면 'mythos', 영어로는 'myth'이
다. 그리스어에는 '언어' 혹은 '말'이라는 단어가 여러 개 있지만 그 중에서
도 대표적인 것은 '로고스(logos)'와 '미토스(mythos)'였다. 전자는 논리적·
이성적·직접적·추상적인 언어이며 후자는 비논리적·감각적·암시적·
구체적 언어이다. "논리적인 개념이나 이성적 사유는 '로고스'의 언어로
충분히 표현하거나 전달할 수 있지만, 이 세상은 이성만으로는 해명될 수
없는 것들이 많고, 이성으로 설명할 수 없는 것이 세계의 본질 혹은 토대
를 이룬다."[10] 여기서 '로고스'의 언어가 지니는 한계성이 드러나는 것이
다. 그리하여 고대인들은 이성이나 논리적 사유로 해명할 수 없는 문제들
을 간접적으로 깨우치도록 하기 위하여 '이야기'라는 형식의 언어를 개발
하기에 이르렀다. 이것이 신화, 즉 '미토스'라 불리는 이야기인 것이다.

인용시에서 여우가 나타나는 시간은 달이 휘영청 밝은 밤이다. 시골의
처녀 총각들에게 달 밝은 밤보다 낭만적인 분위기를 자아내는 시간은 없
을 것이다. 그들은 집을 나와 자연 속으로 숨어들 것이고, 그것을 경계하
기 위해 설정된 상황이 '여우는 달 밝은 밤에 나온다.'라는 것이다. 그렇게

---

10) 오세영, 앞의 글, 112쪽.

함으로써 달 밝은 밤에 발생하는 자녀들의 외유를 막아보고자 한 것이다. 그 밤에 만나는 예쁜 여자는 여우처럼 본색을 알아채기 어려우니 경계하라는 의도 또한 숨겨져 있다.

할머니의 경고에도 불구하고 시인은 그런 여자를 만나고 싶어 한다. 그래서 언덕에 올라 개(浦) 너머를 넋 놓고 바라보아도 누런 보리밭 위로 흰구름만 흘러갈 뿐 숨결이 늘 향기로운 여자도, 흰 꼬리를 아홉 개나 드러내는 여자도 여든 살이 될 때까지 나타나지 않는다. 이 시는 예쁜 여자를 조심하라는 주제 외에 죽는 날까지 버릴 수 없는 '그리움' 또는 '기다림'이라는 속주제도 함의하고 있다. 그리움이나 기다림의 대상을 '사람'으로 한정할 필요는 없다. 그것은 이루고 싶었던 '꿈'일 수도 있고, 그렇게 살고 싶었던 '삶'일 수도 있다.

2) 창극과 희곡형식의 도입

서술형식을 취한 서사시가 소설의 출발점이 되었다면, 표출형식을 취한 극시는 희곡의 출발점이 되었다. 희곡을 뜻하는 '드라마(drama)'가 움직인다는 뜻을 지닌 'dran'에서 유래되었다는 사실은 희곡의 본질을 이해하는 데 도움을 준다. 즉, 희곡 또는 창극은 공연을 전제로 하는 대본이라는 점이 강하게 시사되는 것이다. 후기에 도입되는 창극과 희곡형식의 작품은 11편에 불과하지만, 한 시집에 편향되지 않고 골고루 분포되어 나타난다.11) 이러한 사실은 서정주가 희곡형식의 작품을 후기 내내 시도해왔음을 입증해주는 증거이다.

---

11) 앞의 도표 참고.

신문대왕

(동해 바닷가에서)

「죽어서도 이 나라를 길이 지켜 내자면

창피치만 비늘 돋친 용이라도 돼야겠다.

내 죽으면 바다에서 하늘까지 뻗히는

호국용이 될 것이니 바다 속에 묻어 놔라」

내 아버님 문무대왕 말씀하신 꼭 그대로

바다에 묻은 지도 많은 해가 바뀌어서

학두루미도 여러 직을 새끼들을 까 났는데,

바다에선 여직까지 새 기별이 안 오느냐?

아니라면 우리 눈이 흐려지고 만 것이냐?

해군제독 박숙청

저기 저기 바다 쪽을 살피어 보옵소서.

제 눈에는 분명하게 동해의 섬 하나가

더는 이상 못 참겠다 몸부림을 쳐대면서

문무황제 폐하의 감은사를 향하여

유유히 떠오는 게 아주 잘 보이나이다.

돌아오는 어선처럼 희희낙락 오는 것이

거울 같은 마음눈에 비쳐 보이나이다.

　　　―「<만파식적>이란 피리가 생겨나는 이얘기(小唱劇)」 일부

　창극은 20세기 초 판소리의 극적인 성격과 발림이 발전하며 형성된 극으로, 서양의 오페라와 비슷한 성격을 지닌다. 판소리는 한 사람의 창자와 한 사람의 고수가 호흡을 맞춰 공연하는 반면, 창극은 배역마다 창자가 존재하고, 연극처럼 막과 장으로 나누어 공연을 한다.

　인용시의 배역은 신문대왕, 해군제독 박숙청, 일관 김춘질, 사신, 용 등 다섯 인물 혹은 동물이며, 공간적 배경은 동해 바닷가이다. 지문에 해당하는 부분은 공간적인 배경을 설명하는 "동해 바닷가에서"와 사신의

행동을 설명하는 "드디어 그 섬의 탐색을 끝내고 돌아와서 신문대왕께 보고하기를" 외에 세 부분이 더 있다. 시의 한 연은 한 창자의 대본 성격을 지닌다.

제1연은 "죽어서도 이 나라를 길이 지켜 내자면/ 창피치만 비늘 돋친 용이라도 돼야겠다./ 내 죽으면 바다에서 하늘까지 뻗히는/ 호국용이 될 것이니 바다 속에 묻어 놔라"고 하는 문무대왕의 유언이 액자 형태로 삽입된다. 그런 후 아버지의 유언이 실현되지 않음을 안타까워하는 신문대왕의 대사가 구현된다.

이들의 대사에는 풍자적 · 해학적인 구어체가 차용된다. 문무대왕의 유언 부분인 '창피치만 비늘 돋친 용이라도 돼야겠다'는 왕의 언어로서 적절하지 않다. 신문대왕의 대사인 '학두루미도 여러 직을 새끼들을 까 놨는데' 역시 부왕父王에게 고하는 언어로 몹시 부적절하다. 시에서 해학적 · 풍자적인 비속어를 차용하고 있는 것은, 전라도 토속어가 주를 이루는 판소리 대본의 특징과 유사한 측면이 있다. 판소리 대본은 중후하거나 진실한 상황을 묘사할 때도 해학적 · 풍자적 언어를 도입하는데, 이때 차용되는 언어는 토속어, 비속어가 주를 이룬다. 그리하여 권력이나 사회 제도에 억눌려온 민중들의 욕구불만을 해소해주고, 삶의 동력을 생성해주는 것이다.

나
그러자. 그런데, 그럼 넌 도대체 무얼 가지고 사니?

방랑의 여인
그림이다. 눈에 보이는 것 중에는 그래도 이쁜 것이 있어서 그걸 그리고 산다. 날아가는 새, 피는 꽃, 머흐는 구름덩이, 그런게 제일 좋아 그리고 산다.(그네의 한 팔에 끼었던 그림책 한 권을 내게 건넨다.)

나

(크레용으로만 그린 그 유치한 그림책을 주욱 한번 훑어보고 나서)
야! 이건 모두 코흘쩍이 어린애가 그린 것 아니냐?

방랑의 여인

애! 너는 그럼 뭐니? 난 어린애 때 마음이 본마음이라 그걸로 그린다. 어쩔래?

…중 략…

나

(한참 동안 침묵한 뒤에)
애. 입이나 한번 맞추어 보자.

방랑의 여인

(그네를 향해 두 팔을 벌리고 대어드는 내 가슴을 두 주먹으로 떠밀어 내며)
뭐이 이래? 마음속에 알량한 여드름이나 송알송알 돋아내 가지고?
저만큼 넹큼 비켜서지 못할까!
나하고 네가 만일 친구가 되려거든
나이를 좀더 많이 거꾸로 먹어라.
그래, 한 아홉살이나 열살쯤 되거들랑
그때 보자. 굿바이! 이 여드름쟁이 멍청이야!
                        ―「방랑하는 한 젊은 벽안(碧眼) 여인과의 대화」 전문

이 작품에서 '나'와 '방랑의 여인'이 대화하는 부분은 희곡의 대사에 해당하며, 괄호로 처리한 부분은 배경·효과·조명·등장인물의 행동·심리·표정 등을 지시하고 설명하는 지문의 역할을 한다. '방랑의 여인'은 1978년 세계여행 당시 오스트레일리아 시드니항의 달님공원에서 만났던

집시 여인이다. 집시 여인은 돈이 없다면서 '나'에게 담배를 한 가치 요구하는데, 그 당당함에 놀란 '나'가 어떻게 살아가느냐고 묻자, 그녀는 떠돌면서 예쁘게 보이는 것들을 그리며 산다고 대답한다. 화첩 속에 크레용으로 그린 그림을 어린애 그림 같다고 하자, 그녀는 어릴 적 마음이 본마음이라서 그렇게 그린다고 대답한다. '나'가 입맞춤이나 하자고 달려들자, 그녀는 아홉 살쯤의 나이로 되돌아가라면서 화를 내며 떠나버린다.

물질의 욕망에 경도되지 않은 집시 여인의 인상은 특별하게 각인되어 오랫동안 잊을 수 없었다고 한다. 그런데 이 작품에서 눈여겨보아야 할 부분이 있다. 바로 '아홉 살이나 열 살'로 상정되는 어린애 마음이다. 다양한 나이 중에서 '아홉 살이나 열 살'을 영원한 어린애 나이로 상정한 이유는 무엇일까. 그에 대한 답은 시 「살아 있는 여신 앞에서」에서 찾을 수 있다.

'나'가 살아 있는 사람을 왜 신이라고 부르는지 궁금해하면, "피 있고, 살 있고, 욕심 있어도 그걸로 아직 허물을 저지르진 않는 나이" 즉 "열 살 미만의 아이들이라면 신의 행렬에 넣어도 좋다."라고 대답한다. 열 살 미만의 아이는 무엇보다도 웃음소리가 그득하다는데, 그것은 죄색罪色이 내재하지 않는다는 표현이 될 것이다. 그러한 웃음은 「방랑하는 한 젊은 벽안 여인과의 대화」에서의 당당하고도 해맑은 집시 여인의 웃음과 동일한 맥락에서 이해될 수 있다.

영원의 나이를 왜 아홉 살로 인식하느냐는 물음에는, 아홉 살이 넘으면 여드름이 돋기 시작하면서 마음에 아지랑이가 끼게 되므로, "영생하는 마음의 항시 현재의 나이"는 아홉 살쯤으로 잡는 것이 온당하다는 대답이다. 즉, 어린 소녀를 '살아 있는 여신'으로 모시는 이유는 성性에 눈뜨기 이전의 천진함이 신과 일치하는 마음이며, 타고난 천진天眞으로 돌아가는 것이 성인成人의 이상이라고 생각해왔기 때문이다. 이것은 그리스 로마 신화의 여신이 성숙한 아름다움을 자랑하는 것과 상반되는 모습이다. 이러한 신관神觀이 「방랑하는 한 젊은 벽안 여인과의 대화」에서 서정주의 행위를 '어드름쟁이'의 짓으로 환기할 수 있었던 것이다.

3) 육자배기와 판소리의 패러디

바흐친은 다성적 문학의 뿌리를 '카니발'에서 찾았다. 카니발은 무대가 없고, 공연자와 관객의 구별이 없으며, 모두가 활동적인 참여자로서 친교를 맺는다. 카니발의 세계에서는 현자와 바보가 공존하는가 하면, 왕후장상과 거지가 공존한다. 그런가 하면 신성 모독적이고 외설적인 요소 또한 카니발적 세계관을 규정하는 중요한 특징이다.[12] 카니발의 이러한 특징은 원텍스트를 전복하고, 해학과 풍자, 조롱과 비아냥의 기법을 차용하는 패러디 문학과 유사한 측면을 지닌다.

> 신라 서울의 만선북리에서 과부가 애를 낳아 놓았는데, 열두 살이 되도록 말도 못하고, 일어나서 앉지도 못 하고, 배 깔고 살살 기기만 하는 지라, <뱀새끼>란 이름이 붙었읍니다. 「사내에 굶주리다 못해설라믄 뱀을 붙어서 낳은 것이다」는 소문도 수상하게 퍼지굽시요. 그러다가 그 어미는 어느 날 숨이 넘어가 이승을 뜨고, 뱀새끼만 호올로 남았읍니다.
> 아무도 이 뱀새끼를 찾는 이가 없는데, 원효만이 가만히 찾아가서 인사를 하니, 그 뱀새끼가 엎드려서 뇌까리는 말이,
> 「내나 니나 전생에선 불경책을 등에 싣고 다니던 암소였는데, 나는 인제 망해 버렸다. 나하고 같이 우리 엄마 장례나 지내 줄래?」 하는 것이었읍니다.
> 원효가 「그러자」고 하고, 그 죽은 어미에게 보살계를 준 뒤에 「목

---

12) 김욱동, 『대화적 상상력』, 문학과지성사, 1988, 184쪽 참고.

숨이 없음이여, 죽엄은 괴롭구나! 죽엄이 없음이여, 그 목숨도 괴롭구나!」 축을 지어 읊노라니

「얘. 그건 복잡하다. <죽고 사는 건 괴롭다>고 간단히 해라」한 마디 대꾸하기도 하는 것이었읍니다.

원효가 「지혜 있는 호랑이는 지혜 있는 수풀에다 묻는 것이라는데,」어쩌고 재주 있는 소리를 한 마디 또 해 보니까,

「석가모니처럼 우리도 열반에나 드는 것이 그 중 좋겠다」하고 그 어디 돋아난 갈대를 뿌리째 뽑았는데, 그 뽑힌 자리를 보니 거기는 횅한 구렁이어서 그 속으로 뱀새끼는 그 죽은 어미를 업고 사르르르 기어 들어가 버리고 말았읍니다. 그 구먹도 드디어는 펑퍼짐히 메꾸아져 버리굽시요. 아무 일도 없었던 듯 아조 평안히 메꾸아져 버리굽시요.

—「원효가 겪은 일 중의 한 가지」전문

판소리의 기원에 대한 학설 중 '육자배기토리'에서 유래했다는 설이 있다. '육자배기'는 남도의 맛과 멋을 지닌 민요인데, '토리'란 흙의 메마르고 기름진 성질 또는 어떤 식물에 맞고 안 맞는 성질 즉 지미地味를 의미하지만, 여기에선 민요 선율의 지역적 특색을 가리키는 말로 해석해야 할 것이다. '육자배기토리'는 시나위조, 육자배기조와 같은 전라도의 향토 선율형의 하나이다. 악상樂想은 여성적이고 한스러우며 처절하고 부드러운데, 판소리의 중심 선율을 이루는 계면조가 육자배기토리의 구성음과 악상으로 형성되었다는 것이다. 육자배기가 전라도의 정서를 대변하는 민요라면, 육자배기 가락은 전라도에서 심신을 키워온 서정주에게 내면화되었다고 보아야 할 것이다. 초기 작품인 「선운사 동구」에서 육자배기의 내면화를 드러낸바 있으며, 『徐廷柱文學全集』 제4권[13]에서도

---

13) 서정주, 「육자배기」, 『서정주문학전집』 제4권, 일지사, 1972, 79~80쪽 참고.
   질마재 마을에 봄이 오면 산에서 나무를 해오는 사람들의 나뭇짐 위에는 진달래가 한 묶음씩 꽂혀 있기 마련이었는데, 지천으로 피어 있는 진달래 무더기처럼 그때쯤이면 육자배기 가락도 어디서나 들을 수 있는 소리가 되었다.

육자배기에 대한 단상을 피력하고 있다.

판소리의 창사唱詞는 극적 요소가 많으며, 풍자·해학적인 희곡형식의 운문체로 구성되는데, 위 작품 역시 '원효'와 '뱀새끼'가 해학적인 대화를 주고받는 형식으로서 판소리적 특징을 다분히 지닌다. 원효가 축문을 지어 "목숨이 없음이여, 죽엄은 괴롭구나! 죽엄이 없음이여, 그 목숨도 괴롭구나!" 하고 읊자, "얘. 그건 복잡하다. <죽고 사는 건 괴롭다>고 간단히 해라" 하고 뱀새끼가 말한다. 이는 예의와 정중함을 전제로 하는 장례 의식마저도 비아냥조로 넘겨버림으로써 해학적인 분위기를 조장한 예라고 할 수 있다.

사람의 자식이 '뱀새끼'란 이름으로 호명된다는 것과, 이름 있는 승려가 뱀새끼를 찾아가 인사드림과 동시에 동등한 위치에서 대화한다는 구성 역시도 해학적이다. 따라서 이 작품은 판소리적 요소를 고루 갖추었다고 할 수 있다. 작품의 대사 부분은 '창'으로 부르고, 지문은 '아니리'로 읊으며, 알맞은 부분에서 너름새를 펼친다면 판소리 대본으로 손색이 없다고 본다. 판소리의 특징인 해학적·풍자적·외설적·과장적 요소들을 고루 내재하면서 시어 또한 구어체를 사용하고 있기 때문이다.

신라의 시인 최치원이 말한 걸 보면「우리나라에서 처음 생긴 이 풍류라는 생각은 인도의 석가모니의 불교와 중국의 노자의 도교와 공자의 유교를 아주 잘 포함하고 있다」는 것이고, 또 얼마 전에 세상을 뜬 최남선의 해석으론「하늘의 밝음을 뜻하는 우리 옛말 <부루>의 소리에 맞추어 그 두 한문 글자를 붙인 것이다」는 것인데, 그 말씀들을 곰곰이 생각해 보면서, 거리의 밤 뒷골목의 구석진 방의 한많은 노기(老妓)들이 헐 수 할 수 없이 되면 손가락 끝으로 줄을 짚어 퉁기고 앉았는 가야금의 그 풍류 가락이나 잘 들어 보노라면, 아리숭 아리숭 머언 먼 억만리 아지랑이 넘어 고향 일처럼 아른 아른 아른 아른거려

오는 것이 있기는 있지. 이조백자나 고려청자 아조 썩 좋은 항아리나

하나 사알사알 만져 보면서 이것을 두고 두고 생각해보자면…….

― 「풍류」 전문

패러디의 관점에서, 텍스트의 창작은 독창적인 생산이 아니라 의미 있는 다른 텍스트의 기호들을 혼성기법의 방식으로 엮어서 재조립하는 것이라고 언급할 수 있다. 새로운 것이란 없기에 모든 텍스트는 상호 시뮬레이션의 대상으로 혼성모방에 열려 있는 등가물인 것이다. 따라서 예술가는 절대적 권위의 독창성을 갖는 존재가 아니라 일반적인 생산자에 불과하다.

인용시에서는 최치원과 최남선의 풍류가 형상화된다. 최치원이 말한 풍류는 '석가모니의 불교와 노자의 도교와 공자의 유교를 아주 잘 포함한 것'이고, 최남선의 풍류는 '하늘의 밝음을 뜻하는 옛말 <부루>의 소리에 맞추어 한문 글자를 붙인 것'이다. 최치원의 풍류는 유 · 불 · 선 삼교를 바탕으로 우리 문화와 정서가 탄생시킨 민족 고유의 정신이며, 최남선의 풍류는 '우리의 옛말에 한자를 붙인 것'으로서, 그 의미보다는 어원 해석에 치중하고 있다.

서정주의 '풍류'는 '억만 리 머언 먼 아지랑이 너머 고향 일처럼 아리숭하게 아른거려 오는 것'으로 상정된다. 서정주의 풍류는 뒷골목의 노기들이 "헐 수 할 수 없이" 되었을 때 들려주는 가야금 소리처럼 먼 곳에서 아리송하게 전해오는 '영원'과도 같은 것이라고 할 수 있다. 그러한 풍류는 이조백자나 고려청자를 만져보면서 고대로부터 이어져오는 역사를 생각하게 될 때 더욱 간절하게 인식되어 온다.

인용시에서 "헐 수 할 수 없이" 된다거나 "아리숭 아리숭", "사알사알" 등의 시어는 정확성과 진정성을 확보하지 못한 상태로, 전체적인 분위기

를 '홍얼거림'이나 '넋두리'의 산물로서 인상 지우는 역할을 한다. 가령 '있다'라는 종결어미로 확실하게 종결할 수 있는 환경에서도 "있기는 있지"라든가, "두고두고 생각해보자면……"이라고 말줄임표를 사용한 예들이 그러하다.

"아른 아른 아른 아른거려", "아리숭 아리숭", "두고두고"처럼 단어의 반복으로 문장을 길게 늘어뜨리는 것 역시 작품을 홍얼거림이나 넋두리로서 전락시키는 요인이 된다. 한편으로 이러한 효과들은 끊어질 듯 이어지는 남도의 육자배기 가락을 재현시키는 데 성공적으로 기여한다. 육자배기 가락은 마디가 명징하게 끊어지지 않으면서 유려하게 이어지는 것이 특징이다. 육자배기의 그러한 특징은 환란과 시련 속에서 끈질기게 목숨을 이어가는 민초들의 삶에 대한 형상화이기도 하다.

4. 결론

서정주의 후기시 총 698편 중 산문시 형태를 띠는 작품은 90편으로서 13% 정도를 차지한다. 그런데도 후기시 대부분을 산문시로 인식하는 이유는 운문형식으로 표기된 작품이라 할지라도 일인칭 고백체, 이야기체 등의 서술형식을 차용하고 있기 때문이다. 그러한 작품들은 산문형식이 아니더라도 강한 산문성 혹은 산문정신을 내재한다. 따라서 산문화를 논의할 때는 표기상의 형식보다는 시작품에 내재하고 있는 산문성 혹은 산문정신을 기준으로 삼아야 할 것이다. 운문형식의 작품에 산문성이 내재할 수 있는가 하면, 산문형식의 작품에 운문정신이 내재할 수도 있기 때문이다.

산문화와 함께 후기시를 특징짓는 요소는 대화체의 도입이다. 대화체는 운문형식 또는 산문형식의 작품 속에 나타난다. 시가 일반적으로 서정시의 현대적 변용이며, 그 형상화에 있어서 1인칭 자기고백체에 의존한다는 사실을 고려한다면, 후기의 작품들은 서술적 이야기체, 2인칭 대화체를 도입함으로써 전형적인 시의 틀에서는 벗어나 있다고 할 수 있다.

후기시에서 차용된 율격구조는 4보격과 충량 3보격이다. 서정주는 후기시에 4보격과 충량 3보격의 율격구조를 차용함으로써 시가 노래로서 읊어지는 데 기여하는 한편, 강한 율동성까지 획득하였다. 그리하여 후기시는 산문성이 강함에도 불구하고 시와 노래와의 친연성을 확인시켜주는 데 부족함이 없다.

후기 작품이 지니는 기법적인 측면으로는 이야기체와 창극형식을 도입하면서 육자배기 또는 판소리를 패러디하고 있다는 점이다. 서정주가 이야기체로 구현하고자 한 작품은 신화나 설화의 내용을 차용함으로써 논리적으로는 맞지 않지만, 유한한 생명을 인식하며 살아가는 인간들에게 위안과 희망, 교훈과 재미를 안겨주기도 한다.

시 「<만파식적>이란 피리가 생겨나는 이얘기(小唱劇)」는 '소창극'이라는 부제를 부기한 것으로 보아 창극의 대본을 염두에 두고 창작했다고 할 수 있다. 등장인물의 대사는 풍자적·해학적인 구어가 사용되는데, 이러한 기법은 전라도 토속어로 구현되는 판소리 대본의 특징과 유사하다. 판소리의 창사唱詞는 극적인 요소가 많고 민속적이며, 풍자와 해학이 짙은 운문체로 구현되는바, 시 「원효가 겪은 일 중의 한 가지」에서 예의와 정중함을 전제로 하는 장례 의식마저 비아냥조로 넘겨버리는 행위는 해학적인 분위기를 조장하기에 충분하다. 후기 작품들은 다수가 마당극의 대본으로 활용해도 좋을 만큼 해학과 풍자·조롱이 밀도 있게 구현된다.

「원효가 겪은 일 중의 한 가지」는 3인칭 서술자 시점에서 구현되는데, 대본으로 활용한다면 일인극 형식인 판소리 공연에 알맞은 형식이 될 것이다. 직접화법 부분은 창으로 부르고, 지문 부분은 아니리로 읊는다면 공연용 대본으로 부족함이 없다.

서정주 시의 전기적 고찰

-『화사』를 중심으로

1. 서론

서정주는 임종하는 순간까지 창작을 포기하지 않았던 시인이다. 그런데도 불구하고 대부분의 연구가 초·중기의 작품에 한정되고 있는바, 첫 시집부터 마지막 시집까지 등장인물의 원형을 분석함으로써 정신세계의 변모 과정을 천착한 안현심의 연구[1]는 긍정적이라고 하겠다. 또한 시언어의 독특성에도 불구하고 시문법적인 연구가 이루어지지 않고 있다. 서정주가 구현한 향토성 짙은 시어, 특히 후기시의 독특한 문법체계에 대한 연구는 반드시 필요하다.

그동안 시작품에 대한 연구가 활발하게 진행되어 왔지만, 시인론 관점에서의 연구는 일제강점기 친일과 관련하여 진행된 연구가 있을 뿐, 시인의 삶을 총체적으로 천착한 연구는 없다. 개인의 삶을 통해 문단사나 시대사를 천착할 수 있다는 점에서 시인에 대한 전기적 연구는 꼭 필요하다. 특히 서정주처럼 긴 시력으로써 일제강점기와 6·25동란 등 민족의

---

1) 안현심, 『미당 시의 인물원형 계보』, 지식과교양, 2013.

시런기를 동참한 경우는 더욱 그러하다.

이러한 문제를 제기하면서 본고는 서정주의 시를 통해 시인의 삶을 천착하고자 한다. 시인에게 있어서 시는 삶의 과정을 구체적으로 대변해주는 기제가 되기 때문이다. 출생부터 학창시절을 거쳐 임종할 때까지의 전적을 소논문에서 논의하기에는 너무 방대하므로, 이 논문에서는 『화사』 시기만을 연구 대상으로 삼기로 한다.

2.『화사』의 작품에 대한 전기적 고찰

첫 시집 『화사』에는 총 24편의 시가 수록되어 있다. 수록 작품들을 일별해보면 '고뇌하는 청년의 자화상'과 '설화 혹은 민담이 신화적으로 변용된 작품', '삶을 적극적으로 개진해가는 모습'이 형상화된 작품 군으로 나눌 수 있다. 이 논문에서는 이상의 특징들이 짙게 드러나는 작품들을 분석 대상으로 삼을 것이다.

1) 일제강점기 청년의 자화상

일제강점기 청년의 자화상을 구현한 작품들은 출구가 보이지 않는 절망을 형상화하고 있으며, 작품으로는 「자화상」과 「벽」, 「바다」 등이 대표적이다.

애비는 종이었다. 밤이기퍼도 오지않았다.

파뿌리같이 늙은할머니와 대추꽃이 한주 서 있을뿐이었다.

어매는 달을두고 풋살구가 꼭하나만 먹고 싶다하였으나…… 흙으로 바람벽한 호롱불밑에

손톱이 깜한 에미의아들.

—「자화상」일부

서정주는 「자화상」의 첫 행에서 "애비는 종이었다."라고 돌발적 선언을 함으로써 독자들의 가슴을 서늘하게 만들었는바, 그 이유는 "중앙의 교주인 동복영감으로 말하자면 내 아버지와는 동등한 신분의 인물이 아니라, 내 아버지는 대지주인 동복영감의 비서 출신의 한 농감에 지나지 않았던 만큼 어린 내 마음이 느끼는 창피는 한결 더 할밖에 없었다."[2]라는 글에서 찾아볼 수 있다. 부잣집 서생書生 노릇하는 아버지를 서정주는 '종'이라고 형상화한 것이다. 그러나 서정주의 동생인 서정태는 그러한 사실을 부인한다.[3] 그의 말에 의하면 일제강점기 망국민의 불운한 처지를 '종'으로서 형상화했다는 것이다.

서정주의 산문을 보면, "어머니와 할머니가 손톱 밑에 때를 잘 안 빼고 사시던 데 비해 아버지의 손톱 밑은, 줄포 동복영감 집에서 가끔 오시는 걸 만나보면 늘 깨끗했고,"[4]라고 술회한 부분이 있다. 아버지는 남의 집에 매여 있었기 때문에 그곳에서 숙식하며 집에는 가끔 들렀는데, 이 사실이 "밤이 기퍼도 오지 않았다."라고 형상화된 것이다. 이러한 형상화는 "애비는 종이었다."라는 구절을 더욱 확고하게 뒷받침해준다.

생가 뒤란의 장독대 옆에는 한 그루의 대추나무와 석류나무가 있고, 지

---

2) 서정주, 「문치헌밀어」, 『미당수상록』, 177쪽.
3) 2012년 8월 10일 질마재에서 서정태 시인과의 인터뷰 내용.
4) 서정주, 「질마재」, 『서정주문학전집』 제3집, 10쪽.

붕도 없이 하늘이 비치는 변소의 도가니들 옆에는 몇 그루의 쪽나무가 있었다[5]고 한다. 이러한 환경이 "파뿌리같이 늙은 할머니와 대추꽃이 한 주서 있을 뿐이었다."라는 구절을 탄생시킨 것이다. "어매는 달을 두고 풋살구가 꼭 하나만 먹고 싶다하였으나……" 하고 말줄임표를 넣은 것은 결국 못 먹었다는 의미이며, "흙으로 바람벽한 호롱불 밑에 손톱이 깜한 에미의 아들"은 궁벽스럽고 누추한 분위기를 자아낸다.

서정주는 자신의 부모를 '어머니'와 '아버지'라는 호칭 대신 '어미'와 '애비'라고 호명함으로써 신분이 낮은 사람으로 상정하고 있다. '어미'와 '애비'는 윗사람에게 자신의 부모를 낮추어 부르는 호칭어이다. 따라서 이 호칭어는 "애비는 종이었다."라는 구절을 강화해주는 역할을 한다.

아버지는 동복영감 집에서 서생 노릇하며 전답 마지기도 장만하고, 또 '장질이'[6] 같은 돈놀이도 하여 마을 사람들의 위에 서 있었다.[7]라고 기술한 것으로 보아, 서정주의 집은 질마재에서 경제적으로 부유한 편에 속했다는 것을 알 수 있다. 이러한 사실을 종합해볼 때, "애비는 종이었다."라는 구절은 전기적 사실을 반영한 것이 분명하지만, 시인의 삶이 비교적 부유했다는 측면에서, 일제강점기 청년의 자조감이 반영되었다는 서정태의 의견이 맞을 수도 있다. 『화사』가 출간된 것은 1941년, 서정주의 나이 26세 때였다. 일제강점기가 후반으로 치달으며 일본의 통치는 더욱 교활해지고, 광복을 바라는 국민들의 희망은 여월 대로 여위어가는 시기였다. 그러한 환경에서 젊은 시인의 정신세계는 울분과 열등감으로 자조적일 수밖에 없었다고 하겠다.

---

5) 위의 글, 9쪽.
6) 돈을 빌려주고 이자를 붙여서 받음.
7) 서정주, 「질마재」, 앞의 책, 같은 쪽.

귀 기울여도 있는 것은 역시 바다와 나뿐.
밀려왔다 밀려가는 무수한 물결 위에 무수한 밤이 왕래하나
길은 항시 어데나 있고, 길은 결국 아무 데도 없다.

아 — 반딧불만한 등불 하나도 없이
울음에 젖은 얼굴을 온전한 어둠 속에 숨기어가지고……너는,
무언의 해심에 홀로 타오르는
한낱 꽃 같은 심장으로 침몰하라.

…(중략)…

아라스카로 가라 아니 아라비아로 가라
아니 아메리카로 가라 아니 아프리카로
가라 아니 침몰하라. 침몰하라. 침몰하라!
오 — 어지러운 심장의 무게 위에 풀잎처럼 흩날리는 머리칼을 달고
이리도 괴로운 나는 어찌 끝끝내 바다에 그득해야 하는가.
눈뜨라. 사랑하는 눈을 뜨라……청년아,
산 바다의 어느 동서남북으로도
밤과 피에 젖은 국토가 있다.

— 「바다」 일부

  "식민지 청년의 절망감이 바다의 뒤채임으로 절묘하게 형상화된 이 시는 서정주의 작품 중 시대적 배경이 비교적 뚜렷하게 드러나는 작품이다. 밀려왔다 밀려가는 무수한 물결 위에 무수한 밤이 왕래하듯이 길은 항시 어디에나 있지만, 길은 결국 아무 데도 없다. 항상 열려 있는 것이 '길'이지만 아무 데도 갈 곳이 없다는 극한의 상황은 절망에 지배당하는 식민지 청년의 외로움과 고독함이 구현된 사례이다."[8]

---

8) 안현심, 앞의 책, 139쪽.

이 상황에서 청년은 아라스카 · 아라비아 · 아메리카 · 아프리카로의 탈출을 모색한다. 여기서 아라스카 · 아라비아 · 아메리카 · 아프리카는 구체적인 지명으로서의 대륙을 지칭하는 것이 아니라, 시인이 갈망하는 탈출구로서의 해방 공간이다. 즉, 암흑과 절망 상태로부터 탈출하여 시인의 자율성이 보장된다고 믿어지는 상상의 공간이라고 할 수 있다.9)

「바다」는 식민지 청년의 울분이 「자화상」보다도 직설적이며 격정적으로 나타난다. 「자화상」이 자조적이면서도 미학성을 획득하고 있다면, 「바다」는 독립운동가의 구호와도 같다. 그만큼 「바다」를 쓸 당시 일제강점기 상황을 타개해야 한다는 절박함이 시인을 지배했다고 할 수 있다.

덧없이 바래보든 벽에 지치어
불과 시계를 나란히 죽이고

어제도 내일도 오늘도 아닌
여기도 저기도 거기도 아닌

꺼져드는 어둠 속 반딧불처럼 까물거려
정지한 <나>의
<나>의 설움은 벙어리처럼…….

이제 진달래꽃 벼랑 햇볕에 붉게 타오르는 봄날이 오면
벽 차고 나가 목메어 울리라! 벙어리처럼,
오― 벽아.

― 「벽」 전문

---

9) 위의 책, 140쪽 참조.

「자화상」이 1939년에 발표되고, 「바다」가 1938년에 발표되었다면, 「벽」은 1936년 동아일보 신춘문예에 당선된 작품이다. 연대순으로 보면 「벽」이 가장 먼저 발표된 셈이다. 「자화상」, 「바다」와 마찬가지로 「벽」 전반에서도 암담한 식민지 현실이 농밀하게 형상화되는데, 시인의 절망감은 불을 밝히지 않은 채, 시간의 흐름도 의식하지 않고, 홀로 꺼져드는 반딧불처럼 방에 앉아 있는 것으로 형상화되고 있다. 하지만 「자화상」, 「바다」와 마찬가지로 이 작품 역시 절망으로만 일관되지는 않는다. 진달래꽃 벼랑이 햇볕에 붉게 타오르는 봄날이 오면 벽을 차고 나가 목메어 울리라고 다짐하기 때문이다. 여기서 '봄날'은 일제로부터 광복이 되는 시점이라고 할 수 있다.

「자화상」에서 절망을 극복하고자 하는 부분은 "세상은 가도가도 부끄럽기만 하드라/ 어떤 이는 내 눈에서 죄인을 읽고 가고/ 어떤 이는 내 입에서 천치를 읽고 가나/ 나는 아무것도 뉘우치진 않을란다.// 찬란히 티워오는 어느 아침에도/ 이마 우에 얹힌 시의 이슬에는/ 몇 방울의 피가 언제나 섞어 있어/ 볕이거나 그늘이거나 혓바닥 늘어트린/ 병든 수캐마냥 헐떡거리며 나는 왔다."라고 하는 구절이다. 이 부분에서는 죄인이나 천치처럼 취급당하더라도 개의치 않겠다는 의지가 확고하게 드러난다. 혓바닥 늘어뜨린 병든 수캐마냥 헐떡거리며 달려왔지만 언제 어디서든 정수리에는 생명력 혹은 자존감이 존재한다고 자위하는 것이다.

「바다」에서 절망을 극복하고자 하는 부분은 "아라스카로 가라 아니 아라비아로 가라/ …(중략)…/ 눈뜨라. 사랑하는 눈을 뜨라……청년아,/ 산바다의 어느 동서남북으로도/ 밤과 피에 젖은 국토가 있다."라고 하는 부분이다. 산과 바다 어느 곳이나 어둡고 피비린내 나는 국토뿐이지만, 눈을 뜨고 그러한 상황을 극복하자고 역설한다. 이러한 구호는 조국이 침탈당했을 때 젊은 청년이 추구할 수밖에 없는 지향점이었을 것이다.

2) 설화와 민담의 신화적 변용

서정주는 어린 시절 질마재 마을에서 어울려 놀았던 '서운니'를 이렇게 설명하고 있다.

"보리밭에서 새봄의 첫 종달새들이 하늘 한복판으로 치달려 오르며 까르르 까르르 끼르 끼르 까르르 웃어젖힐 무렵, 아이들은 마을 사람 누구건 여기 가장 잘 어울리는 소리나 말씀이나 몸짓을 하는 사람들이 있다면 무엇보다도 거기 가장 민감하고, 자연히 무엇보다도 또 그 편이 되는 것인데, 내가 이 세상에 생겨나서 맨 처음으로 그런 편이 되게 하는 힘을 부린 건, 서운니라는 갈매빛의 저고리를 입고 봄 보리밭 사이 나물바구니를 겨드랑에 끼고 있던 요절한 소녀 서운니다."[10]

요절한 소녀 서운니에 대한 이야기는 산문집뿐만 아니라 전 시기에 걸쳐 시작품으로도 형상화되고 있다. 그녀의 이미지들이 시작품에 직접 도입되는가 하면, 그녀가 들려준 이야기들이 신화화되어 구현되기도 한다. 서운니에 대한 기억은 지속적이면서도 강력하게 서정주의 내면세계를 지배한 것이다.

　　　속눈섭이 기이다란, 게집애의 연륜은
　　　댕기 기이다란, 붉은댕기 기이다란, 와가천년의은하물구비……푸르게만 푸르게만 두터워갔다.

　　　어느 바람속에서도 부끄러운 열매처럼 부끄러운 게집애.
　　　청사(靑蛇).
　　　뽕나무에 오디개 먹은 청사.
　　　천동(天動)먹음은,

---

10) 서정주, 「질마재」, 앞의 책, 17쪽.

번갯불 먹음은, 쏘내기 먹음은,
검푸른 하늘가에 초롱불달고……

고요히 토혈하며 소리없이 죽어갔다는 숙은,
유체 손톱이 아름다운 게집이었다한다.
                    ─「와가(瓦家)의 전설」전문

「와가의 전설」은 질마재에서 어울리던 여자애들 중에서도 서정주가
'꽃선생'이라고 부르던 '서운니'를 형상화한 작품이다. 서운니는 산으로
들로 아이들을 끌고 다니며 서정주의 유년시절을 풍요롭게 만들어준 장
본인이다. 식물이나 동물, 마을에 전해오는 이야기들을 가르쳐줬을 뿐만
아니라 직접 체험하게 해준 누님이며, 하늘과 땅과 바다와 산과 인간이
어떻게 조화를 이루며 운용되는가를 가르쳐준 선생이었다. 그녀로부터
받은 강렬한 충격은 일생 동안 서정주의 상상력을 자극하는 기제로서 작
용한다.

서정주가 그들을 따라다니다가 언덕배기에 엎어져 무릎을 깨거나 담
장 밑에서 소꿉놀이하다가 사금파리에 손을 베이면 서운니는 다친 곳을
어루만지며 부드러운 풀잎을 비벼서 발라주었다. 또 맑은 날이면 하늘에
서 옥황상제가 분다는 고동소리를 들어보라고 귀를 막고 땅에 바짝 엎드
리도록 권유하기도 하였다. "하여간 이 소녀 귀신 있음으로 해서 내 햇빛
은 유년 시대의 눈으로 느낀 꽃들과 함께 있을 수 있었다. 만일에 이 일 하
나가 비어 있었어도 나는 무척 암담하지 않을 수 없었을 것이다."[11]라고
서정주는 고백한바 있다. 그녀가 귓속말로 소곤거릴 때마다 마늘 냄새가
풍겨왔는데, 폐렴을 앓던 그녀는 마늘을 상시 복용했다고 한다.

---

11) 위의 글, 19쪽.

서운니의 생기발랄한 모습은 제2연에서 극명하게 형상화된다. '꽃뱀'이 유혹과 관능의 이미지를 함의한다면, '푸른 뱀'은 참신하고 풋풋하며 생기발랄한 이미지를 내포한다. 아이들을 몰고 다니며 뽕나무에 올라가 오디를 따 먹은 서운니의 푸른 입술은 청사와 매우 근접해 보였을 것이다.

"천동(天動) 먹음은,/ 번갯불 먹음은, 쏘내기 먹음은,/ 검푸른 하늘가에 초롱불 달고"라는 표현은 다양한 재주와 가능성을 지닌 서운니에 대한 적절한 형상화이다. '천동'은 '하늘의 움직임'이다. 하늘의 움직임을 머금었다는 것은 우주 자연의 이치를 꿰뚫어 지녔다는 의미가 된다. '번갯불'과 '소나기' 또한 유한한 인간이 운용할 수 없는 우주 자연의 현상이다. 검푸른 하늘가에 초롱불을 다는 행위 역시 인간으로서는 할 수 없다. 서정주는 그녀에게서 인간 능력 이상의 잠재력을 감지하고 있었던 것이다. 즉, 마술을 부리는 요정처럼 신묘한 존재로서 기억했다는 의미이다. 그녀에 대한 긍정적인 추억은 주검[유체]이 지닌 손톱까지 아름다웠다고 연민하기에 이른다.

> 밤에 홀로 눈뜨는건 무서운일이다
> 밤에 홀로 눈뜨는건 괴로운일이다
> 밤에 홀로 눈뜨는건 위태한일이다
>
> 아름다운 일이다. 아름다운일이다. 汪茫한 폐허에 꽃이 되거라!
> 시체우에 불써 이러나야할, 머리털이 흔들흔들 흔들리우는, 오- 이
> 시간. 아까운 시간.
>
> … 중략 …
>
> 가슴속에 비수감춘 서릿길에 타며 타며

오느라, 여긔 지혜의 뒤안깊이
비장한 형극의 문이 운다.

―「문」 전문

「와가(瓦家)의 전설」이 서운니의 이미지를 형상화한 작품이라면, 「문」
은 서운니가 들려준 이야기에 상상력이 가미된 작품이다. 선달영감 집 어
른들이 줄포 큰집으로 제사지내러 가면 아이들은 아랫목 이불 속에 발을
모으고 까치와 마늘과 어린 모란꽃 속을 합친 것과 같은 서운니의 이야기
소리에 귀를 기울였다.

옛날 옛적 고래 적에 누님하고 동생하고 둘이 살았더래여. 동생은
나무를 잔뜩 히다 놓고, 누님은 밥을 지어 맛있게 먹고, 호롱불 밑에서
동생의 핫저고릴 꼬매고 있는데, 문구멍 틈으로 바람이 휙 불어젖히
며 불이 꺼지더래여. 그리고는 천둥 치는 소리와 함께 시꺼멓게 털이
난 도적놈이 들어와 누님을 들쳐 업고 비호처럼 사라졌더래여. 며칠을
앓던 동생은 누님을 찾기 위해 길을 떠났고, 산속을 헤매다 외딴집을
만나 하룻밤 자는데, 들여온 밥상이 온통 모래알과 사람 머리카락이
더래여. 큰일 났다 싶어서 자는 척하다가 뒷문으로 도망쳐 한참을 달
리니 날이 희부연하게 새면서 느티나무 아래 수염이 흐연 노인이 앉
아 있더래여. 어디 가냐고 묻길래 사정을 이야기하니 급헌 일이 생기
면 쓰라고 두루마기 안에서 붉은 병과 푸른 병을 내어주더래여. 아니
나 다를까, 놈들이 쫓아오길래 붉은 병을 던지니 불길이 일어 놈들이
타죽고, 푸른 병을 던지니 푸른 바다가 되어 놈들이 빠져 죽더래여. 몇
천리를 더 걸어 샘가에 닿아 금빛 동아줄을 타고 도적놈의 개와집을
찾아가니 누님이 혼자서 바느질을 허고 있더래여. 얼싸안고 한참을
울다가 도적놈을 죽이려고 동생은 파리로 둔갑해 천정에 붙어 한밤중
까지 기다렸대여. 천둥소리와 함께 도적놈이 들어와 누님이 차려준
밥을 먹고 드러누워 코를 골자, 동생은 비호같이 내려와 칼로 목을 쳤
더래여. 도적은 원체 센 놈이라서 모가지가 떨어져서도 호통을 치길

서정주 시의 전기적 고찰 _ 107

래 얼른 매운 재를 퍼다가 베인 곳에 뿌리니 어쩔 수 없이 눈을 감더래
여. 누님과 동생은 집으로 돌아와 좋은 사람 만나 아들 낳고 딸 낳고
잘 살았더래여. 꿩, 꿩, 장서방.12)

실감나는 구연을 위하여 서운니는 갑자기 숨을 죽이기도 하고, 소리를
높이기도 하면서 아이들을 이야기 속으로 끌어들였는데, 무서운 장면이
나오면 아이들은 소리를 지르면서 이불 속으로 파고들었다. 생생한 이야
기의 줄거리는 시간성이라는 기제가 덧씌워지면서 신화화되어 서정주의
시세계에 중대한 영향을 미친다.

'문'은 도적놈이 누님을 납치하기 위해 들어온 곳이요, 산속 외딴집에
서 죽지 않기 위해 도망쳐 나온 곳이기도 하고, 누님을 만나기 위해 우물
로 내려갈 때의 동아줄이요, 도적을 죽이고 누님과 도망쳐 나온 출구이기
도 하다. 즉, 문은 삶과 죽음의 경계라고 할 수 있다. 문을 통해 비극이 시
작되고, 문을 통해 죽음에서 벗어나며, 문을 통해 누님을 만나고, 문을 통
해 행복을 되찾은 것이다.

「문」은 서운니의 이야기와 시인의 상상력이 상호작용하여 형상화되는
데, "밤에 홀로 눈뜨는 건 무서운 일"이요, "괴로운 일"이며, "위태한 일이
다"라는 형상화는 서운니의 이야기 중 무서운 장면을 인유한 상상력이라
고 할 수 있다. 누님을 찾으러 가는 길은 "가슴속에 비수 감춘 서릿길"이
며, "비장한 형극의 문"이 틀림없지만, 그렇다고 마냥 무섭기만 한 것은
아니었다. 누님을 구하면서 이야기가 반전되는 것은 아름다운 일이기 때
문에 "왕망한 폐허에 꽃이 되거라!"라고 외칠 수 있는 것이다.

---

12) 위의 글, 32~36쪽 요약.

3) 적극적인 삶의 개진

서정주의 초기 시작품에는 원초적 관능으로서의 에로스가 많이 형상화된다. 인간들이 본질적으로 에로스에 대한 꿈을 간직하고 있는 것은 존재의 불연속적이며 단절된 운명의 조건을 극복하고, 연속적인 합일을 소망하고 있기 때문이다. 인간들이 연속성의 꿈을 실현시킬 수 있는 방법은 에로스적 행위 말고도 또 있지만 에로스적 행위는 가장 사실적이며 구체적이고 본능적인 방법 가운데 하나이다.[13]

육체 지향적이라든지 육체성이라는 개념은 인간의 유한성과 깊은 관련이 있다. 인간은 유한성으로 말미암아 공포와 위협을 느끼게 된다. 서정주의 초기 시작품에 육체성이 많이 드러나는 것은, 일제 강점기 청년의 불안한 심리가 인간 생명의 유한성과 단절의 공포로써 표현된 것이라고 말할 수 있다.[14]

사향 박하의 뒤안길이다.
아름다운 베암…….
을마나 크다란 슬픔으로 태여났기에, 저리도 징그라운 몸둥아리냐

꽃다님 같다.
너의 할아버지가 이브를 꼬여내든 달변의 혓바닥이
소리 잃은 채 낼룽그리는 붉은 아가리로
푸른 하눌이다. ……물어뜯어라. 원통히 물어뜯어.

---

13) 정효구, 「서정주 시에 나타난 여성 편향성 연구」, 『개신어문연구』 제10집, 개신어문연구회, 1994, 256~257쪽 참조.
14) 안현심, 앞의 책, 41쪽.

달아나거라. 저놈의 대가리!

돌팔매를 쏘면서, 쏘면서, 사향 방초ㅅ 길
저놈의 뒤를 따르는 것은
우리 할아버지의 안해가 이브라서 그러는 게 아니라
석유 먹은 듯…… 석유 먹은 듯……가쁜 숨결이야

바눌에 꼬여 두를까부다. 꽃다님보단도 아름다운 빛……
크레오파투라의 피 먹은 양 붉게 타오르는 고혼 입설이다……슴여
라! 베암.

우리 순네는 스믈난 색시, 고양이같이 고혼 입설……슴여라! 베암.
　　　　　　　　　　　　　　　　　　　　　　　－「화사」전문

「화사」의 시어들은 육적인 것들로 형상화되는데, '징그라운 몸둥아리',
'달변의 혓바닥', '낼룽거리는 붉은 아가리', '저놈의 대가리'와 같은 동물
적 이미지 형상화가 그것이다. 동물적인 이미지는 본능을 우선시함으로
써 추락의 기쁨을 부여한다. 따라서 동물적이며 육적인 「화사」의 시어들
은 본능으로서의 관능을 형상화하는 데 매우 적절한 어휘라고 할 수 있
다. '화사'로 상정되는 '꽃뱀'은 아름다움을 상징하는 꽃의 이미지와 추한
것을 상징하는 뱀의 이미지가 합쳐져 아름다움과 징그러움을 동시에 지
니는 존재가 된다. 시작품 속의 화자는 뱀이 징그럽다고 하면서도 "꽃다
님같"이 "아름다운 베암"이라고 하면서 상반되는 감정 상태를 보여준다.
"돌팔매를 쏘면서"도 "저놈의 뒤를 따"를 수밖에 없는 것은 "우리 할아버
지의 아내가 이브라서 그러는 게 아니라/ 석유 먹은 듯" 가쁜 숨결에 홀려
서라고 한다.[15]

---

15) 위의 책, 40쪽 참조.

산업화되기 이전 한국의 산골마을에서는 석유 등잔불로 어둠을 밝혔다. 석유를 호롱에 붓자면 손에 묻기 마련이었는데, 잔여물이 입에 묻어 들어가기라도 하면 혀가 꼬이는 듯, 말리는 듯 대단히 괴로운 상태가 된다. 조금만 묻어 들어가도 그러한데 석유를 마셨다면 온몸을 꼬며 고통스러워하게 될 것이다. 관능의 쾌락을 표현하는 몸짓은 죽음 직전의 괴로운 몸부림과 동일한 맥락을 지닌다. 따라서 "석유 먹은 듯……가쁜 숨결이야"는 석유를 마시고 괴로워하는 몸짓에서 관능적인 이미지를 유추해왔다고 할 수 있다.

시창작의 출발점에서 만나게 되는 서정주의 태도는 주체할 길 없는 생명감과 폭발의 힘 자체를 몸 전체로 사는 적극적 모습이다. 생명은 이처럼 혐오와 매혹, 징그러움과 꽃대님보다도 아름다운 빛이라는 이율배반의 모습을 띤다.[16] 따라서 관능적 쾌락을 구현한 이 작품은 결국 삶을 적극적으로 개진해가는 모습을 형상화했다고 할 수 있다.

> 따서 먹으면 자는 듯이 죽는다는
> 붉은 꽃밭 사이 길이 있어
>
> 핫슈 먹은 듯 취해 나자빠진
> 능구렁이 같은 등어릿길로,
> 님은 달아나며 나를 부르고……
>
> 강한 향기로 흐르는 코피
> 두 손에 받으며 나는 쫓느니
>
> 밤처럼 고요한 끓는 대낮에

---

16) 김화영, 「공격적 생명력」, 『미당 서정주의 시에 대하여』, 민음사, 1984, 23~24쪽.

우리 둘이는 온몸이 달아……

—「대낮」 전문

관능적 육체성을 형상화하기 위한 시의 제재로 서정주는 '뱀'을 많이 차용해왔다. 관능성이 짙은 이 작품도 뱀이 등장하는데, 구체적으로는 '능구렁이'이다. 능구렁이 말고도 시 전반에서 구현되는 관능적 이미지들은 독자에게 숨 막히는 생명감을 부여한다.

「대낮」을 견인해가는 중요한 기제는 '길'이며, 이 길은 "따서 먹으면 자는 듯이 죽는다는/ 붉은 꽃밭 사이 길"이다. 반항하지 않고 '자는 듯이 죽는다'라는 형상화에는 관능적 이미지가 짙게 함의되어 있다. "붉은 꽃밭 사이 길"에서 붉은 꽃의 색채이미지 역시 정열을 표현함으로써 강한 관능성을 내재한다. 핫슈는 '아편'의 다른 말인데, 아편 먹은 듯 취해 나자빠졌다는 형상화도 '자는 듯이'와 동일한 맥락으로 해석할 수 있다. "능구렁이 같은 등어릿길" 또한 능구렁이의 곡선 이미지에 '등허리'라는 육체성이 더해지면서 강한 관능성을 함의한다. 그러한 길로 자꾸만 달아나며 임은 나를 유혹하는 것이다.

이 작품에서 주목해야 할 것은 "강한 향기로 흐르는 코피"를 "두 손에 받으며" 임을 쫓아가는 시간이 끓는 대낮이라는 것이다. 어두운 곳에서는 부끄러운 부분을 가릴 수도 있지만, 대낮은 뜨거운 태양 아래 전신이 드러나는 시간이다. '뜨거움'이라는 촉각 이미지와 '대낮'이라는 시각 이미지가 합쳐져 강한 관능성을 생성해내고 있다. 따라서 이 작품에 구현되는 관능성 역시 주체할 길 없는 생명감과 폭발의 힘 자체를 온몸으로 사는 적극적 모습이라고 할 수 있겠다.

3. 결론

　「자화상」에서 "애비는 종이었다."라고 형상화한 구절은 전기적 사실을 반영하고 있지만, 시인의 삶이 비교적 부유했다는 사실을 고려한다면 일제강점기 망국민의 자괴감이 형상화되었다고 언급할 수 있다. 「바다」에서는 식민지 청년의 울분이 「자화상」보다도 직설적이며 격정적으로 나타난다. 「자화상」이 자조적이면서도 미학성에 근접해 있다면, 「바다」는 독립운동가의 구호와도 같다.

　「와가의 전설」은 질마재에서 어울려 놀던 여자애들 중에서도 '꽃선생'이라고 부르던 '서운니'를 형상화한 작품이다. 서운니는 산으로 들로 아이들을 끌고 다니며 서정주의 유년시절을 풍요롭게 만들어준 장본인이다. 「와가의 전설」이 서운니의 이미지를 형상화했다면, 「문」은 서운니가 들려준 이야기에 시인의 상상력이 가미된 작품이다. '문'은 누님을 납치하기 위해 도적놈이 들어온 곳이요, 산속 외딴집에서 죽지 않기 위해 도망쳐 나온 곳이며, 누님을 만나기 위해 우물로 내려갈 때의 동아줄이며, 도적을 죽이고 누님과 함께 도망쳐 나온 출구이기도 하다. 즉, 문은 삶과 죽음의 경계라고 할 수 있다.

　서정주는 시창작의 출발점에서 주체할 길 없는 생명감과 폭발적인 힘 자체를 온몸으로 사는 적극적 모습을 보여주었다고 할 수 있다. 생명력은 혐오와 매혹, 징그러움과 꽃대님보다도 아름다운 빛이라는 이율배반의 모습을 띠고 있기 때문이다. 따라서 관능적 쾌락을 구현한 「화사」는 결국 삶을 적극적으로 개진해가는 모습을 형상화했다고 할 수 있다.

　「대낮」을 견인해가는 기제는 '길'이며, 이 길은 "따서 먹으면 자는 듯이 죽는다는/ 붉은 꽃밭 사이 길"이다. 반항하지 않고 '자는 듯이 죽는다'라고 표현한 형상화에는 관능적 이미지가 짙게 함의되어 있다. "붉은 꽃밭 사이 길"에서 붉은 꽃의 색채이미지 역시 정열을 내재함으로써 강한 관능성을 지니기 때문이다. 핫슈는 '아편'의 다른 말인데, 아편 먹은 듯 취해 나자빠졌다는 것도 '자는 듯이'와 동일한 맥락으로 해석할 수 있다. 따라서 이 작품에 구현되는 관능성 역시 주체할 길 없는 생명감과 폭발의 힘 자체를 온몸으로 사는 적극적 모습이라고 할 수 있겠다.

서정주 후기시의 인물에 대한 원형적 고찰

1. 서론

서정주의 후기 시작품은 앞 시기에 발표한 작품들의 소재를 재사용하여 새로운 이미지를 끌어낸 것이 많기 때문에 시세계가 중층적이다. 앞 시기의 작품에 등장하는 인물이 주로 3인칭이었던 데 반해, 후기의 시작품에 등장하는 인물은 '나'가 대부분을 차지한다. '나'가 화자가 되어 회상·독백·기록의 형식으로 작품을 직조하다보니 예술 전반이 추구하는 '미학성'과는 거리가 있지만, 시인의 내밀한 내면을 표현하기에는 적절한 방법이 되었을 수도 있다. 이러한 요소들이 여덟 번째 시집 『서으로 가는 달처럼…』부터 드러나기 시작하면서 후기의 시세계를 특징짓는다.

작가는 자신의 세계관을 작품 속의 인물을 통해 구현해왔다. 이러한 사실에 착안하여 이 글에서는 서정주의 후기 시작품에 등장하는 인물의 원형을 분석하는 방법으로 시인의 정신세계를 살펴보고자 한다. 이러한 시도는 후기 시작품에 대한 연구의 미비점을 보완하면서, 임종 직전까지도 창작을 포기하지 않았던 시인의 후기 세계관을 살펴보는 데 유효한 방법이 될 것이다.

인물의 원형을 분석하는 데는 '진 시노다 볼린(Jean Shinoda Bolen, M.D.)'[1]의 원형이론을 원용하고자 한다. 볼린은 『우리 속에 있는 여신들』[2]과 『우리 속에 있는 남신들』[3]에서 그리스 신화의 신들을 의인화함으로써 인간의 심리를 체계적이며 일관성 있게 분석한바 있다. 신화 속의 신들의 행동 유형이 인간의 본성을 치밀하게 재현해준다고 할 때, 그들을 의인화한 볼린의 연구는 그 객관성이 인정된다고 하겠다. 그리스 신화는 가부장제 사회문화의 실상을 전형적으로 반영하고 있기 때문에 그리스 신들의 원형을 원용한 이 연구는 동일한 사회문화체제를 살다간 서정주의 시작품 분석에 많은 도움이 되리라고 믿는다.

2. 권위적인 아버지 – 제우스 원형

제우스는 올림포스의 최고 통치자로서 의지와 권력을 상징하였다. 전략을 세우고 동맹을 이루어 아버지 크로노스와 티탄들을 물리치고 권력의 중앙을 차지한 제우스는 자신의 왕국을 건설하려는 야망과 능력을 지니고 있었다. 자기 영토를 관장하고 싶어 하는 마음은 이러한 원형이 야기하는 욕구이며, 제우스처럼 되고 싶어 하고 행동하는 남성과 여성들을

---

1) 캘리포니아대학교 의과대학 정신과 임상교수이자 여성재단 '미즈' 이사이며 융정신 분석가이다. 미국 정신의학회 회원이자 미국 신경정신과 전문의이며, 저서로 『도교와 심리학』, 『우리 속에 있는 지혜의 여신들』, 『우리 속에 있는 남신들』 등 다수가 있다.
2) 진 시노다 볼린, 조주현 · 조명덕 옮김, 『우리 속에 있는 여신들』(또 하나의 문화, 2004).
3) 진 시노다 볼린, 유승희 옮김, 『우리 속에 있는 남신들』(또 하나의 문화, 2003).

특징짓는 원형이다.[4] 제우스 원형은 가부장제사회문화에서 '아버지'를 상징한다. 아버지는 한 가정의 가장으로서 '가정'이라는 작은 왕국을 거느리는 절대 권력자이다. 가족의 일원들은 아버지의 권위를 합의적으로 인정하며 아무도 그의 권위에 도전하지 않았다.

서정주의 후기 시작품에 구현되는 제우스 원형의 양상은 자식의 교육에 전념함으로써 자신이 이루지 못한 권력에의 욕구나 부의 축적, 명예 등을 자식이 대신 이루어주기를 바라는 아버지가 대부분을 차지하는데, 그 내용을 도표화하면 다음과 같다. 여기서 '권1', '권2', '권3'은 '미당시전집1'과 '미당시전집2', '미당시전집3'을 간략히 표기한 것이다.

시작품명	인물의 이름	원형의 양상
몬트리얼의 북극풍설 (권2, 55~~56쪽)	진시황, 칭기즈칸, 히틀러, 시저, 클레오파트라	권력과 부에 집착하는 제우스
나뽈레옹 장군의 무덤 앞에서 (권2, 124~125쪽)	나폴레옹	〃
덴마크의 공기 속에서는 (권2, 152~153쪽)	오딘	자식의 삶을 결정짓는 아버지
토이기 신사의 지혜(권2, 201쪽)	토이기 신사	협상에 능한 제우스
기자의 피라밋들을 보고 (권2, 202~203쪽)	이집트의 왕	권력과 부에 집착하는 제우스
젯다의 석유졸부(권2, 210~211쪽)	석유 졸부	〃
단군(권2, 250~251쪽)	단군	자식의 삶을 결정짓는 아버지

4) 위의 책, 69쪽.

북부여의 풍류남아 해모수 가로대(권2, 264쪽)	해모수	바람둥이 제우스
왕건의 힘(권2, 348쪽)	왕건	협상에 능한 제우스
사내자식 길들이기 3(권3, 87~91쪽)	아버지	자식의 삶을 결정짓는 아버지
줄포 3(권3, 107~111쪽)	김종곤	권력과 부에 집착하는 제우스
노초산방(권3, 137~140쪽)	아버지	자식의 삶을 결정짓는 아버지
영호종정 스님의 대원암강원 (권3, 146~149쪽)	박한영 스님	〃
큰아들을 낳던 해(권3, 179~183쪽)	나, 아버지	〃
종천순일파?(권3, 208~211쪽)	나, 최재서	권력과 부에 집착하는 제우스
이승만 박사와 함께(권3, 231~235쪽)	이승만	권위적인 아버지
6.25 남북전쟁 속의 한여름 (권3, 244~248쪽)	나	권력과 부에 집착하는 제우스
차남 윤 출생의 힘을 입어 (권3, 282~286쪽)	서정주 부부	자식의 삶을 결정짓는 아버지
4·19 바람(권3, 287~291쪽)	서정주	〃
내가 천자책을 다 배웠을 때 (권3, 505쪽)	아버지	〃
야채 장사 김종갑씨 (80소년, 36~37쪽)	김종갑	〃
'질마재'의 내 생가(80소년, 58쪽)	나	〃
우리나라 아버지(80소년, 83쪽)	우리나라 아버지	〃

둘째이자 막내아들인 이 아이가 자라며
우리말을 익히고 있는 걸 보고 있다가
나는 이 아이가 크며 읽을 독서 범위도 생각하게 되고,
우리말로 번역된 문명국들의 책이 아직도 너무 적은 것도 생각하게
되고,
그러자니 자연히 영어라도 하나 일찍부터 더 가르쳐야겠다는 작정
도 갖게 되고,
그래 이 애 나이 너댓 살 때부터는
그 영어 교육까지에 골몰하다 보니
어언 간에 그걸 돕는 나 자신이 영어 공부부터 늘게도 되고,
하여 나도 눈에 새로운 불을 켜고
그 덕으로 서양 현대시들의 좋은 걸 재음미도 하게 되었으니,
이 어찌 이것을 <복이 아니라>고 하겠는가?
　　　　　　　　　　─「차남 윤(潤) 출생의 힘을 입어」일부

　제우스 아버지는 아들의 교육에 골몰함으로써 아들이 권력을 얻거나,
부자 또는 명예가 높은 사람이 되어주기를 바란다. 아들의 미래까지도 독
단적으로 결정지으며 자신이 원하는 대로 성장해주기를 바란다. 인용한
「차남 윤 출생의 힘을 입어」는 이러한 양상을 지닌 제우스 원형이 구현된
예이다. 늦게 얻은 둘째아들의 교육에 직접 개입함으로써 교육에 몰입하
는 적극적인 아버지의 모습이 형상화된다. 아들 덕에 새로운 지식을 접할
수 있게 된 것을 '복'이라고 생각하는 것은 제우스 아버지들이 야기하는
전형적인 양상이라고 할 수 있다.

내가 여섯 살 되던 해 봄에
나는 한문서당에 천자문을 배웠는데요.
한 열흘 만에 그 1,000자를 다 외웠더니
선생님과 내 아버지는 아조 좋아라고

쇠주를 몇 잔씩 들이마시고는
날 받아서 며칠 뒤엔 나를 데리고 뒷산에 올랐어요.
머슴의 지게에 술과 안주를 지우고
어머니도 따라가시어서
모두가 따 모은 진달래꽃으로
화전을 부쳐
하늘과 땅에 알리시며 축하해 주셨어요.
맛진 술에 거나해지신 아버지와 선생님은
어깨춤도 한바탕씩 추어주셨는데요.
이런 잔치는
아조 먼 옛날부터
우리나라에선 전해져 온 듯해요.
　　　　　　　　　－「내가 천자책을 다 배웠을 때」 전문

　서정주가 여섯 살 때 천자문을 떼자 자식의 교육에 몰입하는 제우스 아버지는 책거리 형식으로 성대한 잔치를 베푼다. 어머니와 머슴까지 동반하고 뒷산에 올라가 화전을 부쳐 술을 마시고, 선생님과 함께 춤까지 춘다. 고대로부터 조상들은 소망하는 바가 있거나 좋은 일이 있을 때면 하늘과 땅에 이를 고했다. 서정주의 아버지도 아들이 영특함을 보이자, 하늘과 땅에 고하는 잔치를 서슴지 않고 연 것이다. 이러한 행위는 아들이 권력자로서의 면모를 갖추어간다고 생각할 때 제우스 아버지가 행사할 수 있는 행위라고 할 수 있다.

　하늘과 땅에 고하는 잔치는 "아조 먼 옛날부터" 전해져왔다고 하는데, 자식이 책을 뗄 때마다 행한 의식임을 알 수 있다. 이로써 제우스 아버지들이 자식의 교육에 얼마나 집착했는가를 짐작할 수 있다. 이러한 원형은 서정주의 아버지뿐만 아니라 가부장권에 속한 대부분의 아버지들의 성향이기도 하였다. 자식에게 집착하는 제우스 원형은 「4·19 바람」에선 "데모대에 끼는 일이 있더라도 위험은 피해야 한다"면서, 적극적으로 데모에 가담하지 말라고 당부하는 형식으로 나타난다. 정의를 구현해야 하는 중대사가 있더라도 목숨이 위험하다면 외면하라는 논리이다. 대를 이어 '가정'이라는 '작은 왕국'을 번영시켜야 할 장남은 아버지에 버금가는 권위를 인정받으며, 목숨 또한 귀중한 가치를 부여받은 것이다.

자식의 교육에 혼신을 다하는 아버지의 모습은 「야채 장사 김종갑씨」에서 더욱 확연하게 드러난다. 김종갑은 다리를 절면서도 헌 트럭에 야채를 싣고 다니며 장사를 이어가는데, 이유는 아들을 명문대학에서 공부시키기 위해서이다. 자신은 비록 야채장사를 하지만, 자식을 공부시켜놓으면 권력을 행사할 수 있는 자리에 취직하게 될 것이고, 더불어 부와 명예도 얻을 수 있으리라고 확신하기 때문이다.

가부장제사회문화에서 '가정'은 개인의 신분을 결정짓는 데 중요한 기본 단위이다. 때문에 사회의 구성원들은 인정받는 일가를 이루기 위해 혼신의 노력을 기울여왔는바, 자식의 교육에 골몰하는 것도 그러한 노력의 일환이라고 할 수 있다. 제우스 아버지들이 얻지 못한 권력과 부의 축적을 아들이 대신해주기 바랐듯이, 서정주의 아버지 역시 아들이 강력한 제우스가 되어주기를 희망한 것이다.

3. 자식에게 집착하는 어머니 – 데메테르 원형

데메테르는 곡식의 수호신으로서 수확을 관장하며, 모성 원형으로서 모성 본능을 지니고 있다. 모성 원형은 아이를 보살피거나, 육체적 · 심리적 · 영적으로 남들을 보살핌으로써 그 본능이 충족된다. 음식의 보급자로서의 데메테르는 다른 사람들이나 자식들에게 음식을 해먹임으로써 만족을 느끼고, 자기가 만든 음식을 맛있게 먹는 것을 보며 그들의 어머니가 된 듯이 만족을 느끼는 원형이다. 데메테르 원형의 양상을 도표화하면 다음과 같다.

시작품명	인물의 이름	원형의 양상
인심 좋은 또레도(권2, 108~109쪽)	또레도 사람들	음식의 보급자
염병(권2, 440쪽)	어머니	자식에게 집착하는 어머니
진부령의 처가집(권3, 35쪽)	장모님	〃
초가지붕에 박꽃이 필 때(권3, 510쪽)	어머니	〃
맑은 여름밤의 별하늘 밑을 아버지 등에 업히어서(권3, 511쪽)	아버지	〃
여름밤 소쩍새와 개구리가 만들던 시간(권3, 512쪽)	아버지	〃
계피(권3, 541쪽)	나	〃
마스끄바에 안개 자욱한 날(권3, 564쪽)	마스끄바의 할머니	〃
우리나라 어머니(80소년, 84쪽)	우리나라 어머니	〃

지하의 신 하데스가 외동딸 페르세포네를 납치하자 데메테르는 식음을 전폐한 채 아흐레 동안이나 노천을 헤맸다. 딸을 잃었을 때의 분노와 실의로 인해 그녀는 대지를 돌보지 않았으며, 황폐화된 대지는 꽃이 피어나지 않고 곡식이 여물지 않았다. 데메테르의 자식에 대한 집착은 이처럼

강하고 무조건적이었다. 데메테르 원형의 강한 모성 본능은 자식 또는 가족에게 희생하는 어머니의 양상으로 구현되는데, 이는 제우스 아버지가 아들의 교육을 위해 헌신하는 모습과 동일한 맥락에서 이해할 수도 있다.

> 아들이 여름에 염병에 걸려
> 외딴집에 내버려지면
> 우리나라 어머니는
> 그 아들 따라 같이 죽기로 작정하시고
> 밤낮으로 그 아들 옆에 가 지켜내면서
> 새벽마다 맑은 냉수 한 사발씩 떠놓고는
> 절하고 기도하며 말씀하시기를
> "이년을 데려가시고
> 내 자식은 살려 주시옵소서"
> 하셨나니……
>
> ─「우리나라 어머니」일부

인용한 시 「우리나라 어머니」에는 서정주가 장티푸스에 걸려 수용소에 격리되었을 때, 일구월심 자식의 완쾌를 비는 데메테르 원형이 구현되고 있다. 데메테르가 외동딸을 찾아 헤맬 때 몸을 돌보지 않고 노천에서 밤을 새운 것처럼, 데메테르 원형의 어머니는 아들을 살릴 수만 있다면 사지死地까지도 동행하기를 마다하지 않는다. "이년을 데려가시고 / 내 자식은 살려주시옵소서" 하는 구절에서, 아들을 살리기 위해 목숨까지 내놓는 간절한 모성을 만날 수 있다. 아버지마저 포기한 아들의 생명을 구하기 위해 피라미들을 방생하며 기도하는 어머니의 모습은 서정주의 산문집에도 기술되어 있다.5) 마른 웅덩이에서 죽어가는 피라미를 살려주는

---

5) 서정주, 『미당수상록』, 民音社, 1976, 182쪽.
　"내 아버지 光漢선생은 내 임종을 장식해 주라고 조그만 꽃상여를 당부하고 집을 떠

행위로써 하늘의 환심을 얻을 수 있을 것이고, 하늘의 관용으로 아들을 살리게 되리라는 어머니의 소망이 간절하게 드러난다.

> 마스끄바에 안개 자욱한 날
> 호텔 뒷마당에 모이는 떠돌이 갈가마귀 떼들에게
> 연거푸 연거푸 모이를 뿌려주고 있던 러시아 할머니.
> 그러다가는 호텔 직원에게 쫓기어
> 쭈밋쭈밋 어디론가 사라져가던 할머니.
> 무엇 때문에 그 할머니는 그런 짓을 하고 있었을까?
> 그 갈가마귀 떼 속에는
> 죽어가서 거기 끼인
> 자기 아들딸이라도 들어 있다고 생각하신 것일까?
> ─「마스끄바에 안개 자욱한 날」 일부

「마스끄바에 안개 자욱한 날」에는 호텔 직원들에게 쫓기면서도 갈가마귀 떼에게 모이를 주는 할머니가 묘사되고 있다. 어려운 상황에서도 갈가마귀에게 집착하는 할머니는 데메테르 원형의 자식에게 집착하는 어머니의 양상을 구현한다. 데메테르 어머니들은 음식을 얻게 되면 자식이 생각나서 먹지 못하고 집으로 가져오곤 했다. 거북한 이목을 감수하면서까지 자식에게 음식을 먹이려고 애쓰는 모습은 호텔 직원들에게 칭찬받지 못하면서도 갈가마귀에게 모이를 뿌려주는 할머니의 행위와 동일한 관점에서 이해할 수 있다.

나고, 내 어머니만이 이 도깨비골의 황토무덤들 밑의 수용소의 한구석에 몰려 처박힌 그 장자를 따라와서 밤에도 잠도 없이 기도만 하고 있었다. 마침 지독한 가뭄이어서 논귀의 말라 들어가는 물속에서 몰려 뛰고 있는 피라미 같은 물고기들을 그네는 나날이 아직도 물이 안 마른 못물에 방생하곤 자기 자식을 살려달라고 새벽마다 빌고 있었다는 것이다."

서정주는 할머니가 갈가마귀들을 자식이라고 믿지 않는다면 그렇게 행동할 수 없을 것이라고 생각한다. "그 갈가마귀 떼 속에는/ 죽어가서 거기 끼인/ 자기 아들딸이라도 들어 있"는 모양이다. 그렇지 않고서야 호텔 직원들에게 쫓기면서까지 모이를 먹이려고 애쓸 필요가 없기 때문이다.

4. 영혼의 세계 – 하데스 원형

하데스는 영혼과 무의식의 세계를 관장하는 지하 또는 영계의 신으로서, 인간의 잠재의식 속에 내재하면서 사고와 행동을 주관하는 신이다. 진 시노다 볼린은 하데스 원형을 설명하면서, 우리가 온전하게 되는 데 필요한 것들은 뭐든지 저승에 존재하며, 그곳에 사는 망령들은 집단무의식과 같은 것으로, 생명력 또는 잠재력을 필요로 하는 원형·형태와 같은 것들이라고 하였다.[6] 이 글에서는 볼린의 '생명력 또는 잠재력을 필요로 하는 원형이나 형태와 같은 것들'을 '내면세계에 이미지가 풍부한 하데스 원형'으로 이해하고자 한다.

서정주의 후기 시작품에 구현되는 하데스 원형은 그의 여러 양상 중에서도 '이미지가 풍부한 내면세계를 지닌 하데스'가 지배적이다. 하데스 원형은 시 「다섯살 때」를 제외하곤 모두 후기에 나타나고 있는데, 그것도 '정신분열증 중세를 보이는 하데스'와 '사회적 불가시성을 지닌 하데스'가 각각 한 번씩 나타날 뿐, 대부분이 '이미지가 풍부한 내면세계를 지닌 하데스'의 양상으로 구현되고 있다. 그 내용을 도표화하면 다음과 같다.

---

6) 진 시노다 볼린, 유승희 옮김, 앞의 책, 124쪽.

시작품명	인물의 이름	원형의 양상
1950년 겨울－북괴와 중공 연합군 대거 침략의 때까지 (권3, 254~258쪽)	나	정신분열증에 걸린 하데스
뻐꾹새 소리뿐(권3, 513쪽)	다섯 살의 나	이미지가 풍부한 내면세계를 지닌 하데스
추석 전날 달밤에 송편 빚을 때 (권3, 514쪽)	어머니	〃
북간도의 청년 영어교사 김진수옹(권3, 521~522쪽)	김진수	사회적 불가시성을 지닌 하데스
노처의 병상(권3, 539~540쪽)	나	이미지가 풍부한 내면세계를 지닌 하데스
부산의 해물잡탕(권3, 542쪽)	나	〃
가을비 소리(권3, 572쪽)	나	〃
기러기 소리(권3, 573쪽)	나	〃
봄 가까운 날(권3, 584쪽)	나	〃
이슬비 속 창포꽃(권3, 592쪽)	나	〃
우리 집의 큰 황소 (80소년, 17~19쪽)	나	〃
일곱 살 때 할머니에게서 들은 흰 암여우 이얘기(80소년, 20~21쪽)	나	〃
첫사랑의 시(80소년, 28쪽)	나	〃
<쿨란다> 산의 <나비의 성역>에서(80소년, 29쪽)	나	〃
80세의 추석날 달밤에(80소년, 43쪽)	나	〃

손바닥을 보며(80소년, 44쪽)	나	〃
열두 살 때의 중굿날(80소년, 45쪽)	나	〃
지난해와 새해 사이(80소년, 52쪽)	나	〃
<바이칼> 호숫가의 비취의 돌칼(80소년, 56~57쪽)	나	〃
1996년 음력 설날에 (80소년, 61~62쪽)	서울 와 사는 시골 사람들	〃
도로아미타불의 내 햇살 (80소년, 69쪽)	나	〃
추석 전날 달밤에 송편 빚을 때(80소년, 79쪽)	어머니	〃

하데스는 페르세포네를 납치할 때와, 헤라클레스의 화살에 부상을 입어 올림포스 산에 도움을 청하러 갈 때만 지상에 나왔을 뿐, 항상 지하에 머물렀다. 그리하여 가부장권의 종교와 문화는 그를 은둔자 또는 공포의 대상자로서 두려워하였다. 문화와 개인이 하늘의 신들과 제우스의 권력에만 자기를 동일시하는 한, 지하세계는 풍요로움의 원천임에도 불구하고 공포에 싸인 곳으로 인식될 수밖에 없을 것이다.

단풍에 가을비 내리는 소리
늙고 병든 가슴에 울리는구나.
뼉다귀 속까지 울리는구나.
저승에 계신 아버지 생각하며
내가 듣고 있는 가을비 소리.
손톱이 나와 비슷하게 생겼던

아버지 귀신과 둘이서 듣는
단풍에 가을비 가을비 소리!

　　　　　　　　　　　　　　　　　　　─「가을비 소리」 전문

　시의 화자는 "손톱이 나와 비슷하게 생겼던/ 아버지 귀신과 둘이서" 가
을비 소리를 듣는다. '사람'과 '귀신'은 상대적 세계인 '이승'과 절대성이
지배하는 '저승'이라는 차원이 다른 공간에 존재하지만, 이미지가 풍부한
시인의 내면에선 둘 사이의 괴리감을 느끼지 못한다. 이미지가 풍부한 하
데스의 힘을 입어 저승의 영혼과도 교감할 수 있으며, 자신이 영혼이 되
어 지하세계를 여행할 수도 있기 때문이다. 나이가 들었다는 것은 많은
체험을 경험했다는 의미이고, 삶의 체험이 많을수록 영적인 세계를 통찰
할 수 있는 혜안이 깊어진다고 할 수 있다. 이러한 이유로, 나이가 든다는
것은 내면에 하데스의 영역이 넓어진다는 의미가 될 수도 있다.
　인간의 내면에는 여러 원형이 공존해 있다가 특정한 상황에서 특정한
원형이 활성화되곤 한다. 그런데 예술가들처럼 내면세계를 계발해야 하
는 사람들은 하데스 원형의 '이미지가 풍부한 내면세계'의 도움을 받을 필
요가 있다. "하데스는 우리의 신체 감각을 통해, 내장의 반응을 통해, 내
면의 소리를 통해, 눈에 보이는 빛을 통해서 우리가 사물이나 사람에 대
해 어떤 반응을 보이는가를 알 수 있게 도와주기"[7] 때문이다. 예술가들에
게는 가시적인 세계보다 불가시적인 내면세계의 풍경이 더욱 중요한 재
산이 되는 것이다.

아버지는 타관으로 벌이 나가고
어머니도 할머니도 밭에 나가고

────────────────

7) 진 시노다 볼린, 유승희 옮김, 앞의 책, 130쪽.

빈집엔 다섯 살짜리 나 혼자뿐.
그리고 하늘과 땅 사이에선
서글프게 울어대는 뻐꾹새 소리뿐.
머리에도 뱃속에도 가슴속에도
끊임없이 스며드는 뻐꾹새 소리뿐.
개울가로 달려가서 개울 속을 보면은
거기 어린 구름에서도 뻐꾹새 소리뿐.
집으로 되돌아와 숨을 죽이며
벽에 흙을 떼어서 먹어보면은
그 속에서도 울어대는 뻐꾹새 소리뿐.

―「뻐꾹새 소리뿐」 전문

유년기의 하데스 원형은 내성적이라서 남에게 자신의 존재를 부각시키지 못한다. 좀처럼 남의 눈에 띄지 않지만 어쩌다 눈에 띄는 것은 낯선 상황에서 별나게 반응하기 때문이다. 어린 하데스는 수줍음을 많이 타고 혼자서 놀기를 좋아하며, 보통의 아이들이 생각하지 못하는 사유를 펼치면서 혼자만의 세계를 구축하기도 한다.

「뻐꾹새 소리뿐」에서, 다섯 살짜리 하데스는 혼자서 빈집을 지키고 있다. 너무나 심심하고 외로워서 흙벽을 긁어 먹어보지만, 뻐꾹새 울음소리만 들릴 뿐 주변은 적막강산이다. '뻐꾹새 소리뿐'이라는 반복 상징은 어린 하데스의 고독한 상황을 설명하는 데 적절한 표현이 되어준다. 어린 하데스의 독특한 사유가 주변의 정황들을 뻐꾹새 울음소리로 수렴하면서 시의 방향을 구축해가기 때문이다.

하데스가 다스리는 무의식의 세계는 개인적인 것과 집단적인 것이 포함되는데, 거기에는 우리가 억누르고 있던 기억·사고·느낌들이 존재한다. 너무 고통스럽거나 수치스럽고, 남들에게 받아들여질 수 없어서 이승에서는 볼 수 없는 것, 우리가 구체화해보지 못한 열망 그리고 희미한

윤곽으로 남은 가능성이 존재한다. 집단무의식의 저승 세계에는 우리가 소망하는 모든 것, 과거에 있었던 것들이 존재하는 것이다.[8]

> 그 큰 황소가
> 언제부터 우리 집에 와서 살고 있었는지
> 그것까지는 모르지만,
> 내 어린 눈에 처음 뜨인 이 나그네는
> 아주 점잖하고 깨끗하고 믿음직해서
> 우리 집의 누구보다도 더 어른다워 보였다.
> (중략)
> 그러나 나는 지금 확실히 생각한다.
> <그는 전생의 무슨 죄로
> 이렇게 살고 갔거나 간에
> 지금 저승에서는
> 한 신선의 자리로 되돌아가
> 제법 그럴싸한 관도 하나 쓰시고
> 어느 좋은 소나무 밑쯤에
> 아주 점잖게 앉아 계실 거라.>고…
>
> ―「우리 집의 큰 황소」 일부

서정주의 기억 속에 존재하는 황소는 사람보다도 행실이 점잖하고 믿음직스럽다. 그는 황소에게 늘 무엇인가를 주고 싶고 대화하고 싶었지만, 어느 날인가 도살장으로 끌려갔고, 소고기가 되어 사람들의 식탁에 오르게 되었을 것이라고 상상하기에 이른다. 아픈 마음을 위로하고자, 저승에서는 귀한 신분이 되어 관을 쓰고 점잖게 앉아 계실 것이라고 형상화하기에 이른 것이다.

---

8) 진 시노다 볼린, 유승희 옮김, 앞의 책, 122쪽.

「우리 집의 큰 황소」에서, 황소와 사람은 다른 종이 아니라 감정의 교류까지도 가능한 생명체이다. 황소가 내뱉는 한숨은 할머니의 그것보다도 크고 높아서 사실은 우리 집 주인인 것만 같았다고 말한다. 할머니는 제일 윗자리에 계시는 어른인데, 그보다도 한숨이 크고 높다는 형상화는 황소에게 할머니보다도 상위의 자리를 부여한 것이다. 이러한 형상화는 '이승에서는 볼 수 없는 것, 우리가 구체화해보지 못한 열망과 희미한 윤곽으로 남은 가능성'들이 '내면세계의 이미지가 풍부한 하데스 원형'의 양상으로 구현된 예라고 할 수 있다.

5. 유랑의식의 구현 – 디오니소스 원형

디오니소스는 술과 황홀경의 신이며, 신비주의자 · 연인 · 방랑자를 상징한다. 그는 올림포스의 막내이면서 유일하게 인간을 어머니로 둔 남신이다. 세멜레에게 반한 제우스가 인간 남성의 모습으로 변신하여 그녀를 잉태시키지만, 세멜레는 헤라의 계략에 빠져서 죽게 된다. 제우스는 디오니소스를 불사신으로 만들어 세멜레의 자궁에서 끄집어내어 자신의 허벅지에 꿰매어 넣는다. 그 후 디오니소스는 이모 부부에게 보내졌으나 헤라가 그들을 미치게 하자, 다시 니사 산의 요정들에게 보내졌다. 그곳에서 디오니소스는 스승 실레노스를 만났고, 그에게서 자연의 비밀과 술 만드는 법을 배운다.

디오니소스 원형은 서정주의 후기 시작품에 지배적으로 구현되는 원형이다. 암울한 시대의 벽을 무너뜨리고 방랑하고픈 디오니소스 원형이 첫 시집인『화사』에 한 차례 구현된 적이 있지만9) 중기 내내 활동적이지 못하다가 후기에 본격적으로 드러나기 시작한 것이다. 디오니소스 원형은 가부장제사회문화의 제도와 관습을 거부하고 광란적인 술잔치를 벌임으로써 사회와 문화가 거부하는 원형이기도 하다. 디오니소스 원형이 드러나는 양상을 도표화하면 다음과 같다.

시작품명	인물의 이름	원형의 양상
쌈바춤에 말려서(권2, 85~86쪽)	서정주	광란의 잔치를 벌이는 디오니소스
나이로비 시장의 매물(권2, 87~88쪽)	〃	유랑하는 디오니소스
상아해안국 아비장의 내 깜둥이 친구 아자메(권2, 102~103쪽)	아자메	관습과 제도를 거부하는 디오니소스
마드리드의 인상(권2, 110~111쪽)	스페인 술꾼	광란의 잔치를 벌이는 디오니소스
인도 떠돌이의 노래(권2, 223~224쪽)	인도 떠돌이	유랑하는 디오니소스
황희(권2, 378쪽)	황희	관습과 제도를 거부하는 디오니소스
매월당 김시습 2(권2, 383쪽)	김시습	유랑하는 디오니소스
노자 없는 나그넷길(권3, 30쪽)	멋쟁이	〃
지금도 황진이는(권3, 54~55쪽)	황진이	〃
이 가을에 오신 손님(권3, 57쪽)	손님	〃
겨울 여자 나그네(권3, 65쪽)	여자 나그네	〃

9) 서정주,「壁」,『미당시전집』제1권, 48쪽.

사회주의를 회의하게 되었음 (권3, 132~136쪽)	나	〃
넝마주이가 되어(권3, 141~145쪽)	나	〃
금강산행(권3, 150~154쪽)	나	〃
제주도에서(권3, 169~173쪽)	나	〃
레오 톨스토이의 무덤 앞에서 (권3, 560쪽)	톨스토이	관습과 제도를 거부하는 디오니소스
방랑에의 유혹(권3, 575~576쪽)	나	유랑하는 디오니소스

　디오니소스는 분열적인 정열을 불러일으켜 일상적인 옷차림, 일상적인 환경을 벗어나려는 경향을 강하게 지니고 있다. 제도와 관습에서 벗어나 순간의 감정이 시키는 대로 행동하기 때문에 경제적으로나 감정적으로 그가 어떤 삶을 살아갈지 예측할 수가 없다. 순간적으로 진지하게 말하는 매력적인 남성 또는 여성이다가도 끝까지 일관성 있게 그 태도를 유지하지 못하기 때문이다. 디오니소스 원형은 가부장제사회문화의 전통적인 가장이나 원칙주의자, 가족과 외부세계의 중재자, 스승의 역할들을 수행해내지 못한다.

　　코끼리 어금니의 바닷가 나라 서울
　　아비장의 내 깜둥이친구 아자메 씨는
　　증말루
　　문패도, 번지수도,
　　호적도, 나이도,
　　증말루
　　전연
　　가지지 않았읍데.

'몇 살이냐?'고 내가 물으면,
즈이 집 마당의 나무를 가리키며
'저놈하고
한 해에
생겨났다더라만
잊있다. 잊었어.
그건 세어 뭘 하니?'
요로코롬 대답하며, 끽끽끽끽, 끽끽끽,
베짱이 소리로 웃어젖히는데,
물은 게 되레 못내 미안하더군.
아주 아주 아주 아주 미안하더군.

순 햇빛에서 금시 나온 베짱이 소리로
끽끽끽끽 끽끽끽 지랄같이 웃으며
순 고고를 한바탕 추는데
가사는 몸에서 땀에서 배어나고 있더군 ─
'나이는 하여서 무얼 하노?……
호적은 하여서 무얼 하노?'
          ─「상아해안국 아비장의 내 깜둥이 친구 아자메」 전문

　시작품 속의 '아자메'뿐만 아니라 아프리카 흑인들 대부분은 제 나이를
모르며 호적 또한 없다고 한다. 가부장제사회문화의 고정관념으로는 이
해하기 힘든 일이지만, 디오니소스 원형의 세계관에 의탁하면 그렇지만
도 않다. 나이란, 무시간無時間의 우주를 재단하여 인간들이 정해놓은 시
간의 축적에 불과하므로, 자연의 이법에 따르는 삶에서는 나이를 인식할
필요를 느끼지 못한다. 나이는 인간을 총체적으로 규정하고 평가하는 기
준이 될 수 없다. 호적 또한 가부장권의 지배세력이 피지배층을 감시하고
통치하기 편리하도록 만들어놓은 구속 장치일 뿐이다.

자연의 이법대로 살아가는 '아자메'에게 규범사회의 법이란 사치스런 장식품에 불과하다. 때문에 "순 햇빛에서 금시 나온 베짱이 소리로/ 끽끽 끽끽 끽끽끽 지랄같이 웃으며" "나이는 하여서 무얼 하노?……/ 호적은 하여서 무얼 하노?" 할 수 있는 것이다. 아자메는 자신의 출생 시각이 제 집 마당의 나무와 동일하다는 사실만을 인지하고 있을 뿐이다.

시작품에서 '나무'와 '아자메'는 동격을 이룬다. 인간이 식물보다 상위를 차지하지 않음으로써 출생의 시각도 동등한 차원에서 비견될 수 있는 것이다. 디오니소스 원형은 인간 우월주의 사고를 지니고 있지 않으며, 제우스가 갈망하는 성공에 가치를 두지 않기 때문에 사회와 문화의 구속으로부터 자유롭다. 따라서 깜둥이 친구 아자메는 '법과 제도를 거부하는 디오니소스 원형'의 인물이라고 언급할 수 있다.

서정주는 일곱 번째 시집명을 『떠돌이의 시』라고 이름 붙이면서 잠재해 있던 떠돌이 의식을 표출하기 시작한다. 『미당수상록』(330쪽)에서는 "떠돌이, 떠돌이, 떠돌이……아무리 아니려고 발버둥을 쳐도 결국은 할 수 없이 또 흐를 뿐인 숙명적인 떠돌이. 겨우 돌아갈 곳은 이미 집도 절도 없는 할머니 고향 언저리 바닷가의 노송뿐인 이 할 수 없는 철저한 떠돌이 ― 그것이 바로 나다."라고 고백하고 있으며, 83세에 출간한 시집을 『80소년 떠돌이의 시』라고 이름붙인 후 '아직도 철이 덜든 소년 그대로고, 또 도(道)도 모자라는 떠돌이 상태임을 두루 요량해서였다'라고 말하고 있다.

디오니소스 원형은 영원한 소년 의식과 떠돌이 의식을 내재한다. 많은 나이에도 불구하고 자신을 철부지라고 단정한 것은, 내면에 잠재한 디오니소스의 소년 의식을 감지했기 때문으로 보인다. 그러나 한편으로는 가부장제사회문화의 부정적인 요소들을 외면한 채 주변부로 떠돌고 싶은 유랑의식이 표출된 것이라고 해석할 수도 있다.

삶이라니요? 삶이라니요?
갠지스 강물이 안 마르고 흐르듯
영원히 하늘 함께 흐르면 되는 걸.
아들딸 이어이어 흐르면 되는 걸.
　　　　　　　　　　－「인도 떠돌이의 노래」 일부

　인도의 떠돌이 수행자들은 싸리 한 장 감은 채 절간의 지붕 밑에서라도 잘 수 있다면 더 이상의 것을 추구하지 않는다. 삶의 문제에 있어서도 하늘과 함께 떠돈다는 것이 그들의 생각이다. 디오니소스 원형은 권력과 부를 축적하는 일에 가치를 두지 않으며, 자식을 제도권의 교육기관에 보내려고도 하지 않는다. 아버지로서의 책임감이 강하지 않고, 자식에게 집착하지 않으면서 순간의 감흥에 따른 유랑으로 삶을 점철한다.

　가정과 직장의 구속으로부터 벗어나 떠돌고자 하는 서정주의 욕망이 시집 『떠돌이의 시』 머리글에 잘 표현되어 있다. "나는 아주 젊었을 때 한동안 떠돌이의 자유를 누려보고는 가정과 직장에 매여 오랫동안 그걸 마음대로 못하고 지냈는데, 인제는 멀지 않아 대학의 정년도 되고 하니 다시 그 자유가 가능할 듯해서 그 예비연습을 조금씩 해보고 있는 중이다. 그래서 이 책 제목을 그렇게 한 것이다."

　예술은 순수한 나르시시즘의 세계이다. 일상생활에서 나르시시즘에 사로잡힌 행위를 하면 조소와 경멸을 사게 되지만, 현실 원칙에 얽매일 의무가 없는 예술이라는 영역은 허용되지 않는 것이 허용되는 어른들의 유원지이다. 예술이란 인간존재에 있어서 환상아와 현실아가 갈등할 때, 환상아의 보호를 위해 설정한 금렵구禁獵區인 것이다.[10] 디오니소스 원형의 여러 양상들은 '예술'이라는 금렵구 안에서만 인정받을 수 있을 것이다.

---

10) 기시다 슈(岸田 秀), 우주형 옮김, 『게으름뱅이 정신분석 1』, 깊은샘, 2006, 39쪽.

6. 결론

　서정주의 후기 작품에 구현되는 제우스와 데메테르 원형은 자식에게 집착하는 아버지와 어머니의 양상으로 수렴된다. 후기의 시작품에 이러한 양상이 두드러지게 구현된 이유를 살펴보면, 나이가 들면서 서정주는 남성의 작은 왕국인 가정을 확고하게 구축하는 일이 무엇보다 중요하다고 생각한다. 따라서 가부장권의 사회문화가 선호하는 아버지상에 부합하고자 아들의 교육에 전력을 다하는 모습을 보여준다. 한편으로는 데메테르 원형의 가족에게 희생하는 어머니를 적극적으로 구현함으로써 가부장권이 선호하는 여성상을 긍정하기도 한다.

　다음으로 후기 시작품이 활동적으로 구현하고 있는 원형은 하데스이다. 하데스 원형은 서정주의 마지막 시집 『80소년 떠돌이의 시』에 집중적으로 구현되는데, 이러한 현상은 영혼의 세계와 밀접한 하데스 원형의 특성상 시인의 나이 듦과 연관이 있다. 시인이 살아온 기나긴 여정이 회상의 형식으로서 영적 차원으로 환치되고 있음을 볼 수 있다. 이는 죽음에 직면한 시인이 죽음이라는 단절의 공포를 극복하고 화해하는 모습이라고 할 수 있다.

　나이가 들면서 쇠락해가는 남성 가장의 권위를 유지하고자 제우스 원형을 선호했음에도 불구하고, 후기의 내면세계를 주도적으로 이끈 것은 디오니소스 원형이다. 디오니소스 원형은 사회와 문화의 간섭으로부터 일탈하려는 양상과 자연인으로서 유랑하고픈 양상으로 구현된다. 디오니소스 원형의 이러한 양상들은 가부장제사회문화의 고정관념이 선호하는 제우스 원형과는 상반되는 측면이다. 그러면 상반되는 두 원형이 어떻게 같은 시기에 공존할 수 있었을까.

서정주는 산문집[11]에서 질마재 사람들의 유형을 '유자파(儒者派)'와 '자연파', '심미파(審美派)'로 나눈바 있다. 유자파는 사람들을 부리며 부를 축적한 제우스 원형의 사람들로서 자식에게 엄하고, 한문을 읽을 줄 아는 사람들이었다. 심미파는 술 마시고 춤추기를 좋아하며 동성애를 추구하기도 하는 사람들로서 디오니소스 원형의 사람들이라고 할 수 있다. 서정주는 두 원형 모두를 긍정적으로 기술하지 않았다. 그러나 아이러니하게도 후기 시작품에는 두 원형이 활동적으로 구현된다. 짐작하건대, 제우스 원형을 선호하지 않으면서도 가부장제사회문화에 부합하고자 그 원형의 양상들을 체화했던 듯하다. 또한 문화가 요구하는 고정관념에 부합하고자 디오니소스 원형을 억압했지만, 무의식에서 표출되는 그의 여러 양상들을 제어하지 못한 것으로 판단된다. 그는 상반되는 두 원형과 화해하고 대립하며 독특한 정신세계를 구축해간 것이다.

---

11) 서정주, 『서정주문학전집』 제3집, 일지사, 1972, 27쪽.

서정주의『학이 울고 간 날들의 시』 연구

1. 서론

1941년에 펴낸 서정주의 첫 시집『화사』는 문이재도文以載道의 도덕주의 문학관이 지배적이었던 한국 시단에 신선한 충격을 안겨주기에 부족함이 없었다. 시작품 「화사」는 '뱀'의 성서적 이미지를 전복시킴으로써 육체적 욕망을 추구하는 인간의 본능을 탐구하는 데 기여했으며,『화사』의 장정 역시 작가의 사진이나 캐리커처로서 대신했던 기존의 관행을 깨고 유혈목이로 알려진 '꽃뱀' 그림으로 장식함으로써 향후 그의 시세계의 향방을 암시해주는 역할을 하였다.[1]

서정주의 시세계가 다양하게 확대되었던 만큼 시작품에 대한 연구도 폭넓게 이루어졌는데, 그에 대한 연구사를 살펴보면 여섯 번째 시집인『질마재 신화』까지의 연구가 대부분이며 후기의 작품에 대한 연구는 이루어지지 않았음을 알 수 있다.[2] 이러한 현상은『질마재 신화』이후의 작품이

---

1) 송기한, 「『화사』에 나타난 욕망의 근대적 성격−서정주론」,『한국 현대시와 근대성 비판』, 제이앤씨, 2009, 124쪽.
2) 본고는『질마재 신화』이후 연구가 미진한 작품들을 서정주의 후기시라고 칭하기로 한다.

논자들에게 외면당해왔음을 입증해주는 사례이다. 대부분의 논자들은 서정주 문학의 정점을 『질마재 신화』까지로 보고 있으며, 이후의 작품들에는 『질마재 신화』에서 완성한 시세계가 파편화되어 나타난다고 간파하고 있다.[3]

연구자들이 서정주의 후기 작품을 간과한 배후에는 여러 가지 이유가 있겠지만, 초기의 작품에 비해 작품성이 퇴보한다는 견해가 가장 크게 작용했다고 생각한다. 여기서 '작품성의 저하'라고 하는 것은 주로 형식주의 비평 이론이 중시하는 요소들을 충족시키지 못한 결과라고 할 수 있다. 그러나 긴 시력詩歷으로써 한국 현대시의 발전 · 정립의 과정을 동행해온 서정주와 같은 경우, 후기의 작품에 대한 연구는 다양한 각도에서 이루어져야 한다고 생각한다. 현대의 이론에 의한 편향적인 논의는 자칫 시작품이 함의하는 중대한 의미를 간과하는 오류를 저지를 수 있다. 이러한 근거를 바탕으로 본고는 서정주의 후기 시집 중 『학이 울고 간 날들의 시』를 주목하고자 한다.

우리가 창작물이라고 지칭하는 것은 순수한 창작품이라기보다는 과거에 존재했던 사실들에 대한 '재발견' 또는 '인유'이며,[4] 이 인유는 '다시쓰기(rewriting)' 혹은 패러디(parody)[5]와 동일한 맥락으로 이해할 수도 있다. 패러디는 각각의 문화권에서 독특하게 발전되어오다가 오늘날 포스트모더니즘의 중요한 예술 양식으로 자리 잡았다. 포스트모더니즘 이후 예술의 독창성을 거부한 모방은 표절의 개념으로부터 패러디의 형태로

---

3) 안현심, 「신화의 재문맥화 - 서정주론」, 『유심』 통권 제42호, 만해사상실천선양회, 2010.
4) 러시아 형식주의자들은 새로운 예술 형식을 독창적인 표현 기법이라기보다 선행 시대의 형식들 속에 감춰진 것들을 발견하는 행위로 보았다.
5) 원래 패러디는 특정 작품의 소재나 작가의 문체를 흉내 내어 익살스럽게 표현하는 수법 또는 그런 작품을 의미하지만, 본고에서는 '다시쓰기'까지를 함의하는 광의로서 사용하기로 한다.

탈바꿈해 현대 예술의 주된 창작 전략으로 대두되었다. 따라서 패러디는 고정된 기본 관념이나 전형적인 틀을 깨트려 변용·활용함으로써 글쓰기의 해방을 가져왔다고 할 수 있다.[6]

『학이 울고 간 날들의 시』는 한국의 역사와 신화를 재문맥화한 시집이다. 서정주는 왜 구체적으로 존재하는 한민족의 신화와 역사를 다시 쓰고자 했을까? 이러한 의문을 해결하기 위해 시작품을 분석하고, 작품이 의미하는 바를 고찰하고자 한다.

2. 인물의 유형

『학이 울고 간 날들의 시』에 등장하는 인물의 유형은 둘로 나누어진다. 그것은 신화적인 인물과 역사 속에 존재했던 구체적인 인물이다.

재문맥화 대상	시 작품 명	편수
신화·전설적 인물	「하느님의 생각」·「환웅의 생각」·「곰 색시」·「단군」 「처용훈」·「북부여의 풍류남아 해모수 가로대」 「수로부인은 얼마나 이뻤는가?」 「박혁거세왕의 자당 사소선녀의 자기소개」	8편
역사적 인물	「왕 금와의 사주팔자」 「고구려 시조 동명성왕 고주몽의 사주팔자」 「고구려 민중왕의 마지막 삼년간」·「도미네의 떠돌잇길의 노래」	50편

6) 신익호,『현대문학과 패러디』, 제이앤씨, 2008, 19쪽.

| | 「지대로왕 부부의 힘」·「이차돈의 목베기놀이」
「지귀와 선덕여왕의 염사」
「신라유가의 제일문사 강수선생소전」·「김유신장군 1」
「김유신장군 2」·「태종무열왕 김춘추가 꾸던 꿈」
「원효가 겪은 일 중의 한 가지」
「우리 문무대황제폐하의 호국용에 대한 소감」
「의상의 생과 사」·「신라 최후의 성인 표훈대덕」
「천하복인 경문왕 김응염 씨」·「신효의 옷」·「월명스님」
「왕건의 힘」·「현종의 가가대소」·「강감찬 장군」
「덕종 경강대왕의 심판」·「옥색과 홍색」·「예종의 감각」
「노극청씨의 집값」·「고려 고종 소묘」
「충렬왕의 마지막 남은 힘」·「석전스님」
「기황후 완자홀도의 내심의 독백」
「정몽주선생의 죽을 때 모양」·「이성계의 하눌」·「세종과 두 형」
「황희」·「소년왕 단종의 마지막 모습」·「매월당 김시습 1」
「매월당 김시습 2」·「매월당 김시습 3」
「칠휴거사 손순효의 편모」·「정암 조광조론」·「황진이」
「하서 김인후 소전」·「산적두목 임꺽정의 편모」
「홍의장군 곽재우 소묘」·「기허 스님」·「백사 이항복」
「율곡과 송강」·「죽음은 산 것으로」
「논개의 풍류역학」·「추사 김정희」 | |

1) 신화적 인물

『학이 울고 간 날들의 시』에 형상화되는 신화적 인물은 주로 삼국시대 이전의 건국신화에 등장하는 인물들이다. 이들에 대한 형상화는 신화의 긍정적인 측면을 부각시키는 데 중점을 두고 있다.

옛날 옛날 아주 먼 옛날의 가장 밝고 밝은 아침에, 하느님께서도 보는 눈과 마음이 카랑카랑 개어 가지고, 그의 아들들 중에서도 제일로 이쁜 아들 ― 환웅만을 곁에 데불고, 하늘 밑의 이 우뻑지뻑한 땅의 구석구석을 살펴보고 계셨읍니다.

「귀여운 내 아들아. 네가 내려가서 살며 다스리고 싶은 나라를 네가 손수 골라 보아라」 아버지 하느님은 말씀하셨읍니다.

그래 아들 환웅은 산과 벌판과 강과 바다들로 오밀조밀 짜여 있는 이 땅 위의 세상을 빈틈없이 두루두루 눈여겨보고 있었는데, 여러 모로 비겨 보고 또 비겨 보아도 우리 조선 ― 한국보다 더 그 마음에 드는 나라는 찾아볼 수 없었읍니다.

「조선 땅이 그 중 좋군요」 아들 환웅의 말에, 「왜」 하고 아버지 하느님이 물으시니, 「아침 해가 맨 먼저 떠 비치는 곳이라서 모든 게 맑고 밝고 의젓하네요. 모든 것이 아름다운 꽃 속에나 놓인 듯 눈에 삼삼히 그리워 보이고, 어디를 보거나 고운 산 고운 냇물이 안 보이는 데는 한 군데도 없는 나라 ― 이런 나라는 딴 데는 없는데요?」

― 「하느님의 생각」 일부

인용한 시작품은 환웅이 태백산에 내려오기 전 하느님과 대화하는 형식으로 구현되고 있다. 신화에 의하면 환웅은 천제의 아들로서 웅녀와 결혼해 단군을 낳는다. 단군은 고조선의 시조로서 역사서의 첫 장을 기록하고 있지만, 그가 존재하기까지는 아버지 환웅의 역할을 간과할 수 없다.

작품에서 하느님은 환웅을 "아들 중에서도 제일로 이쁜 아들"이라고 말하고 있다. 이러한 형상화는 시조의 우월성과 존엄성을 강조하기 위한 시적 장치이다. 지상을 다스릴 인물로 환웅을 선택한 후에도 의견을 충분히 반영하여 구체적인 장소를 정하기에 이른다. 천신사상이 지배적인 신화에서 하느님의 배려는 환웅의 위상을 격상시켜주는 역할을 한다. 환웅이 한반도를 선택하는 이유에서도 지정학적 우월성과 함께 아름다운 자연 경관이 강조된다. "아침 해가 맨 먼저 떠 비치는 곳"이기 때문에 "모든

게 맑고 밝고 의젓"해 보이며, "아름다운 꽃 속에나 놓인 듯 눈에 삼삼히 그리워 보이고, 어디를 보거나 고운 산 고운 냇물이 안 보이는 데" 없는 곳이 이 땅이다.

해[태양]는 동양에서 양陽과 왕王을 상징하는 존재로 인식되어왔다. 고구려 시조 주몽, 신라의 박혁거세, 가락국의 김수로왕의 탄생설화에는 어김없이 해가 등장하였다. 특히 아침에 떠오르는 해는 오랜 어둠을 물리친 희망으로 존재하며, 장생불사를 상징하는 십장생의 하나이기도 하다. 시인 '타고르(Rabindranath Tagore)'는 우리나라를 '동방의 등불'이라고 노래하였고, 중국에서는 동쪽의 예의 바른 나라라 하여 '동방예의지국'으로 불렀다. 이는 해가 떠오르는 동쪽에 국토가 위치함으로써 태양의 원형 이미지가 국가의 정체성 형성에 영향을 미치고 있음을 보여주는 사례이다.

환웅이 지상으로 내려오기 전에 하느님은 한 가지 당부를 한다. 어느 땐가 너를 '하늘의 서자(庶子)'라고 우기는 무리가 생길지도 모르니 그때는 의젓한 본심을 지켜내야 한다는 것이다. 이러한 내용은 환웅이 서자였다는 신화의 원전을 뒤집는 부분이다.[7]

> 짐은 조선의 하눌이 낳은 아들, 태양의 정기, 단군 때부터의 그 풍류정신의 신이요 사람을 겸한 자로다.
> 희랍의 태양의 신 아폴로는 강물의 여신 다프네에게 채인 사실도 있었지만서두, 짐의 힘과 매력은 매우 숭글숭글하고 빈틈이 없이 직선과 곡선을 다하기 때문에, 내 비록 노경의 나이일지라도 한번 마음먹은 처녀가 만일에 높은 산을 좋아하면 나는 꼭 높은 산같이 되고, 처

---

7) 일연, 이민수 옮김, 『삼국유사』, 범우사, 1994, 17~18쪽.
 "옛날에 환인(桓因)의 서자(庶子) 환웅(桓雄)이 있었는데, 자주 천하에 뜻을 두고 사람의 세상을 탐내고 있었다."

녀가 또 만일 맑은 강물을 좋아하면 나는 어김없이 또 그리 되며, 햇빛 냄새 띠앗한 보리밭이 좋다면 그 보리밭같이, 거기 날아오르는 노고지리 목청이 좋다면 또 그렇게도 되나니, 이렇게 사람이요 신인 자 나를 따돌리고 말 길은 이 하눌 밑에서는 영 없도다. 가령 누구의 아내 된 여자가 그 남편의 애기를 갖는 자리일지라도 나 해모수가 기억해 떠오른다면 그 마음만은 나를 인해 애기를 배리로다.

　　　　　　　　　　　　　　　　─「북부여의 풍류남아 해모수 가로대」 일부

　시작품에 등장하는 '해모수'는 그리스 로마 신화의 제우스 원형의 인물이다. 제우스는 권위적이며 재물과 권력을 축적하는 데 몰두하고, 혼외정사를 일삼았다. 해모수는 "조선의 하늘이 낳은 아들, 태양의 정기, 단군 때부터의 풍류정신의 신이요 사람을 겸한 자"라고 권위를 세우는가 하면, 마음에 드는 처녀는 뜻대로 취할 수 있다고 장담하기도 한다. 그 자신감은 "가령 누구의 아내 된 여자가 남편의 애기를 갖는 자리일지라도 나 해모수가 기억해 떠오른다면 그 마음만은 나를 인해 애기를 배리로다"라고 장담하는 데서 절정을 이룬다.

　신화를 보면, 유화부인은 해모수의 아이를 잉태한 채 부여의 금와왕과 살면서 주몽을 낳았다. 서정주는 혼외정사를 일삼는 제우스 원형을 도입하여 유화부인과 금와왕의 신화를 재해석한 것이다. 제우스는 요정과 인간 여성, 여신들을 유혹하여 여러 아이의 아버지가 되었다. 헤라를 속이기 위해 레다를 유혹할 때는 백조로 변신하였고, 다나에게는 황금 소나기, 에우로페에게는 황소, 이오에게는 구름으로 변신하여 다가갔다. "처녀가 만일에 높은 산을 좋아하면 나는 꼭 높은 산같이 되고, 처녀가 또 만일 맑은 강물을 좋아하면 나는 어김없이 또 그리 되"겠다고 장담하는 것은, 제우스가 원하는 여성을 얻기 위해 변신한 신화의 내용이 원용된 사례라고 할 수 있다. 이 작품에서 해모수에 대한 묘사는 몹시 과장적이다.

그 과장됨의 극치는 아내가 남편과 아기를 만드는 자리에서 자기를 생각만 해도 자신의 아이를 갖게 될 것이라고 확신하는 데서 두드러진다.

2) 역사적 인물

> 고려 태조 왕건이 고려 맨 처음의 왕이 된 가장 큰 힘은 그 포섭력이고, 그 포섭력 중에서도 제일 큰 포섭력은 쬐끔치라도 이용할 모가 있는 사람들한테는 두루 아양을 적당히 피우고 있던 점이다.
> 천하의 쌍놈인 후백제왕 견훤이가 할 수 없이 숙이고 그의 앞에 항복해 왔을 때도 '아버님, 아버님, 올라와 앉으십시오' 웅석을 부렸고, 그 견훤의 사위 박영규 장군 부부가 그들의 몸을 맡겨 왔을 때에도 '형님, 형님, 형수씨, 형수씨' 어쩌고 고분고분 달보드레한 아양을 매우 잘 떨었다.
> 이 힘인 것이다. 그의 상전이었던 궁예를 넘어서서, 그의 강적이었던 견훤이를 깔고서, 망국 신라를 기분 좋게 살살 달래, 고려의 왕통을 세워낸 것은…….
>
> —「왕건의 힘」 전문

궁예를 좇히고 고려를 세운 왕건의 협상 능력은 익히 알려진 바이다. 그는 전략적으로 스물여덟 번의 결혼을 하여 많은 후손을 두었을 뿐 아니라, 각처의 호족들과 사돈 관계를 맺음으로써 지방의 권력을 중앙으로 집결시키는 데 성공하였다. "고려 태조 왕건이 고려 맨 처음의 왕이 된 가장 큰 힘은 그 포섭력이고, 그 포섭력 중에서도 제일 큰 포섭력은 쬐끔치라도 이용할 모가 있는 사람들한테는 두루 아양을 적당히 피우고 있던 점"이라고 표현한 형상화에는 제우스 원형의 협상 능력에 대한 풍자가 함의되어 있다.

왕건은 견훤이 아들 신검과 불화를 겪고 있을 때 기꺼이 그를 받아주었고, 견훤의 딸과 사위까지도 받아들이며 관용을 베풀었다. 작품에서 풍자되고 있는 '아양'은 제우스의 '탁월한 전략'과 대응되는 언어이다. 왕건은 탁월한 전략으로 "그의 상전이었던 궁예를 넘어서서, 그의 강적이었던 견훤을 깔고서, 망국 신라를 기분 좋게 살살 달래, 고려의 왕통을 세"울 수 있었던 것이다.

패러디는 '반대'와 '모방' 또는 '적대감'과 '친밀감'이라는 상호 모순의 양면성을 띠면서 모방과 변용의 기본 개념을 구성 원리로 삼는다. 그리고 '원전의 풍자적 모방' 또는 '원전의 희극적 개작'으로 골계적인 것, 희극적인 것을 강조하며 모방, 변용, 골계라는 삼요소를 지닌다.[8] 왕건이 견훤에게 '아버님, 아버님' 한다든가, 견훤의 사위를 '형님, 형님'이라고 부르며, 망해가는 '신라를 기분 좋게 살살 달랜다'는 형상화는 원 텍스트의 '풍자적 모방' 또는 '희극적 개작'의 예로 보아야 할 것이다.

김지하는 유신독재정권을 고발하고 맞서 싸울 수 있는 문학양식으로 서사시 양식을 꼽았다. 그리고 그 공격 무기로는 민족문학의 전통을 계승한 민담류의 풍자정신, 즉 풍자와 해학을 활용하는 것이 효과적이라고 하였다.[9] 그는 풍자정신만이 현실을 전복할 수 있는 것이며, 그것이 민중의 힘을 대변하면서 살아남을 수 있는 장치라고 믿었다.[10]

> 시인 정지상은 무슨 빛보다도 만물의 본고향 빛 — 하눌의 옥빛을 가장 숭상하는 신선 마음으로 살다가, 인류의 붉은 핏빛을 얼굴에 자주 나타내는 시비유생 김부식이한테 몰려서 잡혀 죽어 귀신이 되었것다.
> 그래 그 뒤 어느 날 김부식이가 뒤깐에 들어갔을 때 또 얼굴을 붉히

---

8) 김준오, 『시론』, 삼지원, 2005, 235~236쪽.
9) 김재홍, 「반역의 정신과 인간해방의 사상」, 작가세계, 1989 가을호, 111쪽.
10) 송영순, 「김지하의 『오적』 판소리 분석」, 『한국문예비평연구』 제23호, 2007.

고 있는 것을 뒤따라 들어간 정지상이 귀신이 보고 「네 낯빛이 또 왜 그리 붉으냐?」고 물으니, 김부식이는 본심은 숨기고 詩조의 거짓말로 「저 언덕의 단풍빛이 비쳐 와서 그랬나뵈」 한 마디로 그냥 얼버무려 넘겨 버리려고 했었지.

—「옥색과 홍색」 일부

김부식과 정지상은 역사적으로 실재했던 인물이다. 정지상은 고려 인종의 총애를 받은 문신으로서, 시뿐만 아니라 문文에도 능하여 동시대의 김부식과 쌍벽을 이루는 사이였다. 정지상은 묘청과 함께 서경 천도를 주장했는데, 중앙문벌귀족의 중심세력이었던 김부식은 이를 반대하여 정치적으로도 정지상과 대립되는 위치에 있었다. 묘청은 인종의 서경 천도의 뜻이 미약해지자 성급하게 난을 일으켰고, 반란 진압에 나선 김부식은 잡혀온 정지상을 사명私命으로써 궁문 밖에서 죽이고 만다.11)

정지상은 세속의 번거로움과 갈등을 초월하여 청빈한 세계를 추구한 반면, 김부식은 나라를 경영하고 백성을 다스리는 데 필요한 관인문학을 추구한 사람이다. 둘은 모든 측면에서 지향점이 다를 수밖에 없었다. 이들의 관계를 인지한 서정주는 만물의 본고향 빛인 하늘빛을 숭상하는 사람으로 정지상을 묘사하고, 김부식은 인류의 붉은 핏빛을 얼굴에 자주 드러내는 시비유생으로 형상화한다. 또한 옥색의 색채 이미지를 생명의 근원인 '만물의 본고향' 빛으로 규정한 반면, 김부식을 '붉은 핏빛'으로 상정함으로써 가변적 · 역동적인 인물로 함축하고 있다.

시 「옥색과 홍색」에 제시되는 공간적 배경은 '뒷간'이다. 김부식이 뒷간에 들어갔을 때 귀신이 된 정지상이 따라 들어간다는 표현과, 따라 들

---

11) 이런 처사를 두고 이규보는 「백운소설」에 "시중(侍中) 김부식과 학사(學士) 정지상은 문장으로 한때 이름을 나란히 했다. 두 사람은 알력이 생겨 서로 사이가 좋지 못했다."라고 적고, 김부식이 자기에 의해 피살되어 음귀(陰鬼)가 된 정지상에 의해 죽었다는 일화를 실었다.

어간 정지상이 "네 낯빛이 왜 그리 붉으냐?"고 묻는 장면은 '시비'를 거는 듯 해학적인 분위기를 자아낸다. 또한 정지상의 물음에 "저 언덕의 단풍 빛이 비쳐 와서 그랬나뵈" 하고 대답하는 김부식과, 자신이 죽인 정지상이 귀신을 보고 당황스러우면서도 '시를 읊듯이' 대답한다는 형상화는 매우 해학적이라고 할 수 있다.

3. 시형식의 구조

『학이 울고 간 날들의 시』는 한민족의 역사와 신화, 설화를 재해석한 작품이 대부분을 차지하지만, 개인의 고뇌를 형상화한 서정시도 실려 있다.

재문맥화 대상	시 작품 명	편수
설화적 모티프	「조선」·「흰 옷의 빛깔과 버선코의 곡선 이야기」 「신시와 선경」·「풍류·고인돌 무덤」·「영고」 「무천」·「동맹」·「팔월이라 한가윗날 달이 뜨걸랑」 「가야국 김수로왕 때」·「처녀가 시집갈 때」 「술통촌 마을의 경사」·「일곱 겹으로 소나무숲 만들어」 「백제의 피리」·「이름」·「동이」·「애를 밸 때, 낳을 때」 「갈대에 보이는 핏방울 흔적」·「신라풍류 1」·「신라풍류 2」 「신라의 연애상」·「황룡사 큰 부처님상이 되기까지」 「신라사람들의 미래통」·「바보 온달 대형의 죽엄을 보고」 「원광 스님의 고 여우」·「검군」·「혜현의 정숙의 빛깔」· 「대나무 통 속에다 넣어 둔 애인의 넋에」·「삼국통일의 후렴」 「<만파식적>이란 피리가 생겨나는 이얘기(小唱劇)」	56편

「〈만파식적〉의 피리 소리가 긴히 쓰인 이얘기」
「지 거시기[居厂知]」
「만파식적의 합죽 얘기에서 전주 합죽선이 생겨난 이얘기」
「큰비에 불은 물은 불운인가? 행운인가?」
「암호랑이와 함께 탑돌이를 하다가」·「백월산의 힘」
「소슬산 두 도인의 상봉시간」·「고려 호일(好日)」
「토함산 석굴암 불보살상의 선(線)들」
「땅에 돋은 풀을 경축하는 역사」·「매사는 철저하게」
「유월 유둣날의 高麗調」·「고종 일행과 곰들의 피난」
「고려적 琄說一席」·「셈은 바르게」
「노나 가진 금일랑은 강물에 집어넣고」·「상부의 곡성」
「권금씨의 허리와 그 아내」·「有備公笑」·「점잔한 禮貌」
「돼지머리 쌍통 장순손의 운명」·「새벽 닭 소리」
「학사 오달제의 遺詩」·「백파와 추사와 석전」
「이조 무문백자송」·「단군의 약밥」

1) 설화적 모티프

단군 할아버님이시여.
아사달 산 넘어, 구름 넘어서
싸드윽 싸드윽
하늘의 고향으로 아직도
돌아가시고 있는 길이옵니까?

아니면 우리가 안 잊히긴 안 잊히어서
그 고향 옥경에서 다시
가만 가만 가만히
평양이나 서울 등지로

또 나오시고 있는 겁니까?

어린 손자의 한 손 이끌고
이조의 무늬도 없는 백자 앞에 서면,
단군 할아버님이시여.
당신의 그러시는 그 모양
그 너무나 멀고도 가까운 그 모양
그 빛 그대로 살아나긴 살아나는군요.

우리는 우리 그릇에 고려 때에는
당신의 그 멀고 먼 하늘 빛에
약으로 쓰거운 쑥물빛도 드렸읍니다.
그렇지만 그것은 또 당신의 뜻을 따라
할 수 없이 바래는 저 백자빛이 됐읍지요.

영원을 하로로 알며 살아야 한다는 걸
알기는 겨우 알겠읍니다만,
아스라이 서글프기도 무척은 하옵니다.
어린 손자의 한 손 이끌고
당신의 빛인 저 이조백자 앞에 서면은요……
                            ―「이조 무문백자송」 전문

시의 화자는 어린 손자의 손을 잡고 무문백자기를 감상하면서 고대로
부터의 역사를 생각한다. 한때 쑥물 빛의 청자기를 사랑한 민족이 무문無
紋 백자기를 빚게 된 내력을 숙고하다가 단군할아버지의 체취를 감지하
고는 장구한 시간 속의 유한한 존재자를 자각한다. "영원을 하루로 알며
살아야 한다는 걸/ 알기는" 하지만, 아스라이 서글퍼지는 감정은 피해갈
수 없다. 어린 손자의 손을 잡고 백자기를 감상할 때 상상력이 고조되는
것은, 손자가 미래를 살아갈 인물인 데 반해 자신은 삶의 끝자락에 와 있

기 때문이다. 시작과 끝 사이에는 수많은 가능성과 좌절이 혼재한다. 어린 생명의 가능성 속에서 자신의 좌절과 허무가 여실히 인지되고 있다. 절대좌절과 절대허무는 영혼의 눈을 밝게 하고, 영혼의 눈이 열릴 때 단군할아버지와 합일할 수 있는 확률이 높아질 것이다.

이 작품은 『학이 울고 간 날들의 시』에 한 편뿐인 서정시이다. 대부분의 작품들이 신화와 역사적 사실을 재해석하고 있는 데 반해, 이 시는 짙은 허무감과 서글픔을 내재한다. 그러나 단군신화가 등장한다는 측면에서는 나머지 작품들과 크게 다르지 않다고 하겠다.

> 신라 서울의 만선북리에서 과부가 애를 낳아 놓았는데, 열두 살이 되도록 말도 못하고, 일어나서 앉지도 못하고, 배 깔고 살살 기기만 하는지라, <뱀새끼>란 이름이 붙었읍니다. 「사내에 굶주리다 못해설라문 뱀을 붙어서 낳은 것이다」는 소문도 수상하게 퍼지웁시오.
> ─「원효가 겪은 일 중의 한 가지」 일부

인용시는 『삼국유사』 제4권의 「사복불언(蛇福不言)」을 차용한 작품으로 매우 외설적이며 해학적이다. 과부가 애를 낳았다는 사실만도 외설적 요소가 강한데, 열두 살이 되도록 말도 못하고 일어나 앉지도 못한 채 배를 깔고 기기만 하는지라, "사내에 굶주리다 못해" 뱀과 사통하여 새끼를 낳았다는 소문이 퍼진다. 생물학적으로 사람은 파충류와 교접할 수 없다. 따라서 파충류의 새끼를 낳을 수 없는데도 아이에게 '뱀새끼'라는 이름을 붙인 것은 대단히 해학적이다. 열두 살이 되도록 말도 못하고, 일어나 앉지도 못한다는 형상화 역시 과장적이라고 할 수 있다.

2) 산문화와 판소리의 패러디

　문학형식의 산문화는 중심으로부터 떨어져나가는 해체의 형식이다. 중심의 원리가 지배하는 사회가 통일적·구심적 사회라면, 해체의 원리가 지배하는 사회는 분산적·원심적이다. 전자가 주로 리듬을 바탕으로 한 율문 중심의 장르를 선호했다면, 후자는 개성을 바탕으로 한 산문 중심의 장르가 선호되었다. 조선 후기의 산문정신의 확산은 조선조의 대표적 율문 양식이었던 가사와 시조를 산문화시키면서, 장형가사와 사설시조를 창안해내기에 이른다. 이처럼 산문화된 흐름들은 여러 개의 중심을 만들어내는 다양성의 문화나 자율성의 정신과도 무관하지 않다.12)

　개화기 이후 산문시가 유행하기 시작한 것은 포스트모더니즘이 확산되는 1980년대 무렵이다. 1980년대는 정치·사회문제의 변혁을 촉구하는 '참여시'가 등장하기 시작한 때이다. 이 시기는 정치적으로 매우 암울하고, 경제적으로는 산업화가 급속히 진행되어 불합리한 사회구조를 배태하고 있었다. 정치·사회의 부조리를 비판하는 작품은 목소리가 높아야 하고, 의도하는 내용을 모두 담아야 하기 때문에 운문 형식은 부적절할 수밖에 없다. 그래서 등장한 것이 산문시 형식이다.

　『학이 울고 간 날들의 시』는 전체 114편 중 57편이 산문시 형태를 띠고 있다. 이러한 현상은 여백의 미학에 치중하여 행과 연 가름을 중요시했던 초기의 창작법에 비해 획기적인 전환이라고 할 수 있다. 『학이 울고 간 날들의 시』의 실험정신은 시형식의 산문화 외에도 창극 또는 판소리 대본을 패러디하는 양상으로 나타나기도 하였다. 1980년대부터 논의되기 시작한 포스트모더니즘은 세계문화사에 새로운 지평을 제시하면서 패

---

12) 송기한, 「독립신문 시가에 나타난 근대적 의미」, 앞의 책, 18~19쪽 참고.

러디라는 예술형식을 선보였는바, 1990년대부터 본격적으로 부각되면서 문학 창작에도 적극적으로 수용되었다.

신문대왕

(동해 바닷가에서)

「죽어서도 이 나라를 길이 지켜 내자면
창피치만 비늘 돋친 용이라도 돼야겠다.
(생략)」

해군제독 박숙청

저기 저기 바다 쪽을 살피어 보옵소서.
제 눈에는 분명하게 동해의 섬 하나가
(생략)

일관 · 김춘질

예에 폐하. 여러 겹겹 마음눈으로 보아 하니
문무황제 폐하께선 그 생전의 소원대로
(생략)

사신

(드디어 그 섬의 탐색을 끝내고 돌아와서 신문대왕께 보고하기를)

저 섬이 생기기는 자라 모가지 같사온대
거기서 대나무 하나가 자라나 있읍더이다.
(생략)

용

손바닥을 마주 쳐서 소리를 내잡시면
한 손바닥으로 절대로 안 되옵고
— 「<만파식적>이란 피리가 생겨나는 이얘기(小唱劇)」 일부

『삼국유사』 제2권에 기록된 「만파식적」의 내용을 요약하면 다음과 같다.
신라의 제30대 문무대왕은 삼국통일 후 나라를 굳건히 지키기 위해 감
은사를 짓기 시작하지만, 완공하지 못한 채 세상을 뜨자 신문왕이 682년
에 완공하기에 이른다. 신문왕은 어느 날 감은사에 갔다가 동해에 떠 있
는 작은 산으로부터 낮이면 둘로 갈라지고 밤이면 합쳐지는 대나무를 얻
는다. 그 대나무로 피리를 만들어 부니 적병이 물러가고 병이 나으며, 가
물 때는 비가 내리고 비가 올 때는 개는가 하면, 바람이 자고 파도가 가라
앉았다. 그 후로 사람들은 그 피리를 만파식적이라고 불렀다.

인용시는 '만파식적' 설화를 원용한 후 '소창극'이라는 부제를 붙이고
있다. 창극은 20세기 초 판소리의 극적인 성격과 발림이 발전하여 형성된
극으로, 서양의 오페라와 비슷한 성격을 지닌다. 우리의 전통 판소리는
한 사람의 창자와 한 사람의 고수가 호흡을 맞춰 공연하지만, 창극은 배
역마다 창자가 존재하고, 연극처럼 여러 막과 장으로 나누어 공연한다는
점이 다르다.

인용시의 배역으로는 신문대왕, 해군제독 박숙청, 일관 김춘질, 사신,
용 등 다섯 인물 혹은 동물이 등장한다. 공간적인 배경은 동해 바닷가이
다. 창극의 대본은 희곡과 같이 대사, 지문, 해설로 구성되는데, 이 작품에
서 해설이나 지문에 해당하는 부분은 사신의 행동을 서술하는 "드디어 그
섬의 탐색을 끝내고 돌아와서 신문대왕께 보고하기를" 외에 네 부분이 더

있다. 시작품의 한 연은 한 창자의 대본으로, 해학적인 토속어와 구어체가 많이 사용되고 있다. 『학이 울고 간 날들의 시』에는 창극 형식이 아니더라도 둘 이상의 인물이 주고받는 대화체 형식의 시가 많다. 이러한 형식 또한 창극 혹은 판소리 대본을 염두에 두고 쓰지 않았을까 하는 생각이 든다.

3) 훈계적 어조

'어조'는 말의 가락, 말하는 투를 가리킨다. 서정주의 작품에서 후기시는 초기시와 어조가 사뭇 다름을 알 수 있다.

아무도 이 뱀새끼를 찾는 이가 없는데, 원효만이 가만히 찾아가서 인사를 하니, 그 뱀새끼가 엎드려서 뇌까리는 말이,
「내나 니나 전생에선 불경책을 등에 싣고 다니던 암소였는데, 나는 인제 망해 버렸다. 나하고 같이 우리 엄마 장례나 지내 줄래?」하는 것이었읍니다.
원효가 「그러자」고 하고, 그 죽은 어미에게 보살계를 준 뒤에 「목숨이 없음이여, 죽엄은 괴롭구나! 죽엄이 없음이여, 그 목숨도 괴롭구나!」 축을 지어 읊노라니
「얘. 그건 복잡하다. <죽고 사는 건 괴롭다>고 간단히 해라」 한 마디 대꾸하기도 하는 것이었읍니다.
원효가 「지혜 있는 호랑이는 지혜 있는 수풀에다 묻는 것이라는데,」 어쩌고 재주 있는 소리를 한 마디 또 해 보니까,
「석가모니처럼 우리도 열반에나 드는 것이 그 중 좋겠다」 하고 그 어디 돋아난 갈대를 뿌리째 뽑았는데, 그 뽑힌 자리를 보니 거기는 휑한 구렁이어서 그 속으로 뱀새끼는 그 죽은 어미를 업고 사르르 기어

들어가 버리고 말았읍니다. 그 구먹도 드디어는 평퍼짐히 메꾸아져 버
리굽시요. 아무 일도 없었던 듯 아조 평안히 메꾸아져 버리굽시요.
        —「원효가 겪은 일 중의 한 가지」일부

판소리의 기원에 대한 학설 중 '육자배기토리'에서 유래했다는 설이 있
다. '육자배기'는 남도의 맛과 멋을 지닌 민요이다. '토리'란 흙의 메마르고
기름진 성질 또는 어떤 식물에 맞고 안 맞는 성질 즉 지미地味를 의미하지
만, 여기에선 민요 선율의 지역적 특색을 가리키는 말로 해석해야 옳을
것이다. '육자배기토리'는 시나위조 혹은 육자배기조와 같은 전라도 향토
선율형의 하나이다. 악상樂想은 여성적이고 한스러우며 처절하고 부드러
운데, 판소리의 중심 선율을 이루는 계면조가 육자배기토리의 구성음과
악상으로 형성되었다고 한다.

육자배기가 전라도의 정서를 대변하는 민요라면, 육자배기 가락은 전
라도에서 심신을 키워온 서정주에게도 내면화되었다고 보아야 할 것이
다. 그는 초기 시작품인 「선운사 동구」13)와 『서정주문학전집』 제4권14)
에서 육자배기의 멋과 맛을 표현한바 있다. 이처럼 육자배기는 서정주의
정신세계 형성에 중요한 인자로 작용한 것이다. 따라서 육자배기가 근원

---

13) 선운사 고랑으로/ 선운사 동백꽃을 보러 갔더니/ 동백꽃은 아직 일러 피지 않았고/
막걸릿집 여자의 육자백이 가락에/ 작년것만 오히려 남았습니다./ 그것도 목이 쉬
어 남았습니다(「선운사 동구」 전문).
14) 서정주, 「육자배기」, 『서정주문학전집』 제4권, 일지사, 1972, 79~80쪽 참고.
그 내용을 요약하면, "질마재 마을에 봄이 오면 산에서 나무를 해오는 사람들의 나
뭇짐 위에 진달래가 한 묶음씩 꽂혀 있기 마련인데, 서정주는 그들이 부르는 육자
배기 소리가 진달래꽃 더미로부터 연유한다고 생각한다. 그래서 지천으로 피어 있
는 진달래 무더기처럼 육자배기 가락도 어디서나 들을 수 있는 소리가 된다. 그만
큼 육자배기는 남도 사람들의 삶과 밀접한 관계를 가지고 있었던 것이다. 그 중 '설
움은 설움이 아니라야 한다'라는 육자배기 내용을 보더라도, 서민들이 삶의 애환을
노래로써 극복하고자 했던 지혜를 엿볼 수 있다."

이 되었다는 판소리 역시 서정주에게 낯설지만은 않았을 것이다.

판소리의 창사唱詞는 희곡 형식의 운문체로서 풍자와 해학이 풍부하게 구사되는데, '원효'와 '뱀새끼'가 주고받는 형식을 지닌 이 작품도 풍자와 해학성을 강하게 함의한다. 원효가 축문을 지어 "목숨이 없음이여, 죽엄은 괴롭구나! 죽엄이 없음이여, 그 목숨도 괴롭구나!" 하고 읊자, "얘. 그건 복잡하다. <죽고 사는 건 괴롭다>고 간단히 해라" 하고 뱀새끼가 말한다. 예의와 정중함이 전제되어야 하는 상황에서도 비아냥거림으로 해학적인 분위기를 조장한 것이다. 대사 부분은 '창'으로 부르고, 지문은 '아니리'로 읊으며, 적절한 곳에서 너름새를 펼친다면 이 작품은 한 편의 판소리 대본으로 손색이 없다. 판소리의 특징인 해학적 · 풍자적 · 외설적 · 과장적 요소들이 내재하면서, 시어 또한 판소리 대본처럼 구어체를 사용하고 있기 때문이다.

> 신라의 시인 최치원이 말한 걸 보면「우리나라에서 처음 생긴 이 풍류라는 생각은 인도의 석가모니의 불교와 중국의 노자의 도교와 공자의 유교를 아주 잘 포함하고 있다」는 것이고, 또 얼마 전에 세상을 뜬 최남선의 해석으론「하늘의 밝음을 뜻하는 우리 옛말 <부루>의 소리에 맞추어 그 두 한문 글자를 붙인 것이다」는 것인데, 그 말씀들을 곰곰이 생각해보면서, 거리의 밤 뒷골목의 구석진 방의 한 많은 노기(老妓)들이 헐 수 할 수 없이 되면 손가락 끝으로 줄을 짚어 퉁기고 앉았는 가야금의 그 풍류 가락이나 잘 들어 보노라면, 아리숭 아리숭 머언 먼 억만 리 아지랑이 넘어 고향 일처럼 아른 아른 아른 아른거려 오는 것이 있기는 있지. 이조백자나 고려청자 아조 썩 좋은 항아리나 하나 사알사알 만져보면서 이것을 두고두고 생각해보자면……
> ─「풍류」 전문

패러디의 관점에서 보면, 텍스트의 창작은 독창적인 생산이 아니라 의미 있는 다른 텍스트의 기호들을 혼성기법의 방식으로 이리저리 엮어서 재조립하는 일이기도 하다. 새로운 것이란 없기에 모든 텍스트는 상호 시뮬레이션의 대상으로 혼성모방에 열려 있는 등가물이라고 할 수 있다. 따라서 예술가는 절대적 권위의 독창성을 갖는 존재가 아니라 일반적인 생산자에 지나지 않는다.[15]

이 작품은 '풍류'의 의미를 도출해내기 위하여 최치원의 말을 인유하고, 최남선의 해석을 차용해왔다. 시 형식은 산문시로서 어조는 느리고 설명적이다. "헐 수 할 수 없이" 된다거나 "아리숭 아리숭", "사알사알" 등의 시어는 정확성과 진정성을 확보하지 못한 상태로, 전체적인 분위기를 '흥얼거림'이나 '넋두리'의 산물로서 인상 지우는 역할을 한다. 가령 '있다'라는 종결어미로 확실하게 종결지을 수 있는 환경에서도 "있기는 있지"라든가, "두고 두고 생각해보자면……"이라고 말줄임표를 사용한 예들이 그것이다. 또한 "아른 아른 아른 아른거려", "아리숭 아리숭", "두고 두고"처럼 단어를 반복하고 문장을 길게 늘어뜨림으로써 흥얼거린다거나 넋두리하는 인상을 가중시키고 있다. 그러한 효과는 끊어질 듯, 끊어질 듯 이어지는 남도의 육자배기 가락을 재현시키는 데 성공적이라고 할 수 있다.

작품의 어조는 설명조·훈계조 형식을 띠고 있다. 설명조 문장은 대상이 있어야 하는데, 그 대상은 바로 독자이다. 『학이 울고 간 날들의 시』에서 재해석한 한민족의 역사와 신화는 대부분의 독자들이 알고 있는 내용이다. 그것을 다시쓰기 한 것은 이차적 의미를 인식시키고 싶었기 때문일 것이다. 인식 내용을 전달하려다보니 어조는 설명조, 훈계조를 띨 수밖에 없다. 시 「지귀와 선덕여왕의 염사」를 보면, "그것은 열 번이나 잘 하신

---

15) 신익호, 앞의 책, 36~37쪽.

일이지"라고 근엄한 어조로 단정하는 부분이 있다. 또한 "데이트꾼들 이 것만큼은 주의해야 할 일이라고." 하면서 위엄 있게 당부하거나 훈계하는 부분도 있다. 이처럼 설명하고 훈계하고 당부하는 어조는『학이 울고 간 날들의 시』가 지닌 공통적인 현상이라고 할 수 있다.

4. 결론

서정주는『학이 울고 간 날들의 시』에서 모두가 알고 있는 한민족사를 다시 썼다. 이유는 이차적 의미를 천착함으로써 한민족의 정체성을 재고해 보고 싶었기 때문이다. 그러한 의도는 전반부의 신화적 인물에 대한 형상화에서 확연히 드러난다. 신화의 긍정적 사실은 과장하고, 부정적 내용은 전복시킴으로써 한민족의 정통성을 정당화하고자 노력한 점이 포착된다.

신화적·역사적 사실에 대한 이차적 의미를 전달하려다보니 작품은 산문시 형태를 지향한다. 산문시는 정형시나 운문 형태보다 설명하고, 훈계하고, 설득하기에 적절한 형식이기 때문이다. 후기 작품이 산문시 형태로 전환되는 것은 사조의 영향과도 무관하지 않다. 포스트모더니즘은 기존의 사고와 형태를 부정하고 해체함으로써 중앙집권적 권력 형태를 무너뜨리고 원심적·해체적이며, 차이와 다양성을 인정하는 산문정신을 필요로 했기 때문이다.

시작품의 산문화는 사조에 대한 편승 외에 자신의 문학에 대한 해체라는 또 다른 의미를 지니기도 한다. 거장의 경지에 있는 시인의 작품은 독자의 평가와 무관하게 형식이나 내용에 있어서 거장의 산물이 된다는 인식이다. 그리하여 독자들을 의식하지 않은 채 시인의 의도만이 살아 있는 작품을 낳게 되는 것이다. 서정주의 후기 시에 대해 거장의 오만이 빚어낸 산물이라는 극단적인 평가는 이러한 이유에서 기인할 것이다.

앞서의 평가와는 달리 시작품을 판소리의 패러디라는 실험적인 창작물로 볼 수도 있다. 작품 전반에서 끊어질 듯 이어지는 말의 가락은 육자배기를 재현한 듯, 판소리 요소를 갖추고 있기 때문이다. 서정주는 향토색 짙은 전라도 사투리를 시의적절時宜適切하게 구사한 사람이다. 그를 키워온 공간이 전라도라는 사실은 시어의 본령에서 육자배기 가락을 배제할 수 없는 이유이기도 하다.

중국 이주 여성의 사랑과 삶

— 영화 「파이란」과 「첨밀밀」을 중심으로

1. 서론

　멜로 영화로 일컬어지고 있는 「파이란」과 「첨밀밀」은 여주인공들이 중국인이라는 공통점을 지니고 있다. 그들은 자신의 나라를 떠나와 자본주의 시장경제가 운용되고 있는 공간에 정착하여 돈을 벌고 있다는 공통점이 있다.

　「파이란」의 줄거리를 살펴보면, 인천에서 삼류 양아치로 전전하던 이강재(최민식 분)가 미성년자에게 불법 섹스 비디오를 유통시키다가 걸려 열흘 간 구류를 살다 나오는 장면으로부터 시작된다. 강재가 속한 조직의 우두머리인 용식(손병호 분)은 그가 거추장스러울 뿐이다. 강재와 용식이 술을 마시던 중 다른 조직원과 싸움이 붙었고, 용식은 상대를 죽이게 된다. 용식이 강재에게 대신 감옥에 가주면 배 한 척 살 수 있는 돈을 주겠다고 하자, 강재는 자신의 꿈과 남겨진 인생을 맞바꾸기로 결정한다.

　다음날, 경찰이 찾아와 파이란(장바이즈 분)의 죽음 소식을 전해준다. 파이란은 고아로서 유일한 친척을 찾아 인천에 온 중국 여인이다. 그녀가

왔을 때 친척은 캐나다로 이민을 떠난 상태였고, 파이란은 돈을 벌기 위해 강재와 위장결혼을 선택한다. 파이란이 죽었다는 소식을 들은 강재는 관심도 없었던 여자의 장례를 치러야 한다는 사실을 귀찮아한다. 후배 경수(공형진 분)와 함께 장례를 치르러 가는 기차 안에서 파이란이 남긴 편지를 읽은 후 강재는 심경의 변화를 일으킨다. 장례를 치르고 돌아온 강재는 용식의 제안을 거절하고, 파이란의 유골과 함께 고향으로 돌아가기로 결심한다.

「첨밀밀」의 내용은 이렇다. 1986년, '여소군'(黎小軍, 여명 역)과 '이교'(李翹, 장만옥 역)는 같은 열차를 타고 홍콩으로 온다. 둘 다 돈을 벌기 위해 오지만, 소군은 고향에 있는 약혼자 '소정'과 결혼하기 위해서이고, 이교는 자본주의 사회에서 욕망을 실현하기 위해서이다.

1987년, 이교는 햄버거 가게에서 일하면서 영어학원 청소를 하고, 꽃장사까지 겸하면서 억척스럽게 돈을 모은다. 그 후 돈을 모조리 투자하여 가수 등려군의 테이프와 레코드판 장사를 시작하지만 장사가 되지 않아 빚만 짊어지게 된다. 이 일을 계기로 소군과 가까워지지만, 그것이 홍콩에 온 목적이 아니므로 각각의 길을 걷는다. 안마사로 일하던 이교는 암흑가 보스인 '구양표'를 만나 애인이 된다. 3년이 지난 후 소군의 결혼식장에서 다시 만난 둘은 서로의 감정이 변하지 않았음을 확인한다. 소군은 이교와 재회하기를 바라지만, 그녀는 도피하는 애인을 따라 미국으로 가버린다. 소군 역시 미국으로 건너가 식당에서 보조 요리사 일을 하게 되고, 떠돌이 생활을 하던 이교는 거리의 불량배에게 구양표를 잃는다. 불법체류자 송환용 차 안에서 자전거를 타고 가는 소군을 보고 이교가 뛰쳐나와 쫓아가지만 놓치고 만다.

1995년 5월 8일, 이교는 비자까지 받아 여행 가이드로 일하고, 소군 역시 경제적으로 안정된 생활을 한다. 고향으로 돌아가고자 비행기 표를 예약하고 오던 중 이교는 가수 등려군의 사망 소식을 듣는다. 전자상가 매장의 홍보용 텔레비전 앞에서 생전의 등려군 모습을 지켜보던 이교는 거리를 배회하던 여소군을 만난다.

사회주의 경제체제 하에서 성장을 촉진하던 중국은 한계상황에 부딪치자 자본주의 시장경제체제를 부분적으로 수용하기에 이른다. 1980년대 이후의 개혁 · 개방 정책은 국민들로 하여금 자본주의 국가로의 이민을 부추기는 역할을 하였다. 자본주의 사회에서는 개인이 일한 만큼 대가가 주어지기 때문이었다. 중국을 떠난 사람들이 정착하기를 희망하는 곳은 한국과 일본, 필리핀, 미국 등 자본주의 시장경제가 운용되고 있는 나라들이었다. 영화 「파이란」과 「첨밀밀」의 여주인공 역시 자본주의 시장경제가 운용되는 홍콩과 미국, 한국에 정착하였다.

두 영화는 구성에 있어서 멜로물 형식을 띠고 있지만, 이들을 멜로 영화로 치부해버리기에는 사회 · 문화적인 이데올로기가 너무 견고하고, 사회 변화에 부응해나가는 개인의 삶이 치열하게 승화되고 있다는 측면에서 아쉽다. 영화의 성격을 '멜로물'로 규정짓는 남녀의 사랑 이야기는 감독의 이데올로기를 표현하기 위한 장치에 불과할 뿐이다.

이 글에서는 '파이란'과 '이교'의 정착지에서의 생존방식과 사랑의 방식을 살펴보고자 한다. 두 영화의 주인공 '파이란'과 '이교'는 수많은 이주여성들의 정체성 문제와도 관련되기 때문이다. 그들을 외면할 수 없는 시대 상황을 올바르게 인식함으로써 사회 구성원 간의 조화로운 관계를 지향할 수 있으리라 믿는다.

2. 세계화된 공간과 이주자

영화 「첨밀밀」에서 홍콩에 도착한 여소군이 에스컬레이터를 타고 기차역을 빠져나올 때 그의 머리 위가 하얀 빛으로 처리되고 있음을 볼 수 있다. 이 빛은 '밝음', '희망' 등을 예고함으로써 홍콩이 희망적인 공간임을 암시하기 위한 장치이다. 여소군이 홍콩에서 생닭을 운반해주고 받는 월급은 2,000달러인데, 이는 본토의 공산당 간부 월급을 훨씬 능가하는 액수이다.[1] 본토인들 입장에서 보면 납득하기 어려울 뿐 아니라, 모든 사람이 홍콩을 소망하도록 만드는 요인이 되기도 한다.

1970~1980년대 산업화가 진행될 무렵, 한국 농어촌의 젊은이들도 무작정 서울로 향한 일이 있었다. 농어촌에서는 아무리 일을 해도 돈이 벌리지 않고, 도시인들처럼 깔끔한 외모를 지닐 수 없기 때문이었다. 그들에게 '서울'은 일한 만큼 대가가 주어지는 매력적인 공간이었다. 이른 새벽부터 단순노동에 시달리거나 좌판 장사를 하면서도 자신의 수고가 자본이 되어 돌아온다는 사실에 자긍심을 느꼈다. 수입을 쪼개어 부모를 봉양하고, 동생들의 학비를 보태주면서 금의환향錦衣還鄕하기를 소망하였다.

산업화가 진행되는 동안 이러한 현상은 세계적으로 예외 없는 현상이었다. 서울 드림dream, 홍콩 드림, 베이징 드림 등은 그러한 현상들이 만들어낸 환상이라고 할 수 있다. 자본을 향한 세계인들의 소망은 국내의 산업화된 도시를 넘어 거대 자본을 상징하는 미국으로까지 향하게 되고, 그것은 '캘리포니아 드림'이라는 담론을 생성해내기도 하였다. 캘리포니아 드림은 자본이 빚어낸 아픈 이민사의 한 단면이 될 것이다.

---

1) 여소군이 소정에게 보내는 편지의 내용에서 드러난다.

1970~1980년대부터 시작되는 세계화된 도시를 향한 이주는 후진국이 밀집되어 있는 동남아시아, 아프리카, 아메리카 등지에서 눈에 띄게 나타났다. 합법적인 방법으로 이주하기 어려우면 불법 체류를 하기도 하고, 밀입국을 시도함으로써 위험스런 상황에 노출되기도 하였다. 이들의 이주는 막을 수 없는 흐름이 되어 현대사의 일면을 장식하고 있다.

한국의 농어촌에도 동남아 국가에서 시집온 여성들이 많다. 자본을 욕망하는 자국의 여성들은 도시로 흘러들어가고, 농촌의 남성들은 결혼할 대상이 없었다. 이들의 빈자리를 채워준 것이 결혼 이주 여성들인데, 아이러니하게도 이들 또한 자본을 욕망하여 한국으로 온 사람들이다. 언어도 자유롭게 소통되지 않고, 가정폭력에 노출될 확률이 높은데도[2] 자본은 무엇보다도 높은 가치를 지니고 있었다. 이들이 정착하게 된 목적과 방법은 다르다 할지라도, 이들 또한 자본의 욕망이 빚어낸 디아스포라의 담론 안에 포함시켜야 할 것이다.

영화 「첨밀밀」의 공간적 배경은 중국 본토→홍콩→뉴욕으로 이동되어간다. 홍콩과 뉴욕은 세계화된 도시이며 자본이 빠르게 회전하는 욕망의 도시이다. 영화 「첨밀밀」의 대사를 살펴보면 홍콩이 얼마나 매력적인 도시인가를 짐작할 수 있다.

"당신은 홍콩에 왔고, 그녀도 왔죠. 그리고 나도 왔어요."

홍콩에 온 소정은 소군이 이교를 사랑한다는 것을 눈치 채고, 자신들이 홍콩에 오지 않았더라면 이러한 일도 일어나지 않았을 것이라면서 고향 무석으로 돌아가자고 한다. 그러다가 돌아갈 수 없음을 자각한 소정이 내

---

2) 김나현, 「잠재적 결혼이주여성-보다 나은 삶을 꿈꾸는 베트남 여성들」, 『釜山法潮』 제25호, 부산지방변호사회, 2008, 77쪽.

뱉은 말이 그것이다. 홍콩은 모두가 오고 싶어 하는 공간이며, 어렵게 온 만큼 원하는 것을 이루기 전에 절대로 돌아갈 수 없는 것이다.

> "힘들게 왔는데 대충 살 수 없어. 목숨 걸고 하면 뭐든지 할 수 있어. 여긴 홍콩이야."

이교는 맥도널드 가게에서 일하고, 밤에는 영어학원 청소와 꽃장사까지 겸하면서 억척스럽게 돈을 모은다. 소군 역시 무리한 노동을 하면서도 돈을 번다는 사실에 자긍심을 느낀다. 홍콩이라는 공간은 일한 만큼 대가가 주어지는 매력적인 공간이기 때문이다.

> "나는 홍콩으로 이주해 와서 살고, 엄마 집도 사줄 거야."…… "왜 안 돼? 여긴 홍콩이야."

이교가 여소군에게 한 말이다. 여소군이 이교의 꿈에 대해 의혹을 품자, 이교는 "여긴 홍콩이야."라고 단언한다. 영화에서 홍콩은 자신이 욕망하면 무엇이든지 이루어지는 꿈의 공간이다. 1970년대 서울로 향했던 한국의 농어촌 젊은이들처럼, 대부분의 이주자들은 돈을 많이 벌어서 금의환향하겠다는 소망을 지니고 있다. 이교 역시 그들과 다르지 않음을 앞의 대사에서 짐작할 수 있다.

이교와 여소군이 홍콩을 떠나 흘러들어간 곳은 미국이다. 그들이 미국으로 들어가게 된 경위는 서로 다르지만, 뉴욕은 홍콩 다음으로 꿈의 실현 공간이 된다. 홍콩보다 더욱 광대한 자본시장에서 그들은 열심히 자본을 욕망한다.

영화 「파이란」이 전개되는 공간은 한국이다. 영화 속의 '파이란'이 한국에

온 목적은 돈을 벌기 위해서가 아니라 인천에 살고 있는 이모를 만나기 위해서였다. 그러나 이모는 캐나다로 이민을 떠난 뒤였고, 오갈 데 없는 파이란은 한국에서 돈을 벌 수밖에 없는 상황이었다. 불법체류자를 면하기 위해 위장결혼을 선택하면서 한국에서의 '돈 벌기'가 시작된 것이다. 처음부터 돈을 벌기 위해 온 것은 아니지만, 그녀가 삶을 전개해나가는 한국 역시 홍콩이나 미국과 다를 바 없는 꿈의 실현 공간으로서 기능한다.

3. 세계화된 도시의 기호

1) 맥도널드

영화 「첨밀밀」에서 여소군은 첫 월급을 탔을 때, 햄버거를 사먹으러 '맥도널드'[3] 체인점으로 간다. 그가 맥도널드 햄버거에 대해 지대한 관심을 갖는 것은 맥도널드 햄버거가 그의 고향 무석無錫에선 듣지도 보지도

---

[3] 맥도널드(McDonald's)는 하루에 약 5,400만명의 고객이 찾고 있는 세계에서 가장 큰 패스트푸드 연쇄음식점이자 다국적 기업이다. 맥도널드는 주로 햄버거, 치킨류, 아침 메뉴, 디저트류를 팔고 있다. 최근의 웰빙 경향을 반영해 샐러드, 과일 제품을 팔고 있기도 하다. 세계 여러 나라에 체인점이 있기 때문에 물가를 비교하기 위해 맥도널드 햄버거를 기준으로 한 물가 지수를 빅맥 지수라고 할 만큼 세계에 널리 퍼져 있다. 그러나 패스트푸드의 해악을 우려하는 각국의 시민 단체나 학부모들로부터 공격을 받고 있기도 하다. 미국 밖에 세워진 최초의 맥도널드는 1967년 캐나다 브리티시컬럼비아 주 리치먼드에 개점했다. 그리고 유럽 최초의 맥도널드는 1971년 네덜란드 잔담(Zaandam)에 개점했다. 대한민국 최초의 맥도널드는 1988년 서울 압구정동에 개점하여 약 20년간 운영되다가 2007년 7월 20일 폐점하였다(출처: 인터넷 위키백과).

못했던 자본의 산물이기 때문이다. 홍콩에 맥도널드 체인점이 개점되었다는 사실은 홍콩이 자본주의의 중심에 존재하고 있음을 입증해준다. 또한 맥도널드 햄버거를 사먹을 수 있는 사람은 자본의 욕망을 소비하는 주체가 된다는 의미가 되기도 한다.

맥도널드는 세계적인 체인점을 가지고 있는 다국적 기업으로서, 근대 자본의 순환 고리를 함축하여 보여주는 기호로서 기능한다. 맥도널드 햄버거뿐만 아니라 그 체인점에서 일하는 사람에게조차 특별한 기호가 부여되고 있음을 여소군의 행위로써 짐작할 수 있다. 여소군은 지배인에게 맥도널드 체인점에서 일할 수 있는 자격조건에 대해서 묻는다. 그 곳에서 일한다는 사실만으로도 욕망의 실현 수단인 자본의 대열에 합류하고 있다는 자긍심을 느낄 수 있기 때문이다. 여소군은 영어를 잘하면 맥도널드 체인점뿐만 아니라 어느 일자리라도 갈 수 있다는 말에 영어학원에 등록을 한다.

이러한 관점에서 맥도널드는 '햄버거'라는 의미뿐만 아니라 홍콩의 정체성을 대변해주는 기제가 된다. '맥도널드'는 거대 자본을 배경으로 하는 욕망의 기호이며, 그 기호를 홍콩사람들이 소비함으로써 홍콩의 정체성이 규정된다.

2) 현금인출카드

여소군이 영어학원에 등록할 때 현금이 모자란다고 하자, 이교는 현금인출카드를 만들면 해결된다고 가르쳐준다. 현금인출카드는 은행에 가지 않고 카드 기계에서 현금을 직접 인출할 수 있는 카드이며, 이 또한 자본주의 시장경제의 한 산물이라고 할 수 있다. 현금인출카드는 은행 업무가 마감된 시간대에도 카드 기계를 통해 현금 인출이 가능하기 때문에 인간의 소비 욕구를 부추기는 역할을 한다. 현금을 소유하기가 편리한 만큼, 소비에 대한 욕구가 제어되지 않음으로써 개인을 파산시키는 주범이 되기도 한다. 이러한 맥락에서 현금인출카드는 맥도널드 햄버거와 마찬가지로 세계화된 도시가 욕망하는 한 기호로서 작용한다. 또한 세계화된 도시로서 홍콩의 정체성을 구성해주는 중요한 요소가 되기도 한다.

3) 미키마우스

이교는 구양표가 이상적인 연인상은 아니었지만 그의 자본이 욕망을 채워줄 것이라고 믿음으로써 그를 애인으로 선택한다. 그녀는 '완벽한' 홍콩사람이 되어 욕망을 소비하기를 원했고, 더 큰 환상을 좇아 미국으로 가기조차 주저하지 않았다. 이러한 기대와 사랑은 구양표를 처음 만났을 때, '이 세상에서 무엇이 제일 무섭냐'는 물음에 '쥐만 빼고는 무서울 게 하나도 없다'고 대답하는 데서 드러난다.

미국의 디즈니랜드를 상징하는 미키마우스를 상표화한 셔츠를 입은 이교는, 구양표의 등에 새겨진 미키마우스 문신을 보면서 자신의 꿈이 이루어질 것이라고 예감한다. 이교의 미키마우스 셔츠와 구양표의 등에 새겨진 미키마우스 문신은 두 사람의 미국에 대한 환상을 하나로 묶어주면서 그들의 미국행을 암시해준다. 미키마우스는 미국의 '월트 디즈니'가 만든 만화영화에 등장하는 '쥐'의 이름으로 미국의 디즈니랜드[4]를

---

4) '월트 디즈니 월드'는 1971년 플로리다 주 올랜도 근교에 세워졌다. 1980년대 초에 2개의 디즈니 유원지가 더 세워지는데, 하나는 1982년 플로리다 주 뷰나비스타 호 가까이에 세워진 미래시범사회(EPCOT) 센터이며, 바로 옆의 월트 디즈니 월드와

상징하는 기호이기도 하다.

디즈니랜드는 월트 디즈니가 1955년, 미국의 남서부 애너하임에 세운 유원지(면적 약 30ha)로, 이 또한 맥도널드와 마찬가지로 거대 자본을 상징하는 기호체계가 되었다. 세계인들은 디즈니랜드를 환상의 정점에 설정해놓고 욕망의 소비를 위해서 그곳으로 몰려들었다. 디즈니랜드에 대한 세계인들의 지나친 환상은 미키마우스라는 캐릭터를 그와 등가물로서 상정하기에 이른다. 따라서 미키마우스 캐릭터가 상표화된 상품을 소비하면서 디즈니랜드에 대한 욕망을 대리충족하기도 하였다.

4) 광동어

홍콩으로 흘러들어온 대륙인들은 완벽한 홍콩사람이 되고자 노력하지만 언어적으로 구별이 될 수밖에 없었다. 그러한 구별은 '광동어를 유창하게 구사할 수 있느냐, 그렇지 않느냐'에 따른 것이었다. 여소군이 홍콩에 와서 무석 지방의 사투리를 사용하자 이교는 그가 홍콩사람이 아니란 걸 금방 알아차린다. 그녀는 소군에게 광동어를 가르치고, 치열한 경쟁사회에서 뛰어날 수 있는 방법을 가르쳐준다. 이교는 광동어를 유창하게 구사하였고, 새로운 상황이 닥치더라도 재빠르게 적응하였다. 그녀는 자신이 홍콩사람이라는 것을 믿어 의심치 않았으며, 그들의 주류로서 대우받게 되기를 소망하였다.

한 쌍을 이루고 있다. 다른 하나는 도쿄[東京]에 있는 도쿄 디즈니랜드(1983)로서 미국 밖에 세운 최초의 디즈니 유원지이다. 2번째로 해외에 세워진 디즈니랜드는 프랑스에 세워진 유로디즈니랜드로서 1987년에 착공하여 1992년 4월 12일에 개장했다. 이 유원지는 파리에서 북동쪽으로 32㎞ 떨어진 마른느라 발레에 세워졌으며 총 면적은 2,023만 1,373㎡이다(출처: 인터넷 위키백과).

이렇듯 언어는 개인의 신변을 추적해볼 수 있는 중요한 기제가 된다. 이 영화에서 광동어는 개인의 신원을 파악할 수 있는 기제로서의 의미 외에 홍콩이라는 공간에서 자본을 향유할 수 있는 주체가 되느냐, 그렇지 않느냐라는 의미로까지 확장된다. 즉 '광동어'는 하나의 언어이기 전에 자본주의 시장경제가 활발하게 운용되는 '홍콩'을 상징하는 기호이며, 그를 유창하게 구사하느냐, 그렇지 않느냐라는 문제는 홍콩인의 주류가 되느냐, 주변인으로 밀려나느냐라는 문제로까지 발전된다고 하겠다.

홍콩은 중국이 아편전쟁에 패배한 후, 100년 동안 그 조차권을 영국에게 넘겨줌으로써 동남아 자본시장의 핵심 역할을 톡톡히 하였다. 홍콩은 세계화된 도시이자 자본이 활발하게 유통되는 세계인들의 집결지로서 성장하였다. 그곳에 모여든 사람들은 세계 공용어인 영어를 사용하였으며, 영어를 구사하지 못하면 그들의 주류로서 합류할 수 없었다. 이러한 관점에서 영어 또는 광동어는 세계화된 도시가 욕망하는 중요한 기호라고 할 수 있다.

5) 윌리엄 홀든

미국은 거대 자본의 중심지로서 세계인들이 가보고 싶어 하는 꿈의 공간으로 상정된다. 여소군의 고모는 할리우드 스타인 '윌리엄 홀든'[5]이 영화 '모정'[6]을 촬영하러 홍콩에 왔을 때 식사에 한 번 초대받은 후 그를 잊

---

[5] 미국 출생(1918~1981)으로 「선셋 대로」, 「귀여운 빌리」, 「제17포로수용소」, 「모정」, 「콰이강의 다리」, 등 많은 작품에 출연하였다.

[6] 한국전쟁이 일어나기 전, 영국령이었던 홍콩을 배경으로 한 영화이다. 중국인의 피가 섞인 혼혈 여의사 한수인(제니퍼 존스)과, 미국인 마크 엘리어트(윌리엄 홀든)는 운명적 만남으로 애틋한 사랑을 키워간다. 그러나 마크 엘리어트는 한국전쟁에 종

지 못하고 죽는 날까지 기다린다. 언젠가는 자신을 만나러 와줄 것이란 생각으로 재킷을 보관하고, 함께 식사했던 페니쉴라 호텔의 나이프와 포크, 그릇을 가져와 소중하게 보관한다. 그리고 여소군에게 자신의 이름을 로시Rosie라고 부르라고 한다. 미국식 이름으로 호명됨으로써 윌리엄 홀든과 동질성을 갖고, 그와 함께 있다는 믿음을 확인하고픈 눈물겨운 노력이라고 할 수 있다.

여소군의 고모는 일방적인 기다림이 될 수도 있는 자신의 행위에 대하여 "윌리엄은 잊었어도 상관없어. 나만 기억하면 돼."라고 궁색한 변명을 한다. 여기서 '윌리엄 홀든'의 모티프는 미군, 양공주의 이미지와 함께 미국을 향한 홍콩인의 근거 없는 기대와 짝사랑이 대중스타로서 체현되고 있음을 보여준다. 미국에 대한 중국인들의 기대와 환상이 미국을 대표하는 할리우드 스타에 대한 짝사랑으로 변이되어 나타난 것을 알 수 있다. 이러한 관점에서 '윌리엄 홀든' 또한 세계화된 도시가 욕망하는 기호가 될 것이다.

4. 주인공들의 사랑 이야기

1) 파이란의 사랑

「파이란」은 '아사다 지로(淺田次郎)'의 단편소설 「러브레터」를 송해성 감독이 2001년에 영화화한 작품이다. 「러브레터」의 여주인공 '강백란(康

군기자로 참전했다가 사망하고, 한수인은 마크와 사랑을 나누던 언덕에 올라 밀회의 순간을 되새기며 눈물을 삼킨다.

白蘭)'에서 성을 빼고 '백란'만을 중국어로 발음하면 '파이란'이 된다. '白蘭'은 '하얀 난초'로서, 몸을 파는 직업을 가진 파이란이지만 '순결한 영혼'을 소유하고 있음을 암시하기 위한 작가의 의도라고 할 수 있다.

영화 속의 파이란을 '대진세탁소' 주인은 '인간세탁기'라고 불렀다. 파이란이 짧은 시간에 많은 빨래를 해 넌 것을 보고 붙인 별명이다. '세탁기'는 더러운 빨랫감을 넣으면 깨끗이 빨아주는 기계이다. 그러나 '인간세탁기'는 기계가 아니라 '세탁을 잘하는 사람'을 지칭하는 말이 될 것이다. 세탁기는 빨래를 깨끗하게 해주는 기계이지만, 그 의미를 확장하여 세상을 깨끗하게 해주는 기계라고 해석할 수 있다. 따라서 파이란은 인간세탁기로서, 세상의 더러움을 정화해주는 사람이라는 확대해석이 가능하다.

다음은 「러브레터」 속의 파이란이 죽은 뒤 유품 봉투에서 나온 편지이다.

열심히 일해서 돈 갚으면 고로 씨하고 만날 수 있을까요. 고로 씨랑 함께 살 수 있을까요. 그런 생각으로 열심히 일했습니다. 그러나, 이제 안 됩니다.

고로 씨, 항상 벙실벙실 웃고 있습니다. 담배 안 피웁니다. 술 조금 마십니다. 싸움하지 않습니다. 고기 싫어하고 생선 좋아하지요. 그래서 담배 끊었습니다. 술도 조금, 고기 안 먹고 생선 먹습니다.

…(중략)…

고로 씨가 정말 좋습니다. 세상에서 제일. 누구보다 고로 씨가 좋습니다. 아픈 거 괴로운 거 무서운 거가 아니라 고로 씨를 생각해서 울고 있습니다. 매일 밤 잠들 내 꼭 그랬던 것처럼 고로 씨 사진 보면서 울고 있습니다. 항상 그랬지만, 친절한 고로 씨 사진 보면 눈물이 나옵니다. 슬픈 거 괴로운 거가 아니고 고맙다로 눈물 나옵니다.

고로 씨에게 드리는 거 아무 것도 없어서 미안합니다. 그래서 말만, 서투른 글씨로, 미안합니다.

진심으로 사랑합니다, 세상 누구보다.

고로 씨 고로 씨 고로 씨 고로 씨 고로 씨 고로 씨 고로 씨.
짜이젠(再見). 안녕.

파이란의 편지 내용을 보면 사회의 부정적인 측면을 인지하지 못하고 있는 듯하다. 고로는 돈을 받고 위장결혼을 해주었을 뿐인데 그를 친절하고 고마운 사람이라고 하면서 빚을 갚으면 함께 살고 싶다고 하기 때문이다. 그녀는 고로가 담배도 안 피우고 술도 조금만 마시며 싸움하지 않는 사람이라고 믿으며, 자신 또한 담배도 끊고 술도 조금만 마신다고 한다.

이강재는 건달 세계에 발을 들여놓은 후 인간에 대한 신뢰와 사랑을 외면한 채 살아온 삼류 양아치이다. 건달 세계에서조차 인정을 못 받는 천덕꾸러기로 남에게 사랑받으리라곤 생각지도 못했었다. 감방에서 나온 날 후배에게 비디오방까지 빼앗기고, 돌아오는 길에 경수에게 장난을 걸자, "좆을 까시오, 좆을 까." 경수는 우스운 율동을 곁들이며 타령조로 응수한다. 이들의 행위로 보아 미래에 대한 목표나 설계와 상관없이 그날그날을 허비하고 있음을 알 수 있다. 싱크대에 오줌을 눈다든가, 비디오테이프 사이에 끼워둔 경수의 푼돈을 훔치는 강재의 행위에서 자존감이라곤 찾아볼 수 없다.

영화의 제2장부터는 파이란의 영향으로 강재의 내면세계에 균열이 일어난다. 지금까지 느껴보지 못한 순수한 감정이 생성되면서 파이란을 여인으로서도 생각해본다. 누구에게도 인정받지 못하고 황폐한 인생을 살아온 심장에 따뜻한 피가 돌기 시작한 것이다. 그리하여 자존감 없이 살아온 자신을 자책하면서 한 번도 본 적이 없는 여인의 유골을 안고 심저에서 솟구치는 통곡을 하는 것이다.

― 편지 중간부터 고로는 소리를 내어 울었다.

"……진정하세요, 아저씨."

불안한 얼굴로 들여다보는 사토시를 향해 고로는 빈 맥주병을 던졌다.

"시끄러, 저리 가."

"근데…… 아저씨, 아무래도 제정신이 아닌 것 같아서……."

"제정신이다. 나는 아주 말짱해. 너희가 모두 제정신이 아니지. 이놈 저놈 할 것 없이 전부 제정신들이 아니라구."

자신의 행위에 대해 재고해볼 줄 모르던 강재를 변화시킨 파이란의 사랑은 격려해주고, 칭찬해주고, 믿어줌으로써 긍정적인 측면을 부각시키는 '살림의 사랑'이라고 할 수 있다. 진흙 수렁에서 꽃을 피워 올리는 연꽃처럼, 몸 파는 일을 하면서도 파이란은 순결한 영혼을 지니고 있었던 것이다.

2) 이교의 사랑

이교는 대륙인이면서도 홍콩인 행세를 하며 여소군을 포함한 동향인들을 이용해 돈을 벌었다. 소군은 그 사실을 눈치 채지만 모르는 체하며 그러한 모습마저 인정한다. 이교가 등려군의 앨범을 대량으로 팔려다가 실패한 구정 전날, 광주에서는 등려군의 앨범을 팔아 돈을 많이 벌었다는 말실수를 함으로써 정체가 밝혀진다. 그 일을 계기로 여소군과 급격하게 가까워지지만, 이교는 소군이 자신의 욕망을 채워줄 수 없으리라는 것을 알고 갈등한다. 그녀는 홍콩에 온 목적이 소군을 만나기 위한 것이 아니라, 돈을 벌기 위한 것이라는 사실을 잊지 않은 것이다.

1953년에 대만에서 태어나 중국·홍콩에서 활동하다가 1995년 태국

치앙마이의 한 호텔에서 천식으로 사망하기까지, 등려군은 감미로운 목소리로 중국인과 세계인의 사랑을 받았다. 홍콩에서 등려군의 노래를 좋아하면 대륙인임이 밝혀질 수 있으므로, 대륙인들은 그녀의 노래를 좋아하면서도 내색하지 않았다. 자본에 대한 신뢰가 강한 홍콩에선 미국이나 유럽의 음악만을 환대했으며, 등려군의 노래는 저속한 대중가요쯤으로 치부해버린 것이다. 이러한 상황을 제대로 간파하지 못한 이교는 구정 전날 등려군의 테이프와 앨범을 판매하려다가 실패하여 빚더미에 앉게 된다.

여소군은 타인의 이목에 구애받지 않는 천진함을 보여준다. 대로변에서 사인회를 벌이는 등려군에게 와이셔츠 등판에 사인을 받은 후 거리낌 없이 거리를 활보한다. 차안에서 이 모습을 지켜보던 이교는 연민의 감정을 누르지 못한 채 엎드리다가 클랙슨을 누르게 되고, 상심하여 걷던 여소군은 자신을 부른 줄 알고 돌아와 이교와 긴긴 키스를 한다. '등려군'은 소원했던 여소군과 이교를 이어주는 역할을 한 것이다. 이러한 등려군의 역할은 영화의 끝부분에서도 재연되는데, 길거리 전자상가 매장의 텔레비전을 통해 그녀의 사망 소식을 듣던 두 사람이 만나게 되는 부분이다.

이교는 인간적인 측면까지 외면하면서 치열한 경쟁사회의 주류가 되려고 애쓴다. 여소군을 떠나 구양표의 애인이 된 것도 그의 자본이 탐났기 때문이다. 그녀는 구양표의 자본으로 욕망을 충족하며 홍콩인의 주류가 된 것처럼 호화스럽게 생활한다. 이러한 이교의 사랑은 적극적이며 실리적이지만, 교활하고 이기적이라고 할 수도 있다. 그러한 사실은 이름 교喬에서도 넌지시 암시되는데, 翹는 꼬리 중에서도 긴 깃털이란 의미를 지니고 있다. 그녀는 군계일학群鷄一鶴이 되지 않으면 만족하지 못하는 성격의 소유자로서 욕망을 채우는 데 수단과 방법을 가리지 않은 것이다. 베풀고 배려하는 사랑이 아니라, 상대의 자본에 기대어 욕망을 충족하려는 이기적인 사랑을 했다고 할 수 있다.

5. 결론

    '지구촌, 세계화, 다민족국가'라는 언어가 보편화되면서, 우리는 지구 공동체의 일원으로서 사고하고 역할하며 살아온 지 오래이다. 세계인들은 살기 좋은 땅을 찾아 이민을 가고, 돈을 벌기 위해 다른 나라로 이주하는 일이 많아졌다. 1980년대 개혁·개방정책을 시행하면서 많은 중국인들은 자본주의 국가로의 이주를 희망하였다. 영화 「파이란」과 「첨밀밀」은 그러한 현상이 보편화되기 시작할 무렵, 이주민들의 삶과 사랑을 포착하고 있는 영화이다. 두 영화의 여주인공 '파이란'과 '이교'는 타국에서 돈을 벌고 있는 중국인이라는 공통점을 지니지만, 그들이 보여주는 사랑은 확연히 다르다.

    영화 속의 파이란은 세탁소에서 일을 하지만, 「러브레터」 속의 파이란은 몸을 팔아 돈을 버는 여성이다. 다른 나라에 와서 빨래를 하고, 몸을 팔아 돈을 벌지만, 그녀들은 사회나 타인을 원망하지 않는다. 오히려 일할 수 있도록 불법 위장 결혼을 해준 삼류 양아치를 고맙고 친절한 사람이라고 생각한다. 원작의 '고로'나 영화 속의 '강재'는 참다운 인생에 대해 생각해본 일도 없고, 그렇게 살고자 마음먹어본 일도 없다. 그러나 파이란의 사랑을 만나고부터는 마음 깊은 곳으로부터 영혼의 깨달음을 얻게 된다. 이러한 점에서 파이란은 그들의 영혼을 정화시켜주는 '인간세탁기' 또는 진흙수렁에서 꽃을 피워 올리는 연꽃처럼, 순결한 사랑을 생성해내는 사람이라고 할 수 있다. 파이란의 사랑은 상대에게 믿음을 주고, 기대와 격려를 해주는 '살림의 사랑'이다. 그녀는 자본시장의 치열한 경쟁에 합류하지 않음으로써 이주 여성들에게서 나타나는 억척스러움이 보이지 않는다.

오히려 자본이라는 자양분 속에서 살아온 현지 여성들보다도 결 고운 인간성을 보여주고 있다.

이교의 사랑은 적극적·실리적이지만 교활하고 이기적이다. 그녀는 새로운 상황이 닥치면 재빠르게 수습하고 수용하였다. 홍콩에 온 목적도 돈을 벌어 호화롭게 살기 위해서였듯이, 홍콩의 주류로서 군계일학群鷄一鶴이 되지 않으면 만족하지 못하였다. 여소군을 사랑하면서도 그의 가난이 욕망을 실현시켜줄 수 없음을 알고 구양표를 선택하여 고향에 저택을 짓기도 한다. 그녀는 이상을 실현시켜줄 사람을 선택함으로써 실리적·현실적인 사랑을 했다고 할 수 있다. 이교는 욕망의 실현을 위해 수단과 방법을 가리지 않았고, 교환가치가 있다고 믿어지는 상황은 이기적으로 흡수하면서 자본이 지배하는 사회를 온몸으로 맞섰다. 그런 그녀가 소군의 조건 없는 사랑을 깨닫게 된 것은 구양표가 죽고, 많은 대가를 치르고 난 다음이다.

제 2 부

지성과 감성의 변주

미당 탄생 100주년에 부쳐

1.

"왜 미당 문학을 연구하는가?"

젊은 시인들이 물을 때마다 못마땅한 기색이 감지되곤 하였다. 미당 시를 본격적으로 접하게 된 것은 석사학위논문을 준비하는 과정에서였다. 논문을 쓰기 위해 읽기 시작한 그의 작품은 연구자를 매료시키기에 충분하였다. 깊이 파도 바닥이 보이지 않는 우주처럼, 혹은 가없는 바닷길처럼, 탄탄한 출렁임과 간결함을 겹쳐 지니고 있었다. 두서도 없이 중얼거리는 듯하지만, 후기 시에서 들려오는 육자배기 소리는 신비로운 영혼의 세계로 이끌었고, 그만이 형상화할 수 있는 독특한 말투는 치렁치렁 심장에 감겨들었다. 이후, 나는 다른 사람의 시에 눈 돌릴 겨를이 없었다.

미당을 언급하려면 친일 문제를 짚고 넘어가지 않을 수 없다. 더불어 민족의 암흑기를 살다간 다른 문인들의 행위도 연상해보지 않을 수 없다. 조국이 위기에 처했을 때 애국지사가 탄생하지만, 부역자 또한 생겨나는 것이 당연지사이다. 그 시대에 살았더라면 나는 어떻게 대처했을까. 평범

한 사람이 아니라 시인, 화가 등 눈에 띌 수밖에 없는 사람이었다면, 그리고 탄압받았더라면, 외국으로 망명했을까, 아예 독립운동에 뛰어들었을까. 아니면 절필하고 내적 망명을 선택했을까.

강간한 여인을 끌고 와서 "어떻게 할까요?" 했을 때, 예수는 너희 중에 죄 없는 자만이 돌로 치라고 명하였다. 남을 단죄하는 것은 그만큼 자기반성이 따르고, 신중한 책임이 따른다는 뜻이다. 남을 질타하기에 앞서 내 속의 죄부터 인지해야 할 것이다. 친일 관련 논의 중에는 얼마든지 비판하고 철퇴를 가할 수 있지만, 작품까지 간과해버리려는 태도는 옳지 못하다. 논리적·객관적 인식에 근거하지 않은 맹목적인 비난이나 찬탄은 지양해야 마땅하다.

작금의 한국사회는 극단적인 이분법적 사고가 지배하고 있다. 이러한 현상은 민족분단의 현실이 만들어낸 이데올로기적 대립이 그 원인일 것이다. 정치권은 정치권대로 보수와 진보로 나뉘어 해서는 안 될 말들을 쏟아내고, 문학마당 역시 양분되어 대립하고 있다. 이러한 현상은 사회 곳곳에 만연되어 한국사회를 멍들게 하고 있다. 미당 문학 연구에 대한 극단적인 적개심과 회피도 이러한 이데올로기적 사고에서 기인한 결과가 아닐까 한다.

2015년 월간 ≪유심≫ 4월호 '권두에세이'에서 염무웅 평론가의 글을 만났다. 일제 암흑기에 대처해간 네 시인 '김동환'과 '김소월', '이상화', '정지용'의 삶의 방식을 치밀하게 천착한 글이었다. 엄밀하고도 신중한 분석에서 '인간'이기에 '인간'을 넘어설 수 없는 '인간'의 삶을 직시할 수 있었다. 일제 암흑기라는 민족의 현실 앞에서 친일에 연루되지 않은 시인은 불과 몇 사람에 지나지 않았다. 참담한 심정으로 숙연하게 반성해보는 시간이었다.

친일 혹은 군부독재 시절의 행위는 냉철하게 비판하되 시작품마저 묵

살하지 않았으면 좋겠다. 시인이 되고자 하는 이들은 일찍이 미당의 작품에 매료되어 밤새워보지 않은 사람이 없을 것이다. 그의 시를 닮고자 한 노력들이 한국 현대시사의 중요한 맥을 형성하면서 현대시 발전에 공헌한 사실은 부인할 수 없다. 후대 시인들의 작품에서 미당 시의 원형이 다수 발견되는 것은 그러한 사실을 뒷받침해주는 증거이다.

작품 세계의 미당은 유년에서 현재로, 신화계에서 현실계로, 이승에서 저승으로 자유롭게 넘나들었다. 육체와 영혼 사이를 떠돌았고, 신성과 범속의 경계를 넘나든 방랑자요, 영혼의 나그네였다. 특히 후기의 시세계는 형식이나 기법을 초월하는 주술 같은 것으로서 현대의 젊은 시인들에게 '시란 무엇인가'에 대해 제고해보기를 독려하고 있다.

2.

여섯 번째 시집 『질마재 신화』 이후 미당의 후기 시는 연구가 많이 이루어지지 않았다. 문학성의 저하 혹은 퇴보라고 지적당하면서 연구자들에 의해 외면당해왔다. 여기서는 그러한 후기 시를 잠깐 들여다보기로 하겠다.

> 참 오랜만에 집에 돌아오신 아버지가
> 한여름 밤에도 나를 그 가슴패기에 끌어안고
> 잠이 들어가고 있었을 때,
> 나는 당산 수풀에서 우는 소쩍새들 소리에서
> 하늘의 타이름을,

개울에서 우는 개구리들 소리에서
땅의 웅얼거림을
노나서 비교해 듣는 연습을 비로소 하기 시작했다.
소쩍새 소리가 슬프다는 건 더 커서 배운 일이고,
이때는 거저 맑게 간절한 것이었으며,
개구리 소리들은 가슴에 닿아 뭉클리었다.
　　　　　　　　—「여름밤 소쩍새와 개구리가 만들던 시간」 전문

　인간정신을 샤머니즘과 관련지어 논의할 때, 가장 중요하게 전제해야
할 것은 샤먼이 '보는 사람', '아는 사람'으로 불린다는 점이다. 그가 보고
아는 것은 보통사람이 보통 상황에서는 보지 못하는 것, 알지 못하는 것
이다. 그 자신에게도 보통 상황에서는 역시 금기되어 있을지 모르는 것에
관한 앎이야말로 그의 지식의 몫이다. 그의 '앎은 미가지(未可知)의 지
(知)'이고, '불가시(不可視)의 시(視)'로서 초자연과 맞닥뜨리고 비현실과
마주치는 길목에서의 지식이라고 할 수 있다(김열규,『동북아시아 샤머
니즘과 신화론』참고).
　시인은 감성의 언어로써 세계에 자아를 투사하는 사람이다. 이때의 감
성은 단순한 감정이 아니라 '신명의 정신'을 함의한다. 신명은 주로 무당
의 정신 영역에 거주하지만 시인이나 화가, 무용가들처럼 예술인의 정신
영역에도 거처한다. 즉, 정신의 어두움의 영역이 긍정적으로 활성화되는
경지에 신명의 정신은 거주하며, 이때의 정신은 보통사람들이 보지 못하
고 알지 못하는 것을 보게 되고 알게 되는 능력을 지닌다. 신명의 정신이
본분을 다할 때 우리는 그것을 샤먼의 '우주여행' 또는 '영혼여행'으로 환
기할 수 있다. 이러한 영혼여행 또는 우주여행은 샤먼만이 누리는 특권이
아니라 창작활동을 하는 예술가 또는 보통사람이라도 특별한 경우에는
가능하다.

시 「여름밤 소쩍새와 개구리가 만들던 시간」을 보면, 유년의 화자는 당산 수풀의 소쩍새 소리에서 타이르는 듯한 하늘의 소리를 인지하고, 개구리 울음소리에서는 땅의 웅얼거림을 듣는다. 동물의 소리를 인간의 언어로 치환하여 받아들일 수 있는 능력은 영혼여행자로서의 샤먼이 지닌 능력이다. 더운 여름밤인데도 아버지의 따뜻한 품은 어린 화자에게 잠재의식의 세계와 교감할 수 있는 통로를 열어준 셈이다.

미당의 후기 시는 주술적인 성향이 강하다. 시인이나 예술가가 영혼의 세계가 활성화된 사람이라고 할 때, 그리고 영혼의 세계가 활성화될수록 좋은 시인, 예술가가 된다고 할 때 이것은 매우 긍정적인 현상이라고 하겠다.

3.

미당은 고향 질마재 사람들의 유형을 셋으로 나눈바 있다. 그 첫째가 유학자를 비롯하여 경제력 있고, 학식과 위엄을 지닌 '유자파' 사람들이다. 이들 앞에서는 모두가 존경을 표하는 듯했지만, 진정으로 좋아하는 사람은 없었다. 둘째는 쟁기질을 잘하는 '진영이 아재'를 비롯하여 웃음이 좋고 낚시질을 잘하는 '자연파' 사람들이다. 이들은 사람들과 잘 어울리고 자연처럼 순조로운 사람들로서 누구나 좋아하였다. 셋째는 유자보다는 다정하지만 자연파처럼 의젓하지 못하고, 늘 무엇인가를 숨기고 사는 것만 같은 '심미파' 사람들이다. 누구와 눈을 맞춰놓고도 법 때문에 마음대로 하지 못하는 사람들처럼 그들은 흥청거리고 노래 부르며 춤을 추었다.

미당은 한때 세 유형 중에서 심미파를 이상적인 유형으로 삼아 삶을 지향한 적이 있었다. 이 유형은 예술가들의 내면에 많이 내재하기 때문에 시인에게 친숙하게 작용할 수밖에 없었을 것이다. 그런데 이들의 성향은 그리스 신화에 등장하는 디오니소스와 동일한 맥락에서 논의할 수 있다. 디오니소스는 세계를 떠돌며 즉흥적·순간적인 삶을 살았으며, 술과 황홀경의 신, 신비주의자·연인·방랑자로서 환기되기 때문이다.

디오니소스적 성향을 떠돌이의 삶, 떠돌이 의식의 발현이라고 정의할 수 있는데, 미당은 시작품뿐만 아니라 실제의 삶에서도 떠돌이 의식을 견지해나갔다. 그가 떠돌이 의식을 구현하는 모습은 삶의 도처에서 드러나지만 세계여행에 많은 시간을 할애했다는 점에서도 일말의 단서를 찾을 수 있다.

> 이 새로운 아프리카의 지팽이는
> 왼몸이 두루 푸른 아프리카 밀림빛
> 그 위엔 자욱한 은(銀)의 밤별들을 박았나니,
> 나도 이걸 짚고 가는 이제부터는
> 수풀이요 또 별인 것만을 두둔할 뿐,
> 일체의 잔 사설은 빼어 내던지리로다.
>
> …중 략…
>
> 이윽고 깊은 하늘의 바닥 없는 대적멸에
> 내 역마살의 거치른 팔자가
> 아조 몽땅 잠겨버리고 말도록까지는 ……
> ―「나이로비 시장의 매물」 일부

시의 화자는 그동안 지니고 다니던 지팡이와 괴나리를 벗어버리고 '나이로비' 시장에서 새 지팡이와 '풀가방'을 산다. 지팡이는 아프리카 밀림처럼 푸른 빛을 띠고, 몸은 별빛 은장식으로 가득하다. 화자는 떠돌 수밖에 없는 자신의 방랑벽에 대해 "나도 이걸 짚고 가는 이제부터는 수풀이요 또 별인 것만을 두둔할 뿐"이라고 합리화한다. 수풀과 별은 자연현상 또는 자연물이기 때문에 그것을 두둔하면 자신도 자연물이 될 수 있다고 믿었기 때문이다. 그가 자연물이 되었을 때 그의 유랑은 긍정적으로 합리화될 수 있었을 것이다.

미당은 떠돌 때마다 편안한 정착을 꿈꾸었다. 정착에 대한 그의 소망이 만들어낸 공간이 '깊은 하늘의 바닥없는 대적멸'이다. 바닥에 닿을 수 없을 만큼 깊은 하늘이 '대적멸'로 환기된 것이다. 하늘 자체만으로도 무한히 깊을 터인데, '깊은'이라는 수사로써 더욱 깊은 하늘로 환기하고 있다. '적멸'의 의미는 '생멸(生滅)이 함께 없어져 무위적정(無爲寂靜)함 또는 번뇌의 경계를 떠남'으로 정의된다. 따라서 작품에 형상화되는 '대적멸'은 유랑을 멈추고 영원히 쉴 수 있는 공간이라고 할 수 있다.

대적멸은 열반을 의미하기도 하므로 시인이 강조하는 '영원'과 동일 선상에서 이해할 수도 있다. 그렇다면 이 시는 '대적멸' 또는 '영원'에 닿아 유랑을 마무리하고 싶은 화자의 소망이 형상화된 작품으로 보아야 할 것이다. 그러한 소망은 "깊은 하늘의 바닥 없는 대적멸에/ 내 역마살의 거치른 팔자가/ 아조 몽땅 잠겨버리고 말도록까지는" 유랑할 수밖에 없다고 말한 형상화에서 절실하게 드러난다.

미당의 후기 작품에는 디오니소스적 인물원형뿐 아니라 제우스 인물원형도 많이 등장한다. 제우스 원형은 가부장권이 선호하는 아버지 원형이며, 디오니소스 원형은 가부장권이 거부하는 탕자의 원형이다. 그런데 같은 시기에 상반되는 두 원형이 공존하는 현상에 대해 의문을 제기하지 않을 수 없다. 그는 제우스 원형을 선호하지 않으면서도 사회문화에 부합하기 위해 그 원형의 양상을 내면화하고자 노력했던 듯하다. 또한 문화가 요구하는 고정관념에 부합하고자 디오니소스 원형을 억압했지만, 무의식에서 발현되는 그의 여러 양상들을 제어하지 못한 것으로 판단된다. 이러한 현상을 한 마디로 요약하면, 미당의 삶은 디오니소스 원형과 제우스 원형이 갈등·길항·공존·대립해온 여정이었다고 할 수 있다. 그는 상반되는 두 원형과 화해하고 대립하며 독특한 정신세계를 구축해갔던 것이다.

4.

일제 강점기의 탄압과 회유에도 굴복하지 않은 채 고결한 시인정신을 견지해간 시인으로 이육사와 윤동주, 한용운을 들 수 있다. 그들이 쓴 시야말로 시정신과 작품이 합일된 경지에서 탄생한 결정체일 것이다. 이들이 낳은 작품이 모두의 흠숭을 받고 기려지는 것은 당연하다. 하지만 '시'는 독립된 예술품으로서도 인정되어야 한다는 것이 필자의 소견이다. 작가와 작품을 합일체로 인지하는 것도 중요하지만, 독립된 개체로서 인정하고 연구하는 풍토 또한 필요하다.

미당의 후기 시가 '작품성의 퇴보', '작품성의 저하'라고 폄하되며 외면당한 이면에는 일관되지 못한 시인정신에 대한 질타도 일조하고 있다는 생각이다. 그러나 논리적·객관적 사고로 접근하는 것이 학문적 태도라면, 미당의 후기 시에 대해서도 보다 냉철한 관심이 필요하다. 그 길만이 한국 현대시의 발전사를 후퇴시키지 않으면서 문화유산으로서의 작품을 잃지 않는 방법이 될 것이다.

ー『불교문예』(「권두에세이」, 2015 여름호)

눈물, 시를 키우는 양수(羊水)

1. 눈물과 시의 상관관계

> 더러는
> 옥토(沃土)에 떨어지는 작은 생명이고저……
> 흠도 티도
> 금가지 않은
> 나의 전체는 오직 이뿐!
> 더욱 값진 것으로
> 드리라 하올 제,
> 나의 가장 나아종 지닌 것도 오직 이뿐,
>
> 아름다운 꽃의 시듦을 보시고
> 열매를 맺게 하신 당신은
> 나의 웃음을 만드신 후에
> 새로이 나의 눈물을 새로이 지어주시다
>
> ─ 김현승의 「눈물」 전문

김현승의 시가 형상화하고 있는 것처럼 '눈물'은 살아 있는 존재를 증명해주는 또 다른 자아이다. 하나의 존재가 소중한 자아의 상징물로 내놓을 수 있는 것, 흠도 티도 없이 정결한 상태의 목숨을 증명해주는 것, 그것이 바로 눈물이다. 눈물은 웃음과 함께 살아 있는 자에게 신이 내린 선물이기도 하다. 인간은 슬플 때나 기쁠 때의 감정을 눈물로써 표현해왔다. 이때의 눈물은 원초적인 본능의 발로이며 가장 순수한 상태의 존재만이 지닐 수 있는 보석이다.

문학작품 중에서도 시는 순간적인 영감을 필요로 한다. 이 순간적인 영감은 시인이 가장 순수한 상태에 거주할 때 찾아온다. 시가 찾아오는 정황과 눈물이 생성되는 정황은 이처럼 동일한 맥락을 점유한다. '눈물'과 떼려야 뗄 수 없는 관계를 지니는 시는 생명 탄생 과정에서의 생명체와 양수의 관계와도 같다.

시는 기쁨의 감정보다는 슬픔을 자양분 삼아 잉태되고 자란다. 슬픔을 자양분 삼아 잉태되지만, 슬픔의 자궁이 빛나는 생명을 키우고 있다는 사실을 간과해서는 안 된다. 어떠한 희망도 슬픔을 기반으로 하지 않고는 견고한 생명체를 낳을 수 없다. 슬픔을 모르는 자는 진정한 기쁨을 만들어낼 수 없다. 가없는 담금질 끝에 울림 깊은 방짜 징이 탄생하듯, 슬픔을 잘 어루만진 사람만이 찬란한 정신의 집을 지을 수 있다. 이때 슬픔의 시각적인 현현이 '눈물'이다.

2. 순도 높은 토박이의 눈물

현대시사에서 김소월은 민중의 한恨을 슬프고도 아름다운 정서로 노래한 독보적인 시인이다. 소월은 우리 민족의 토박이 정서를 '한'이라는 고유의 정서로 승화시킨 터주 시인이라고 할 수 있다. 「진달래꽃」을 비롯해 수많은 그의 작품은 천 번을 읊어도 퇴색하지 않는 한의 정서를 느끼도록 해준다. 토속적인 정서를 곡진하게 자극하는 작품들의 이면에는 액체 이미지로서의 '눈물'이 존재한다. '눈물'의 이미지는 언제나 그의 시를 윤택하게 가꾸어주는 일등 공신이었다.

> 나 보기가 역겨워
> 가실 때에는
> 말없이 고이 보내 드리우리다
>
> 영변(寧邊)에 약산(藥山)
> 진달래꽃,
> 아름 따다 가실 길에 뿌리우리다
>
> 가시는 걸음걸음
> 놓인 그 꽃을
> 사뿐히 즈려밟고 가시옵소서
>
> 나 보기가 역겨워
> 가실 때에는
> 죽어도 아니 눈물 흘리우리다
>
> — 김소월 「진달래꽃」 전문

소월의 시들은 대부분 노래처럼 불리어지는 7.5조의 운율을 지니고 있다. 민족의 정서를 형상화함에 있어서 운율도 그렇고, 말버릇도 그렇고, 그는 순도 높은 토박이 운율과 말투만을 사용해왔다. 외래어가 돌림병처럼 퍼지고, 난해시가 판치던 그 시절에 시양 것이든 일본 것이든 그는 외래어를 사용하지 않았고, 우리의 민요조 율격을 차용해 시를 썼다. 소월은 모국어를 사랑하고, 민족의 정서를 온몸으로 체화한 사람이다.

그의 대표작이라고 할 수 있는 「진달래꽃」은 전문을 외우지 못하더라도 한 두 행쯤은 들어보지 않은 사람이 없을 것이다. 청춘남녀가 연애할 때 진행이 순조롭지 않으면 상대방의 애상을 불러일으켜 마음을 돌리는 데 단골 메뉴로 불렀을 법한 시가 「진달래꽃」이다. 이 시는 어떻게 등 돌린 사람을 불러 세우는 역할을 했을까.

이 시를 특징짓는 요소는 역설적인 어법이다. 간곡히 매달리며 붙잡고 싶으면서도 떠나는 길목에 진달래꽃까지 뿌려주며 '사뿐히 즈려밟고' 가라고 하는 마음 숨김이 그것이다. 정말로 보내고 싶었다면 진달래꽃을 뿌려줄 리도 없고, 즈려밟고 가라고 배려하지도 않았을 것이다. 화자는 임을 떠나보내면서 죽어도 눈물을 흘리지 않겠다고 오기를 부리는데, 이 '죽어도'라는 말 속에는 '죽어서가 아닌, 살아 있는 지금' 폭포 같은 눈물을 흘리고 있다는 의미가 함의되어 있다. '죽어도 눈물을 흘리지 않겠다'는 말 대신 '죽어도 아니 눈물 흘리우리다'라고 표현한 도치법에서도 강한 역설이 엿보인다.

이 시를 이끌어가는 주된 기법은 역설적 어법이지만, 시 전반에서 느낄 수 있는 것은 '눈물' 혹은 '울음'의 이미지이다. 이별하는 임을 잘 가라고 배웅하지만, 화자의 내면에 강물처럼 흐르는 눈물을 독자들은 감지할 수 있는 것이다. 화자가 의연하게 시치미를 떼면 뗄수록 독자들이 느끼는 슬픔은 이중 삼중으로 배가된다.

이 작품 외에도「먼 후일」,「초혼」,「접동새」,「못잊어」등 소월의 작품들은 슬픈 정서의 밑바닥을 자극하면서 눈물의 이미지를 형상화하고 있다. 특히「초혼」은 내면에 흐르는 눈물을 형상화하는 단계를 넘어 절규하는 강물이 감지된다. 사랑하던 사람의 혼을 불러들이는 의식, 초혼. 그 앞에서 화자는 절제할 수 없는 눈물의 소나기를 퍼붓는다.

우리 민족의 정서를 가장 잘 형상화했다는 소월의 시는 이처럼 '눈물' 이미지가 주를 이룬다. 소월의 시가 시공을 거슬러 많은 사람들에게 애송되는 이유는 북받쳐 오르는 서러움을 승화시켜 지순한 정서를 환기시켜주기 때문이 아닌가 한다.

3. 삶의 변방을 에도는 눈물

어느 철학자에게 시집을 선물했더니 첫 부분을 읽다가 가슴이 답답해져서 읽는 것을 포기했다고 한다. 이 시집뿐만 아니라 지금까지 읽었던 시들이 다 그러했는데, 그 원인이 무엇인지 자신도 분명히 알 수 없다는 것이다. 숙고해본 결과, 시는 삶의 기쁨을 노래한 작품들이 적고, 상처를 입고 아파한다든가 실연의 슬픔, 삶의 고통 등을 노래한 것들이 대부분을 차지하기 때문이 아닌가 한다. 그 사람은 불행하게도 시 탄생의 본질을 이해하지 못하고, 시의 속성과 동떨어진 것을 요구한 것이다.

시는 철학이 추구하는 논리적인 사고 체계와 정반대의 위치에 존재한다. 그리스어에는 '언어' 혹은 '말'이라는 단어가 여러 개 있지만, 그 중에서도 대표적인 것은 '로고스(logos)'와 '미토스(mythos)'였다. 전자는 논리적 · 이성적 · 직접적 · 추상적 언어이며, 후자는 비논리적 · 감각적 · 암시적 · 구체적 언어이다. 즉, 전자는 철학적 용어이며, 후자는 문학적 용어라고 할 수 있다. 이처럼 추구하는 언어가 다른 분야에서 시를 긍정적으로 받아들일 수 있었겠는가. 플라톤이 철인 정치를 주장하며 '시인 추방론'을 내세운 것도 이와 같은 맥락이라고 할 수 있다. 이들은 나약하고 허무맹랑해 보이지만, 그러한 감성을 자양분 삼아 승화되는 인간정신의 존재를 인지하지 못한 것이다.

찬 구들장에 등대고
구부린 몸 뒤척이며 눈물 흘려 본 사람들은 안다
세상을 뒤엎는 풍설도
천장을 스쳐가는 바람같이 사라지는 것이라고
겨울바람에도 꺾이지 않는 갈대가 노래하는 것을

찬 구들장에 등대고
곱은 손 촛불에 녹이며
잠들지 못해
뜨거운 눈물 흘려 본 사람은 안다
겨울바람에도 꺾이지 않는 갈대가 노래하는 것을

막다른 길에 가로막혀
지친 몸 뒤척이며 눈물 흘려 본 사람들은 안다
도시의 불빛 다 꺼져
어둠이 세상을 뒤덮고 있어도
세상의 풍설은 천장을 스쳐가는 바람 같은 것임을

찬 구들장에 등대고
구부린 몸 뒤척이며 눈물 흘려 본 사람들은 안다
지울 수 없는 사랑 노래는 갈대의 뿌리에서

눈물처럼 우러나오는 것이라고
겨울바람에도 꺾이지 않는 갈대가 노래하고 있다는 것을
　　　　　　　　　　　　　　　— 최동호의 「갈대의 노래」 전문

열무 삼십 단을 이고
시장에 간 우리 엄마
안 오시네, 해는 시든 지 오래
나는 찬밥처럼 방에 담겨
아무리 천천히 숙제를 해도
엄마 안 오시네, 배춧잎 같은 발소리 타박타박
안 들리네, 어둡고 무서워
금간 창틈으로 고요히 빗소리
빈방에 혼자 엎드려 훌쩍거리던

아주 먼 옛날
지금도 내 눈시울을 뜨겁게 하는
그 시절, 내 유년의 윗목
　　　　　　　　　　　　　　　— 기형도의 「엄마 걱정」 전문

　인간이 시련을 겪는 모습은 자주 겨울 강가의 갈대에 비유되어 왔다. 갈대는 거센 겨울바람을 맞으면서도 휘어질지언정 결코 부러지지 않기 때문이다. 모두가 인지하고 있는 최동호는 겨울바람을 맞아보지 않은 것처럼 보인다. 하지만 지금의 자리에 이르기까지 뼈를 깎는 시련과 노력이 있었다는 사실을 시가 말해준다. 찬 구들장에 등을 대고, 구부린 몸 뒤척이며 눈물을 흘려본 사람, 곱은 손을 촛불에 녹이며 잠들지 못해 뜨거운 눈물을 흘려본 사람, 막다른 길에서 지친 몸 뒤척이며 눈물 흘려본 사람이 바로 시인 자신이기 때문이다.
　철학자의 인식에 의하면, 이 시 역시 상쾌하지 않다. '세상을 뒤엎는 풍설', '천장을 스쳐가는 바람', '도시의 불빛 다 꺼져', '어둠이 세상을 뒤덮고' 등의 형상화가 한결같이 힘들고, 지치고, 음울한 분위기를 자아내기 때문이다. 그러나 매 연의 마지막 행에서 "겨울바람에도 꺾이지 않는 갈대가" 아무리 어려운 상황이라도 "천장을 스쳐가는 바람같이 사라지는 것이라고" 말해주기 때문에 화자는 풍설이 사라지는 순간을 기다리며 인내할 수 있는 것이다. 이러한 형상화는 슬픔과 시련이 그 자체로 끝나는 것이 아니라, 내면에 희망을 키우는 시의 속성상 당연한 귀결이다.

시는 시인 자신의 경험 혹은 다른 사람의 경험을 형상화하거나 앞으로 경험할 수 있는 내용을 형상화한다. 즉, 시는 모두가 경험했거나 경험할 수 있는 내용이 형상화되기 때문에 읽는 사람들이 자신의 경험인 것처럼 공감하는 것이다. 시「갈대의 노래」를 읽는 독자들은 뼈아픈 고통을 인내하는 화자와 동일한 감정을 느끼며 눈시울을 붉힐 수밖에 없다. 이때 흘리는 '눈물'은 화자와 동질감을 형성해주는 연결고리 역할을 한다. 그러면서 함께 일어서자고, 꼭 일어서야 한다고, 암묵적인 구호 역할도 수행한다.

한편, 시「엄마 걱정」이 보여주는 것처럼, 기형도는 채소를 팔러 시장에 간 엄마를 기다리며 어린 시절을 보낸다. 아이는 엄마를 기다리면서 돌보는 이 없이 홀대받는 '찬밥'처럼 숙제를 한다. 아무리 천천히 숙제를 해도 엄마가 오지 않자, 바깥의 동정에 귀 기울이던 아이는 훌쩍이기 시작한다. 춥고 쓸쓸했던 유년의 경험은 화자의 기억 속에 외롭고 힘든 흔적으로 남을 수밖에 없다. 이러한 기억에 대한 이미지는 마지막 행의 '내 유년의 윗목'과 동일한 맥락으로 '찬밥'과도 연결된다.

따뜻한 밥은 해당 끼니에 지은 밥으로써 귀한 사람이나 어른에게 배당된 반면, 찬밥은 전 끼니에 먹고 남은 밥으로써 맛이 없고 영양가도 덜하여 아랫사람에게 주어졌다. 그리고 온돌방의 아랫목은 따뜻한 반면, 윗목은 불길이 미치지 않아서 추울 수밖에 없다. 이 시에서 따뜻한 밥과 찬밥, 아랫목과 윗목은 대응을 이루며 귀한 신분과 홀대받는 신분을 환기한다.

기형도와 비슷한 환경에서 살았던 변호사의 글을 읽은 적이 있다. 그의 어머니는 새벽 기차에 채소를 싣고 가서 역전시장 귀퉁이에서 팔아 아들을 가르쳤다. 어머니와 아들은 같은 기차를 타고 시장으로, 학교로 가곤 했는데, 조금이라도 더 싣고 가려고 아들의 도움을 구했지만, 아들은 귀찮고 창피한 나머지 어머니의 채소 보따리를 밭고랑에 내팽개쳤다고 한다. 철없는 행동을 뼛속 깊이 후회하는 이 사람이 기형도의 시를 읽었을 때 그 공감의 폭은 대단했을 것이다. 그러나 비슷한 경험이 없는 독자라고 하더라도 화자의 정황은 충분히 전달된다.

삶의 고달픔을 읊은 대부분의 시들이 그러하듯 기형도의 시도 자전적 요소가 강하다. 하지만 독자들은 화자의 입장에 자신을 위치해놓고 공감하며 눈물을 흘린다. 이때 '눈물'은 절망의 실타래를 순조롭게 풀어가도록 정서를 순화해주는 역할을 한다.

4. 혈연에 대한 사모의 눈물

유한한 인간은 죽음을 피해갈 수 없지만, 한 가족으로 살면서 희로애락을 공유한 시간이 길면 길수록 그들의 죽음은 받아들이기 힘들다. 형제자매보다는 낳아주고 키워준 부모를 잃었다든가 자식을 먼저 보냈을 경우, 그 상실감은 더욱 크다. 시인의 경험 내용을 형상화하고 있지만, 독자들은 자신의 정황과 일치시키며 감정을 이입한다. 그럴 수밖에 없는 것은 대부분의 사람들에게 가족이 있고, 부모와 자식이 존재한다는 공통 환경을 지니고 있기 때문이다.

> 유리에 차고 슬픈 것이 어른거린다.
> 열없이 붙어 서서 입김을 흐리우니
> 길들은 양 언 날개를 파닥거린다.
> 지우고 보니 지우고 보아도
> 새까만 밤이 밀려나가고 밀려와 부딪히고,
> 물먹은 별이, 반짝, 보석처럼 박힌다.
> 밤에 홀로 유리를 닦는 것은
> 외로운 황홀한 심사이어니,
> 고운 폐혈관이 찢어진 채로
> 아아 너는 산새처럼 날아갔구나!
> ― 정지용의 「유리창 1」 전문

정지용은 한국 모더니즘 시의 대가로서 지칭되고 있다. 그의 시단 활동은 김영랑, 박용철과 함께 시문학동인에 참여하면서 본격화되었다. 첫 시집인 『정지용 시집』이 간행되자 문단의 반향이 대단했는데, 이런 시적 재능을 기반으로 『문장(文章)』지의 시부문 심사위원으로 활동하면서 역량 있는 신인들을 배출하였다. 신인을 추천하는 과정에서도 갈고 다듬어 '대성(大成)의 영광'을 함께 나누려는 자세로 일관했다. 그러한 사실은 『문장』지를 통해 나온 박두진과 조지훈, 박목월 등의 청록파를 비롯해 이한직과 박남수 등이 펼친 시작 활동이 입증해준다. 이처럼 이성적인 지식인이었음에도 불구하고, 그 역시 한 아비에 불과하다는 사실을 보여준 작품이 「유리창 1」이다. '유리창'은 안과 밖을 가르는 경계이기도 하고, 불가시적인 외부세계를 내면세계로 연결시켜주는 매개체이기도 하다.

캄캄한 밤, 시인은 창밖에 어른거리는 자식의 환영을 붙잡기 위해 입김을 불어넣어 유리창을 닦아보지만, 밤하늘에는 물먹은 별만이 보석처럼 반짝일 뿐이다. '물먹은 별'은 투명하고 부드러운 속성을 지니며, '산새', '죽은 자식'과 동격으로써 눈물에 흠뻑 젖은 슬픔을 환기한다. 슬픔(눈물) 이 보석으로 환기되는 것은 그리움을 승화시켜 슬픔을 극복하려는 시인 의 노력이라고 할 수 있다. 유리창에 입김을 불어넣어 닦는 행위는 슬픈 환영을 잊기 위한 것이 아니라 아픈 상처의 기억을 붙잡는 행위로써, 역 설적이게도 이것은 '외로운 황홀한 심사'가 되기도 한다.

이 작품을 읽는 독자라면 누구나 어린 자식을 잃은 아비의 슬픔을 감지 할 수 있다. 시인과 같은 경험을 공유했거나, 사랑스런 자식이 죽었다고 가정할 때 그 고통은 적나라하게 독자의 몫으로 전해온다. 화자는 상처를 극복하고 새로운 삶을 열어야 하는데, 이때 '눈물'은 새 삶을 열어가는 데 정화제 역할을 할 것이다.

> 빈소 향냄새에 그 냄새 묻어 있었다
>
> 첫 휴가 나왔을 때 감자 한 말 이고 뙤약볕 황톳길 걸어 장에 갔다 와 차려낸 고등어조림 시오리 길 다녀오느라 겨드랑이로 흘린 땀 냄 새 밴 듯 콤콤했다 엄마 젖 그리워 패악 치며 울 적마다 가슴 열어 땀 내 묻은 빈 젖 물려주던 맛과 똑같았다 그 일 둘만 안다는 듯 영정 속 그녀는 오랜만에 찾아온 시동생 일부러 무표정하게 맞았다 어머니뻘 형수가 차린 오늘 저녁 밥상 고등어조림 대신 국밥이다
>
> 한 수저 뜨는데 뚝, 눈물 한 방울 떨어졌다
> — 홍사성의 「형수의 밥상」 전문

정지용의 시가 어린 아들을 잃은 슬픔을 형상화하고 있다면, 홍사성의 「형수의 밥상」은 형수에 대한 그리움을 그려내고 있다. 시의 내용으로 보

아 시인은 어렸을 적 어머니를 잃고 형수를 어머니 삼아 자란 듯하다. 시인뿐만 아니라 형수 혹은 올케를 어머니 삼아 자란 사람은 많다. 자연적으로 단산할 때까지 아기를 낳다보면 큰며느리 혹은 큰딸과 같은 시기에 아기를 낳는 어머니들이 많았기 때문이다. 이들이 오래 살지 못했을 때 어린아이는 자연스레 큰며느리가 맡아 키우게 되었다. 이때 형수 혹은 올케는 어머니와 동등한 위치를 획득한다.

사전 장치 없이, "빈소 향냄새에 그 냄새 묻어 있었다"라고 형상화한 첫 연은 시의 긴장감을 고조시키는 데 효과적이다. 첫 연을 한 행으로 처리함으로써 함축적이면서도 팽팽한 긴장감을 견지하다가, 두 번째 연은 실타래를 풀듯 사설적이다. 세 번째 연 또한 한 행으로 간결하게 결론짓는다.

이 시의 묘미는 '서론－본론－결론'의 양상으로 전개되는 형식상의 구조에 있다. 이러한 형식은 정형을 파괴하고 초장·중장·종장 중 한두 장을 길게 늘어뜨린 사설시조를 닮아 있기도 하다. 그런데 첫 연과 마지막 연은 별도의 의미를 지니는 것이 아니라, 첫 연은 두 번째 연에 그 내용이 연결되어 있고, 마지막 연도 두 번째 연의 연장선상에 존재한다. 따라서 빈소의 향냄새에서는 첫 휴가 나온 시동생 밥해주느라 겨드랑이 땀이 밴 고등어조림 냄새가 나고, 고등어조림 맛은 엄마 젖 그리워 패악 치며 울 때마다 가슴 열어 물려주던, 땀내 묻은 빈 젖의 맛과 똑같을 수밖에 없다.

부대끼며 사는 동안 수많은 사건이 있었을 테지만, 시인에게 뚜렷이 기억되는 것은 위의 두 사건이다. 영정사진 속의 형수도 그 일만은 둘만의 비밀이라는 듯 무표정할 뿐이다. 여기까지 말한 화자가 국밥을 한 수저 뜨는데 '뚝' 눈물 한 방울이 떨어진다. 이 장면에서 독자들은 고개를 숙인 채 눈물을 흘리며 국밥을 마주한 사내의 모습을 그려볼 수 있다. 요란한 눈물이 표현되고 있지는 않지만, 침묵 뒤에 웅크린 산 같은 슬픔이 전해온다.

형수는 혈연으로 맺어진 사이가 아니다. 하지만 어렸을 때부터 어머니 역할을 담당해준 분이기 때문에 어머니에 버금가는 혈연의 정을 느낄 수밖에 없다. 어머니가 아니면서도 어머니 이상의 사랑을 베풀어준 사실이 큰 상실감을 낳는지도 모른다. 독자들은 화자의 처지에 공감하면서 형수 혹은 어머니의 사랑을 되새겨볼 수 있을 것이다.

> 여름날 당신의 적삼에 배이던 땀과
> 등잔불을 끈 어둠 속에서 당신의 얼굴을 타고 내리던
> 그 눈물을 보고 싶습니다
> 나는 술 취한 듯 눈길을 갑니다
> 설해목 쓰러진 자리
> 생솔가지를 꺾던 눈밭의
> 당신의 언 발이 짚어가던 발자국이 남은 그 땅을
> 찾아서 갑니다
>
> 헌 누더기 옷으로도 추위를 못 가리시던 어머니
> 연기 속에 눈 못 뜨고 때시던
> 생솔의 타는 불꽃의 저녁나절의 모습이
> 자꾸 떠 올려지는
> 눈이 많이 내린 이 겨울
> 나는 자꾸 취해서 비틀거립니다
>   ─ 이근배의 「겨울행」 일부

시인은 왜 눈이 내리는 겨울에 어머니가 그리워지는 것일까. 유난히 눈이 많이 내린 겨울에 고향으로 가고 싶은 것은 그곳에 어머니의 환영이 존재하기 때문이다. 어느 겨울에 있었던 어머니와의 사건이 심장의 중심부에 똬리 틀고 있기 때문이다. 그곳에 가서 지워지지 않는 환영들을 확인하고 싶어서이다. 수많은 기억 중에서도 도드라지게 추억되는 사건이

있다. 사건이 발생했을 당시 추억의 스캐너가 촘촘하게 작동하여 해상도
가 유난히 선명한 그림이 있다. 그 그림은 시간이 흘러도 희미해지지 않
을 뿐 아니라 선명도가 배가된다. 그리하여 한 인간이 사는 내내 정신세
계를 이끌어가는 기제로써 작용한다.

우리를 낳아준 것은 아버지와 어머니이지만, 어머니를 더욱 애틋하게
그리워하는 것은 열 달 동안 뱃속에서의 따뜻한 기억 때문이리라. 어머니
의 포용력은 아무리 큰 잘못을 해도 감싸주고 다독여주었다. 아버지가 매
를 들고 쫓아올 때마다 가장 안전한 피신처는 어머니의 치마폭이었다. 어
머니, 어머니, 어머니의 치마폭. 그러나 자식은 치마폭을 벌려주며 가슴
을 천 번 쓸어내려야 했던 어머니의 가슴앓이를 깨우치지 못한다. 어머니
만큼의 나이가 되었을 때, 그때서야 어렴풋이 짐작할 뿐이다.

왜 20대에 50대의 부모를 이해하는 식견을 주지 않았을까. 50대에 80
대의 부모를 이해하지 못하고, 부모만큼의 나이가 되어야만 가늠할 수 있
는가. 이 얄궂음이여, 어리석음이여. 부모를 이해하게 되었을 때는 이미
이승에 안 계시는 것을. 자신의 어리석음을 알기에 어머니를 만나러 가는
발걸음이 술 취한 듯 비틀거릴 수밖에 없다. 슬픔이 커서 온전히 걷지 못
하고 비틀거릴 수밖에 없는 것이다.

시인이 만나보고 싶은 어머니의 모습은 '여름날 적삼에 배이던 땀과,
등잔불을 끈 어둠 속에서 얼굴을 타고 내리던 눈물'이다. '설해목 쓰러진
자리, 생솔가지 꺾던 눈밭에서 언 발이 짚어가던 발자국'이다. 그리고 '누
더기 옷으로도 추위를 못 가'린 채 '눈 못 뜨고 때던 생솔 타는 저녁나절의
불꽃'이기도 하다. 어머니로 인해 흘리는 '눈물'은 내면에 견고하게 자리
잡은 채 높은 생을 일구어가는 자양분이 될 것이다.

5. 누이, 그 깨끗한 눈물

　고향을 생각할 때마다 변함없이 고마운 것이 있다. 그것은 내 고향이 산간벽지였다는 사실이다. 지금이야 대한민국 어디든 고립된 오지를 찾아보기 힘들지만, 필자가 클 당시 고향은 고립무원의 산중이었다. 오죽해야 발령받고 찾아오는 선생님이 유배지에 오는 느낌이었다고 했을까. 가도 가도 진달래 만발한 산, 산, 산만 있었다고 한다. 외부인들은 그런 산골을 무서워했지만, 우리는 그곳이 천국인 줄 알고 뛰어놀았다. 봄에는 등하교 길에 진달래꽃 따먹다가 지각하거나 밤늦게 귀가하였고, 여름철 하교 길엔 어김없이 강변에 옷을 벗어던지고 물놀이하기에 바빴다. 짓궂은 남학생이 긴 장대를 들고 쫓아오면, 옷을 입지도 못한 채 도망가다가 물살에 신발을 떠내려 보내고 발을 동동 구르며 울기도 했다.

　이런 이야기는 필자뿐만 아니라 유년을 기억하는 누구에게나 존재한다. 누구에게나 유년시절은 유난히 맑고, 투명하고, 선명하다. 더불어 같이 뛰어놀았던 가시내, 머슴애에 대한 추억은 신비로운 색채까지 덧씌워지면서 신화화되기도 한다. 서정주의 산문을 읽어보면, 고향 질마재에서의 추억이 시세계의 색채를 결정짓고, 시인의 정신세계에 중대한 역할을 하고 있음을 알 수 있다. 시 「문열어라 정도령아」는 어린 시절 어울려 놀았던 '서운니'를 소재로 한 작품이다.

> 눈물로 적시고 또 적시어도
> 속절없이 식어가는 네 흰 가슴이
> 저 꽃으로 문지르면 더워 오리야
>
> 아홉 밤 아홉 낮을 빌고 빌어도

덧없이 스러지는 푸른 숨결이
저 꽃으로 문지르면 돌아 오리야

애비 에미 기러기 서릿발 갈고 가는
구공(九空) 중천(中天) 우에 은하수 우에
아 ― 소슬한 청홍(青紅)의 꽃밭……

문 열어라 문 열어라
정도령님아.

　　　　　　　　― 서정주의 「문열어라 정도령아」 전문

　서정주는 '서운니'를 이렇게 설명하고 있다.

　"보리밭에서 새봄의 첫 종달새들이 하늘 한복판으로 치달아 오르며 까르르 까르르 끼르 끼르 웃어젖힐 무렵, 아이들은 여기 가장 잘 어울리는 말씀이나 몸짓을 하는 사람들이 있다면 거기 가장 민감하고, 자연히 그 편이 되는 것인데, 내가 이 세상에 생겨나서 맨 처음으로 그런 편이 되도록 힘을 부린 건, 갈매 빛의 저고리를 입고 봄 보리밭 사이 나물바구니를 겨드랑이에 끼고 있던 요절한 소녀 '서운니'다."

　서운니에 대한 이야기는 산문뿐만 아니라 시작품으로도 형상화되는데, 그녀의 이미지들이 직접 시에 도입되는가 하면, 그녀가 들려준 이야기가 신화화되어 구현되기도 한다. 서운니는 산으로 들로 아이들을 끌고 다니며 서정주의 유년시절을 풍요롭게 만들어준 장본인이었다. 식물이나 동물, 마을에 전해오는 이야기들을 가르쳐줬을 뿐 아니라 직접 체험하게 해준 누님이며, 하늘과 땅과 바다와 산과 인간이 어떻게 조화를 이루며 운용되는가를 가르쳐준 선생이었다. 그녀로부터 받은 강렬한 영감은 일생 동안 시인의 상상력을 자극하는 기제로써 작용한다.

시 「문열어라 정도령아」를 이해하려면, 「무슨 꽃으로 문지르는 가슴이기에 나는 이리도 살고 싶은가」를 살펴보아야 한다.

> 그러나 내가 가시에 찔려 아파할 때는, 네 명의 소녀는 내 곁에 와 서는 것이었다. 내가 찔레 가시나 사금파리에 베어 아파할 때는, 어머니와 같은 손가락으로 나를 나시우러 오는 것이었다.
>
> 손가락 끝에 나의 어린 핏방울을 적시며, 한 명의 소녀가 걱정을 하면 세 명의 소녀도 걱정을 하며, 그 노오란 꽃송이로 문지르고는, 빠알간 꽃송이로 문지르고는 하던 나의 생채기는 어쩌면 그리도 잘 낫는 것이었던가.
> ─「무슨 꽃으로 문지르는 가슴이기에 나는 이리도 살고 싶은가」 일부

질마재 소녀들의 행위는 신묘한 정령의 모습으로 환기되기에 이른다. 그녀들은 초월적인 능력을 발휘하여 서정주의 괴로움이나 아픔을 치유해 주었다. 그녀들의 보호를 받으며 시인은 두려울 것 없는 존재가 된 것이다. 들판을 헤매다가 가시에 찔리면 빨간꽃, 파란꽃으로 문질러주고, 사금파리에 손을 베여도 치료사가 되어 상처를 어루만져주었다.

소녀들이 주문을 외우며 상처를 문질러주던 빨간꽃, 파란꽃은 영험한 효능이 있는 것으로 서정주에게 인식된다. 그래서 시 「문열어라 정도령아」 제1연에서 "눈물로 적시고 또 적시어도/ 속절없이 식어가는 네 흰 가슴이/ 저 꽃으로 문지르면 더워 오리야" 하고 형상화한 것이다. 이러한 형상화는 '꽃으로 문지르면 죽어가는 서운니가 살아날 수 있을까'의 다른 표현이다. 제2연도 같은 상황이다. "아홉 밤 아홉 낮을 빌고 빌어도/ 덧없이 스러지는 푸른 숨결이/ 저 꽃으로 문지르면 돌아 오리야".

제3연이 형상화하고 있는 "구공(九空) 중천(中天) 우에 은하수 우에/ 아 ─

소슬한 청홍(靑紅)의 꽃밭"은 하늘나라, 즉 서운니가 가 있을 것이라고 믿는 저승이다. 그곳은 그녀가 상처를 낫게 해줬던 빨간꽃, 파란꽃이 가득 피어 있는 곳, 영원한 삶이 영위되는 곳이다. 마지막 연의 "문 열어라 문 열어라/ 정도령님아."는 그들이 달밤에 손잡고 부르던 구전민요의 후렴구이지만, 이 작품에서는 서운니가 가 있는 하늘나라의 문을 열어달라는 의미로 해석할 수도 있다.

이 시에 표면적으로 형상화되는 눈물 이미지는 '눈물로 적시고 또 적시어도'이다. 죽어가는 서운니를 살리기 위한 간절한 행위가 '눈물로 적시고 또 적시어도'로 표현된 것이다. 소월이 떠나가는 임을 돌려세우기 위해 눈물로 호소했듯이, 죽어가는 사람도 눈물로 호소하면 살아 돌아올 것이라는 간절한 바람이 감지된다.

> 누이야 가을이 오는 길목 구절초 매디매디 나부끼는 사랑아
> 내 고장 부소산 기슭에 지천으로 피는 사랑아
> 뿌리를 대려서 약으로 먹던 기억
> 여학생이 부르면 마아가렛
> 여름 모자 차양이 숨었는 꽃
> 단추 구멍에 달아도 머리핀 대신 꽂아도 좋을 사랑아
> 여우가 우는 추분 도깨비불이 스러진 자리에 피는 사랑아
> 누이야 가을이 오는 길목 매디매디 눈물 비친 사랑아.
> — 박용래의 「구절초」 전문

'누이'라는 호칭은 '누나', '누님'과 함께 많은 시인들이 사용해온 호칭으로써 또래 혹은 손아래의 여자아이, 손위의 여성 등 다양한 층위의 여성을 지칭하였다. '누이'는 원래 혈연으로 맺어진 여성을 의미했지만, 그 의미가 확대되어 타 여성까지 지칭하는 호칭어가 되어버렸다. 시에서 '누

이'는 특히 여성을 정감 있게 부를 때 많이 도입하였는데, 서정주가 어렸을 적 어울려 놀던 여자아이들을 '누이'라고 불렀으며, 나태주가 그랬고, 송수권이 그랬고, 고은이 그랬고, 박용래가 그랬다.

'누이' 하면 가슴이 따뜻해지면서 맑은 눈을 지닌 여자아이가 생각난다. 그 여자아이에게서 촉촉한 눈물 이미지가 환기되는 이유는 무엇일까. 이러한 특성 때문에 시인들은 유년의 어린 여자아이를 '누이'라는 호칭으로 통칭했는지도 모른다. 시인들이 지칭한 '누이'는 모두 범접하기 어려운 신비로움을 지니고 있다. 청초하고 신비로운 '누이'의 분위기는 박용래의 시에서 '구절초'로 환기되기에 이른다.

구절초는 누이 외에 '사랑'으로도 비유되는데, 눈여겨볼 것은 '누이'와 '사랑'에 호격조사 '야'와 '아'를 붙여 '누이야', '사랑아'라고 부른다는 점이다. 제1행과 마지막 행의 시작 부분에 '누이야'를 배치함으로써 두운을 조성하고, 제1, 2, 6, 7, 8행의 말미에 '사랑아'를 배치함으로써 각운이 형성되도록 장치하였다. '아'와 '야' 모음의 반복은 부드러우면서도 정감 있는 분위기를 자아내는 데 효과적이다.

이 시의 표면적인 눈물 이미지는 "누이야 가을이 오는 길목 매디매디 눈물 비친 사랑아."에서 절정을 이룬다. '눈물'이라는 단어를 직접 도입하지 않은 채 울 듯 울 듯 슬픈 분위기를 이끌어오다가 '매디매디 눈물 비친 사랑아'에서 울음보를 터뜨리도록 만든 것이다.

구절초는 가을 산야에 피는 하얀 꽃으로 꽃잎이 불투명하다. 모든 식물이 갈색으로 퇴색되어갈 때 하얗게 흔들리는 작은 꽃은 독보적으로 사랑스럽다. 그러한 가냘픔이 펑펑 울기보다는 눈물이 비쳤을 정도로 울먹거렸다는 형상화와 조응을 이룬다. 시인은 구절초가 사랑스러운 나머지 '누이'라고 부르다가 눈물까지 부르고 만 셈이다. 아름답고 사랑스러운 것은 눈물샘을 자극하면서 깨끗한 정서를 환기시켜준다.

6. 눈물은 시의 양수

어린애같이 순수할 때 눈물이 난다. 순도 높은 기쁨에 당면해서도 그렇고, 몹시 아름다운 것을 보았을 때도 눈물이 난다. 순도 높은 기쁨, 티 없는 아름다움, 순진무구함. 이런 것들은 그 궁극에서 슬픔이라는 양수를 깔고 앉는다.

순도 높은 감정의 자궁에서 시가 태어나며, 이때 태어나는 시는 서정시이다. 서정시는 인간이 시라는 장르로 지칭하며 향유하던 최초의 형식이다. 그리스어로 '리라(lyre)'라는 현악기에 맞추어 노래 불렀다는 것에서 유래한 서정시(lyric)는 음악적인 리듬과도 불가분리의 관계에 있다. 이때 부른 노래는 말로 전할 수 없는 슬픔을 내면화하는 형식이기도 했을 것이다.

서정시는 인간의 영원한 친구이다. 기술문명이 발달하여 인간생활이 변한다고 해도, 인간의 본연은 변하지 않을 것이기에 그 본모습을 지향하는 서정은 사랑받을 수밖에 없다. 고대의 서정시 「황조가」와 「백수광부의 노래」를 읊으며 공감하는 것이 그렇고, 소월의 「진달래꽃」과 「초혼」을 읊으며 슬픔을 정화시키는 것이 그 이유이다.

눈물은 시 중에서도 가장 아름다운 시이며, 가장 설득력 있는 시이다. 돌아서는 임을 되돌릴 수 있는 눈물, 혈연을 애타게 그리워하는 눈물, 변방을 에도는 방외인의 눈물, 어릴 적 친구들의 맑은 눈물. 눈물의 시 깊은 골짜기에는 견고하고도 빛나는 생명이 자란다. 눈물은 나약한 심신에서 유래하지만, 담금질의 궁극에서 강인하고도 아름다운 정신을 만들어낸다. 황금빛 바다가 생명을 키워내듯이 시를 키워내는 시혼의 양수이다.

－『유심』(「시가 지나는 길목」, 2015년 2월호)

삶, 꽃, 그리움의 시학

– 전현숙 시집 『허수아비, 활을 쏘다』

1. 들어가면서

엘리어트T. S. Eliot는 "시의 정의는 오류의 역사"라고 말하였다. 그만큼 시에 대한 정의는 다양하고 광범위해서 누구도 그 실체를 함축적으로 정의하기 어렵다. 그런데도 시에 대한 정의는 계속되어야 하고, 창작도 계속 이루어져야 한다. 선대의 이론가들이 말한 것처럼 시는 그 자체로서 생명력을 지니고 인간의 삶에 영향을 미치기 때문이다.

시는 창작자의 표현 기술에 따라 생명력이 좌지우지된다. 이성의 조작을 통해 내면에서 끓고 있는 감정에 질서를 부여했을 때, 시는 비로소 확실한 존재로 탄생한다. 모든 사람이 시인의 자질을 지니고 있지만, 시인이 될 수 없는 것은 그 표현 기술이 부족하기 때문이다. 하지만 삶의 과정에서 시인이 느끼고 경험한 것들을 향유했거나, 또 향유할 수 있기 때문에 시인이 형상화한 작품세계에 공감하면서 교훈 혹은 미적 쾌락을 얻는 것이다.

전현숙은 서정시인이다. 서정시는 일차적으로 자아 만족적인 기능을 지닌다. 그 역시 일차적으로는 자아 충족으로서 시를 썼을 것이다. 하지만 나아가 자신의 시에 많은 사람이 공감해주기를 바라지 않을 수 없다. 그러한 소망을 실현하기 위해 어떠한 노력을 경수하고 있는지 천착해가기로 한다.

2. 역설의 형상화

시 형상화의 기교적 측면에서 역설은 매우 중요한 위치를 차지한다. 인생 자체가 역설적이며 아이러니하다면, 그러한 삶이 반영되는 시에서 역설적 표현은 아주 자연스럽다. 표면상으로는 역설이 모순되거나 불합리한 것처럼 보이지만, 그 양면적 가치를 대조시키고 초월·극복함으로써 내면적으로 시적 진실을 획득하는 것이 역설이다.

> ① 우리 사이에 벽이 생기면
>   그것을 뚫을 수 있는 것은
>   오직 침묵뿐이라고
>   당신은 말하였습니다
> ② 우리 이렇게 가다가
>   영원히 만나지 못할지 모른다고
>   따스한 눈빛 마주칠
>   공간 하나 만들자고
>   목소리 떨리던 날
>   삶은 충분히 아름다웠습니다
> ③ 침묵만이 소리가 되어 넘나드는

삭정이 가슴 타던 날들
우리 사이에 벽이 생기면
혼절할 슬픔에 대신할
길을 하나 내자했습니다

— 「미로 찾기」 전문

시 「미로 찾기」는 한 연으로 구성되어 있지만, 필자가 임의대로 ①, ②, ③ 부분으로 나누었다. ① 부분에서 "우리 사이에 벽이 생기면"이라는 상황 설정은 순탄치 않은 인간관계를 나타낸다. '벽'이 상징하는 이미지는 '단절'이다. 양방향으로 소통하며 서로를 인식해야 하지만, 피치 못할 벽이 생긴다면 "그것을 뚫을 수 있는 것은/ 오직 침묵뿐이라고/ 당신"이 말한다. 둘 사이에 벽이 생겼을 때 그것을 허물 수 있는 것은 대화이다. 그런데도 침묵만이 벽을 허물 수 있다고 형상화한 부분에서 역설이 발생한다. 이러한 역설은 논리적으로는 맞지 않지만 시적 진실을 형상화하기에 최적의 표현이 될 수 있다.

② 부분 역시 마찬가지이다. 오래오래 벽을 두고 침묵하다가 다시는 못 만날지도 모르니 따스한 눈빛 나눌 공간 하나 마련하자고 말하던 날, 삶이 충분히 아름다웠다고 형상화한 부분이 그것이다. 보편적인 사고를 지닌 사람들이라면 벽을 허물지 못한 채 다른 타협안을 내놓을 수밖에 없는 현실을 어떻게 아름답다고 말하겠는가. 이처럼 객관적·논리적으로 타당하지 않은 말을 즐겨 사용하는 사람이 시인이다.

③ 부분에서는 ①, ②에서 절제하던 슬픔이 실체를 드러내는 형식을 취하고 있다. 긴 침묵이 오히려 소리가 되어 벽을 넘나드는 나날, 혼절할 만큼 큰 슬픔을 대신해줄 길 하나 내자고 다소 격앙된 목소리로 말한다. 여기서 '따스한 눈빛 나눌 공간'과 '혼절할 슬픔을 대신해줄 길'이 무엇을 의

미하는지 정확히 알 수는 없다. 다만 고뇌의 궁극에서 시인이 찾아낸 안타까운 삶의 출구가 아닐까 짐작해볼 뿐이다.

> 누군가
> 단 하루만 사랑해도 된다면
> 그냥, 그냥 말없음으로
> 바라만 보겠습니다
> …중략…
>
> 어쩌다 누가
> 얼굴을 그리라시면
> 난, 난, 나는
> 하얀 백지만 내밀겠습니다
>
> ― 「언중유희 · 2」 부분

시 「언중유희 · 2」 역시 역설적 형상화로써 구조되어 있다. 그것은 사랑하고 싶은 누군가에게 단 하루의 사랑을 허락받았는데도 "그냥, 그냥 말없음으로/ 바라만 보"겠다는 형상화가 그것이다. 제2연에서는 누군가가 얼굴을 그려도 좋다고 허락했지만, 하얀 백지만 내밀겠다고 반어적으로 말한다. 얼굴을 그려도 좋다는 것은 사랑해도 좋다는 또 다른 말일 것이다. 누군가를 연모하면서도 아니라고 말하는 역설적 표현은 낯설게 두드러짐으로써 시의 주제를 명료하게 드러내준다. 시제에서 암시하듯 진실을 거스르는 듯한 이러한 표현들은 마치 언중유희言中遊戲처럼 보인다. 그러나 아닌 척 시치미를 떼고, 거짓말하는 듯한 형상화가 신선한 충격을 담보하면서 진실을 더욱 견고하게 해준다.

또 다른 시 「닫힌 입에는 그리움이 있다」에서는 추석이 되었는데도 고향에 돌아오지 못하는 자식의 입장을 넋두리하듯 변명하는 변 씨 할머니가 등장한다. 하루 종일 잡초를 뽑으며 행여 남들이 뭐라고 할까봐 자식의 입장을 대변하는 할머니의 입에서 쓴 내가 나겠지만, "대문 밖 텃밭에서 온종일 풀을 뽑는 그녀의 닫힌 입에서는 향내가 난다"라고 형상화되고 있다. 그러고 보면 할머니의 넋두리는 할머니의 마음을 헤아린 시인의 넋두리인 셈이다.

인용한 작품 외에도 전현숙의 시에는 역설적 말하기가 많이 도입되고 있다. 역설적 말하기는 시적 화자의 내면을 숨기는 데 최적의 장치가 된다. 곧이곧대로 말했을 때보다 강렬한 뉘앙스로 절실함을 드러낼 수 있기 때문이다. 매우 슬퍼하면서도 슬프지 않다고 시치미를 뗌으로써 체면을 유지하고, 독자는 더욱 슬픈 내면을 인지할 수 있는 것이 역설적 기법이다.

3. 사랑, 그 아름다운 에너지

인간의 감정에서 사랑을 빼버리면 피돌기가 멈추어버린 삭정이에 불과하다. 신을 경외하는 마음, 부모의 희생적인 사랑, 이성에 대한 육체적인 사랑이 존재하기 때문에 인간은 자애를 베풀고, 남을 배려하면서 살아갈 수 있다. 인간의 수많은 감정 중에서 사랑은 가장 포괄적이면서 긍정적인 감정이라고 할 수 있다.

사랑은 크게 세 가지로 분류된다. 그 첫 번째가 아가페적인 사랑이다. 아가페적 사랑은 신이 인간에게 베푸는 사랑처럼 그 깊이나 높이, 넓이, 길이를 측량하거나 감당할 수 없을 정도로 무량하다. 두 번째는 필로아적인 사랑, 즉 철학적인 사랑이다. 끊임없이 뭔가를 추구하고 갈망하지만 결코 채워지지 않는 이성적인 사랑이다. 세 번째는 에로스적인 사랑, 즉 과학적인 사랑이다. 남녀 간의 육체적 사랑이 이에 해당하는데, 50% 대 50%로 균등하게 평행을 이룰 때 자연스럽게 성립된다.

> 살면서 한번쯤
> 누군가의 가슴 아픈 사람이 되어
> 푸른 설렘 하얗게 피우는
> 가시 돋친 꽃이어도 좋겠네
>
> 환한 미소로도
> 수줍은 눈맞춤으로도
> 온전한 그대 담을 수 없어
> 향기 폭탄 터트리는
>
> 죽기 전 한번쯤
> 누군가의 쓰린 가슴에 안겨
> 철 지난 미련에 수혈을 하며
> 붉게 영그는 꽃이어도 좋겠네.
>
> ―「찔레꽃·1」 전문

「찔레꽃·1」은 에로스적인 사랑을 형상화한 시이다. 에로스적인 사랑은 인간이 추구할 수 있는 가장 현실적인 사랑이다. 내가 준 만큼 받고 싶어 하기 때문에 상대방의 관심의 끈이 늦추어지면 노여워하게 되는 사랑이다.

"살면서 한번쯤/ 누군가의 가슴 아픈 사람이 되어/ 푸른 설렘 하얗게 피우는/ 가시 돋친 꽃이어도 좋겠네"라고 한 형상화에는 에로스적 사랑이 빗나간 안타까움과 한恨이 함의되어 있다. 가시 돋친 꽃은 '한을 품은 여인'을 은유하기 때문이다. 그러나 한편으로는 비극적 사랑을 즐기는 카타르시스가 감지되기도 한다.

두 번째 연에서는 환희에 찬 사랑의 노래가 구현된다. "환한 미소로도/ 수줍은 눈 맞춤으로도/ 온전한 그대 담을 수 없어/ 향기 폭탄 터트"린다는 형상화가 그것이다. 하지만 이러한 형상화는 현실상황이 아니라 시적 화자가 꿈꾸는 이상세계에 불과하다. 첫 연의 내용으로 미루어 보아 시적 화자는 이루어질 수 없는, 가슴 아픈 사랑을 하고 있기 때문이다.

세 번째 연에서는 이미 지나가버린 사랑이지만, "철 지난 미련에 수혈을 하며/ 붉게 영그는 꽃이어도 좋겠네."라고 노래한다. '붉게 영그는 꽃'은 찔레꽃의 열매를 지칭한다. 찔레꽃이 하얗게 피고 열매를 맺는 과정을 묘사한 듯하지만, 결국은 찔레꽃의 한살이에 시인의 내면을 투영시킨 셈이다. 시가 세계를 자아화하는 문학 형식이라고 할 때 찔레꽃은 세계가 될 것이고, 시인은 찔레꽃이라는 객관적 상관물을 통해 내면세계를 드러내는 방식이다.

에로스적 사랑은 인간의 삶을 이끌어가는 동력이다. 90세, 100세가 되어도 실현만 하지 못할 뿐, 인간을 존재하게 만드는 자양분으로 작용한다. 때문에 시인들은 동서고금을 통해 에로스적인 사랑의 노래를 읊어왔다. 내면에서 일렁이는 사랑의 욕구를 시라는 형식을 통해 노래하면서 슬픔과 안타까움을 자가 치유해왔다고 할 수 있다.

> 뭔가 할 수 있을 줄 알았다
> 잡초처럼 돋아나는 음울한 미소에
> 습관을 깔아뭉개고 앉은
> 타락 예수들 사이에서

고통 없는 삶을 조롱하는
자존이 방생되어
20세기의 허물 뒤에 숨은
십자가의 성자는
어둠을 내려놓은 뒷골목에 방뇨하며
희망을 말하고 있다

사랑과 자비가 선택한
거룩한 이름 노숙자
외면당한 자유인
그 곁에 한 여인이 울고 있다
성모마리아, 아들을 낳은 여인

― 「노숙자 쉼터에는」 전문

시 「노숙자 쉼터에는」에 등장하는 '타락 예수들', '십자가의 성자', '거룩한 이름 노숙자', '외면당한 자유인' 등의 호칭은 노숙자를 아가페적 사랑의 시선으로 보듬었을 때 붙일 수 있는 이름이다. 이 시는 고통 없는 삶을 조롱하면서 뒷골목에 방뇨하는 행위조차 타락한 예수들만이 할 수 있다는 긍정적 인식을 바탕으로 하고 있다. 종교적 논리에 의하면, 하느님은 잘하는 자, 잘못하는 자 모두를 감싸 안을 뿐 아니라, 인간세상의 규범을 어긴 자들까지도 단죄하지 않는다. 하느님은 "사랑과 자비"로써 인간을 끌어안기 때문이다. 여기서 '사랑과 자비'는 아가페적인 사랑의 다른 이름이다.

이 작품은 21세기의 기술문명이 낳은 부조리를 질타하기도 한다. '습관을 깔아뭉개고 앉은', '20세기 허물 뒤에 숨은', '외면당한 자유인' 등의 형상화가 그것이다. 인간은 다람쥐 쳇바퀴 돌듯 정해놓은 굴레를 돌고 돌지만, 그들은 습관을 과감하게 깔아뭉갰다. 20세기 물질문명의 폐해는 자유의지가 강한 그들을 뒷골목으로 내몬 것이다. 그러나 내몰려서도 그들은 결코 희망을 포기하지 않는다.

십자가에 달린 예수를 안고 눈물을 흘리던 성모마리아는 그들을 위해서도 눈물을 멈추지 않는다. 아가페적인 사랑의 경지에서는 모두가 하느님의 자녀로 환치될 수 있기 때문에 노숙자들에게도 예수와 대등한 자격을 부여한 것이다. 이 시의 세계로 미루어볼 때 전현숙은 대승적인 사고를 지닌 사람이라고 확신할 수 있다. 가족이기주의, 편파적인 사고를 지니지 않은 채 인간 전반의 삶을 이해하려고 애쓰는 자이다. 그러지 않고서는 노숙자들을 이토록 긍정적으로 끌어안을 수 없기 때문이다.

4. 삶, 꽃, 그리움의 시학

전현숙은 이번 시집의 주제를 '삶, 꽃, 그리움'으로 분류해놓고 있다. 시가 우리의 삶을 율어로 표현한 문학 양식이라고 할 때 이러한 분류는 타당성을 획득한다. 시는 곧 인간의 '삶'을 형상화한 산물이요, '꽃'은 삶의 과정에서 정서에 영향을 미치는 주요 인자이며, '그리움' 또한 죽는 날까지 인간 내면의 색채를 견인해가는 감정이기 때문이다.

문학 양식은 인간의 삶을 떠나서 결코 존재하지 못한다. 소설이든, 수필이든, 시이든 자신이 경험한 내용이거나 자신 밖[세계]의 현상 혹은 그 현상에 대한 생각이 표현된 양식이 문학이다. '찔레꽃'의 한 살이를 노래한 듯하지만, 결국 인간 삶의 단면이 채색된 것이 시작품이다.

삶이 누구에게나 관련되는 문제라면, 꽃은 다분히 주관적이다. 전현숙 시인이 꽃에 관심을 두었다는 것은 꽃을 그만큼 좋아하고, 꽃이 삶에서 많은 부분을 차지한다는 의미이다. 시인은 도시문명을 멀리하고 자연과 가까이 살고 있다. 그러다보니 주변에 지천으로 널린 것이 꽃일 것이다. 사람을 만나기보다 꽃을 관찰하고 교감하는 날들이 많았을 터이다. 이러한 까닭이 그의 작품에 꽃이 중요한 항목으로 자리 잡을 수밖에 없는 이유이다.

또 하나의 항목이 그리움인데, 그리움을 사전적으로 해석하면 '보고 싶어 애타는 마음'이라고 정의되어 있다. 시인은 무엇이 보고 싶었을까. 우리는 그 대상을 자칫 '사람'이라고 단정할 수 있지만 그렇지 않다. 지적인 욕구에 대한 갈망, 이상세계에 이르고 싶은 소망이 무엇인가를 기다리는 감정으로 나타나기 때문이다. 그리워한다는 것은 결핍을 보완해줄 수 있는 대상을 갈망한다는 의미이다. 따라서 그리움은 유한한 인간에게 숙명 같은 존재일 수밖에 없다.

원시시대에는 인간도 사물과 같이 즉자卽自적인 존재였다. 그러던 것이 물질문명이 발달하면서 외부 세계에 자신을 비춰 판단하는 대자對自적인 존재가 되었다. 대자적인 존재는 불안과 결핍에 시달리면서 즉자적인 존재로의 회귀를 꿈꾼다. 인간의 그러한 태도가 자연으로의 회귀를 갈망하는 모습이다. 자연은 늘 그 자리에서 즉자적으로 존재하기 때문이다. 꾸밈도 없고, 모자람도 없이 만족한 상태의 자연. 시인이 보고 싶어 하는 대상 역시 그러한 세계일 것이다. 자연과 가까이 살고 있지만, 완전히 합일할 수 없는 결핍의 감정이 그리움의 원천으로 작용했다고 할 수 있다.

5. 나가면서

네트워크 망을 벗어던지고 자연 속으로 찾아든 시인 전현숙, 오랜만의 조우라서 몹시 반가웠는데, 난데없이 시집 해설을 맡아달란다. 몇 년 만에 목소리 들려주면서 겨우 한다는 소리가 이것인가, 반가운 만큼 실망감도 컸다. "에이, 이 사람아, 그런 부탁은 다른 사람한테나 하고, 꽃 얘기, 새 얘기, 나무 얘기나 들려주지 그러나." 그랬음에도 불구하고 그의 시를 읽어갈 수밖에 없었다.

자연과 한 몸이 되어 자연스럽게 사는 이도 시 쓰기는 버릴 수 없는가 보다. 시를 정독하면서 다시 한 번 숙고해본다. 모두 내려놓은 자가 최후의 보루로 끼고 있는 것, '시란 무엇이며, 시인들은 왜 시를 쓰는가?' 무병巫病에 걸려서 내림굿을 하고 무당으로 살아갈 수밖에 없는 사람처럼 시로써 내면을 분출하지 않고는 살 수 없는 사람, 그가 바로 시인이다.

어차피 자연스러워지고자 결단을 내렸으니 시 또한 최대한 자연스러워졌으면 하는 바람이다. 그가 아니면 쓸 수 없는 시, 그의 목소리를 통해 나왔을 때만이 빛을 발하는 시를 기대해본다. 물질문명이 발달할수록 인간의 정서는 피폐해지고 극심한 결핍으로 불안감만 증폭한다. 이러한 시대를 극복하기 위해 시를 쓰지만, 자아충족 단계를 넘어 동시대 사람들이 공감할 수 있다면 무엇을 더 바라겠는가. 전현숙의 시가 그러한 역할을 충분히 해낼 수 있으리라 믿는다.

존재 탐구와 오매일여(寤寐一如)

– 박규리의 시

1. 들어가면서

정체성이 형성되기 시작하면서 인간은 누구나 '내가 누구인가'라는 화두를 짊어지고 살아간다. '나는 이런 사람이었구나.' 생각하다가도 다르게 결론내리기를 수십 수백 번, 그러면서 한 생을 이끌어간다.

박규리의 시 다섯 편 중 세 편에는 존재 탐구에 대한 화두가 밀도 있게 형상화된다. 시 「백척간두」가 그렇고, 「소나무와 화두」, 「해제유감」이 그렇다. 그런가하면, 어머니를 소재로 삼은 시 「어머니」에서는 모든 것을 끌어안는 대지의 모성성이 추구되고 있다. 작품에 등장하는 어머니는 시인의 어머니이면서 대지의 어머니이기도 하고, 우리 모두의 어머니이기도 하다. 「어머니의 오매일여」는 불교에서 언급하는 '동정일여', '몽중일여', '오매일여' 중 가장 고양된 경지라고 할 수 있는 '오매일여'를 구현한 시이다. 시인이 선選한 시가 이러한 경향을 지녔다면, 그가 지향하는 시세계 역시 크게 다르지 않을 것이다.

2. 존재 탐구를 위한 여정

　인간은 누구나 불안과 언짢음, 분노, 실망, 부끄러움 등의 감정을 느끼며 살아간다. 그러한 감정들은 자신을 괴롭히기도 하지만, 한편으론 삶을 추동해가는 동력이 되기도 한다. 실제로 우리의 삶을 이끄는 것은 나약한 존재를 자각하면서 생성되는 결핍의 감정이다. 그러한 결핍, 서러움의 언저리에서 시가 탄생한다. 시는 슬픈 존재로서의 인간을 인식할 때, 그러한 감정을 자양분 삼아 태어나는 것이다.

> 돌이킬 수 없는 세월이
> 너무 오래 되었다 하지 마라
>
> 다시는 돌이킬 수 없는 그 오래된 것이
> 남은 세월을 민다
>
> 이젠 낯빛도 분간할 수 없는 네가
>
> 이 까마득한 간두 끝, 벌벌 떨고 선 나를
> 겁도 없이 민다
>
> ― 「백척간두」 전문

　"돌이킬 수 없는 세월"이 주는 뉘앙스는 슬프다. 하지만 그 세월이 "너무 오래 되었다"고 자책하지 말란다. "다시는 돌이킬 수 없"을 만큼 "오래된 것이" 앞으로의 삶에 긍정적인 영향을 미친다는 의미이다. 지금은 "낯빛도 분간할 수 없"을 정도로 오래된 날들이 드높은 장대 끝에서 떨고 있는 나를 "겁도 없이" 밀어내지만, 미래의 공간은 예측할 수 없이 광대하기만 하다. 자신의 의지대로 삶을 사는 듯하지만, 숙고해보면 바람과 햇빛과 주변의 사물들이 밀어주고 끌어주어 여기까지 왔다. 조화로운 우주의 도움에 의해 내가 존재하는 것이다. 그러한 삶의 원리를 인식하기 때문에 아득한 과거라도 미래와의 연계성을 추측해보는 것이다.

여기서 '돌이킬 수 없이 오래된 세월'과 '낯빛도 분간할 수 없는 너'는 '과거'라는 시간성을 지니면서 슬픔의 감정을 함의한다. 그 시간들은 더 나은 미래를 위해 부단히 노력한 세월일 수도 있고, 감당할 수 없는 상처를 안았던 날들일 수도 있다. 그러한 시간들을 햇빛과 바람으로 잘 버무리면 미래의 삶에 훌륭한 자양분이 될 것이며, 오래된 것에서 얻는 새로움이 될 것이다.

이 작품은 이육사의 시 "하늘도 그만 지쳐 끝난 고원/ 서릿발 칼날 진 그 위에 서다// 어데다 무릎을 꿇어야 하나/ 한 발 재겨 디딜 곳조차 없다"라고 읊은 「절정」과 비슷한 분위기를 지니고 있다. 더 이상 나아갈 수 없는 '고원의 끝'과 '백척간두의 끝'이라는 공간을 상정함으로써 동일 맥락의 뉘앙스를 전달하기 때문이다. 다만, 이육사는 '고원의 끝'을 더 이상 나아갈 수 없는 절망의 끝이라고 절규하고 있지만, 박규리의 '백척간두의 끝'은 '돌이킬 수 없이 오래된 세월'과 '낯빛도 분간할 수 없는 너'가 밀기 때문에 광활한 미래로 나아갈 여지가 존재한다는 점이 다를 뿐이다.

> 어느 날 소나무는 생각했다 나는 왜 소나무일까 아니, 나는 참말로 소나무이기나 한 걸까 어째서 나는 표고버섯도 아니고 구절초도 아니고, 귀뚜라미도 아니고 풀여치도 버들도 아니고 소나무일까… 아무리 생각해도, 생각하면 할수록 궁금하고 궁금해서 한여름 싯푸른 잎 떨굴 생각도 까마득히 잊은 채, 백년을 하루같이 궁리하고 있었는데,

…중략…

아아, 이 뭐꼬? 이 뭐꼬?
아무리 기다려도 늙어죽지도 않는 이 놈!
그, 싯푸른 화두만 머리에 파르라니 인 채,

지금도 저렇게 천년을 눈부시게 청청하다는… 하! 뭐, 그런
　　　　　　　　　　　　　　　　　ー「소나무와 화두」일부

　활엽수들은 가을에 잎이 졌다가 새봄에 잎을 피워 올리지만, 침엽수는
계절의 변화에 영향 받지 않은 채 늘 푸른 모습을 유지한다. 자신을 소나
무로 상정해놓은 화자는 존재를 믿을 수가 없어서 반문을 거듭한다. "나
는 왜 소나무일까 아니, 나는 참말로 소나무이기나 한 걸까 어째서 나는
표고버섯도 아니고 구절초도 아니고, 귀뚜라미도 아니고 풀여치도 버들
도 아니고 소나무일까…" 화두에 골몰하다보니 잎을 소멸시켰다가 새봄
에 틔워야 한다는 사실을 잊고, 백 년 내내 푸른 모습이다.

　제1연에서 낮은 목소리로 조곤조곤 속삭이던 화자는 제3연에 이르러
돌연 "아아, 이 뭐꼬? 이 뭐꼬?/ 아무리 기다려도 늙어죽지도 않는 이 놈!/
그, 싯푸른 화두만 머리에 파르라니 인 채"라고 역정을 내기에 이른다.
늘 푸르고 무성한 소나무를 화두만 머리에 인 채 늙어 죽지도 않는 사람
으로 형상화한 것이다. 여기서 '시퍼런 화두'라고 언급한 부분에 주목할
필요가 있다. 색채이미지에서 '시퍼렇다'는 것은 덜 익거나 다듬어지지
않은 본성을 의미한다. 따라서 '시퍼런 화두'는 많은 세월이 흘러도 깨달
을 기미가 없이 늘 그대로인 모습을 형상화했다고 할 수 있다. '시퍼렇다'
의 반대 이미지는 무르익은 황금색이 될 것이다.

　제1, 2연에서는 함축이나 긴장 등 시적인 요소들을 무시한 채 유장하게

홍얼거리다가, 제3연에 와서는 판소리 대사를 읽는 듯 풍자적이고도 해학적인 측면을 보여준다. 제4연에서는 "지금도 저렇게 천년을 눈부시게 청청하다는… 하! 뭐, 그런"이라면서, 대상과 객관적인 거리를 유시한 채 방임자적인 태도까지 취한다. 이 시는 판소리적 요소인 해학과 풍자, 비아냥거림의 장치를 시작품에 도입함으로써 읽는 재미를 배가시켰다고 하겠다.

　　　　한여름 폭우 뒤

　　　　갑자기 대밭 다시 시끄럽다

　　　　소리 다 버려야

　　　　비로소 소리 제대로 내는 명기 된다 하는데

　　　　며칠이나 지났다고 저리 다시 빽빽이 차올라

　　　　바람보다 더 무량한 바람소리 내고 있으니

　　　　명기는커녕, 악기노릇도 글렀다!

　　　　내 아무리 잠시 속 비웠다 한들, 쯧
　　　　　　　　　　　　　　　　　　　　　　　—「해제유감」 전문

　시 「소나무와 화두」에서 보여주던 풍자와 해학성은 작품 「해제유감」에서도 어김없이 재현된다. "명기는커녕, 악기노릇도 글렀다!// 내 아무리 잠시 속 비웠다 한들, 쯧"이라고 하는 구절이 그것이다. 「소나무와 화두」

의 "하! 뭐, 그런"이나 「해제유감」의 "속 비웠다 한들, 쯧"과 같은 표현은 시에서 찾아보기 힘들다. 따라서 이 시는 판소리적 요소를 도입함으로써 토속적인 사투리의 율동감과 함께 읽는 재미를 획득했다고 할 수 있다.

한바탕 폭우가 지나간 뒤 조용해야 할 대밭이 다시 시끄럽다. 소리를 비워내야 명기가 될 수 있다는데, 대밭은 빽빽하게 우거져 시끄럽기만 하다. 여기서 대밭은 시인의 내면을 환기한다. 마음을 다스려 욕심을 비우고자 노력하지만, 뜻대로 되지 않는 상황을 형상화한 것이다. 현악기의 좋은 재료는 북풍한설을 견디며 마디게 자란 가문비나무라고 한다. 혹독한 환경에서 자란 나무만이 재질이 단단하여 공명이 깊다는 것이다. 단번에 정상을 정복하고자 욕심 부리지 않은 자만이 맑은 기품을 견지할 수 있다는 의미이다.

3. 모성(母性) 혹은 오매일여(寤寐一如)

어머니에 대한 그리움과 사랑은 동서고금을 불문하고 수많은 예술가들의 작품 주제가 되어왔다. 생물학적 관계로서뿐 아니라 우주적인 포용력을 지닌 존재로서 기능해왔다는 의미이다. 어머니의 아늑한 품은 인간뿐만 아니라 모든 동물들의 어미가 지닌 특성이기도 하다.

너에게

나에게

동시에 겨누고 있던 날선 칼날을

거둬들인다

세상이 고요하다

엄마!

—「어머니」 전문

'너'와 '나'라는 대립각이 무너져버린 화해의 자리, 서로에게 겨누었던 칼날을 거둬들인 경지에 어머니가 위치한다. 어머니가 되기 전, 단지 여성일 때는 그런 힘이 없었지만, 생명을 잉태하고 낳아 기르면서 우주적 포용력을 획득하게 된 것이다. 그리고 보면, 생명을 잉태하고 낳는다는 것은 우주를 견인해가는 우주적 활동이라고 할 수 있겠다.

'어머니'라고 부르기만 해도 입이 훤해지고 온기가 돌며, 치마폭에서 포근한 잠을 청하고 싶다. 이러한 감정을 느끼는 것은 대지를 관장하는 어머니의 모성성 때문이다. 어머니의 우주적인 포용력은 대립과 갈등을 거둬들이는 블랙홀과도 같다. 어려움에 맞설 때마다 어머니를 생각하며 눈물을 흘리는 것은 날카로운 감정이 모성의 블랙홀로 녹아들기 때문이다.

이 시는 한 연에 한 행만을 배치함으로써 여백이 제 역할을 충분히 하도록 장치하였다. 한 행을 한 단어 혹은 두 단어로 구성함으로써 시는 한층 간결·명료하며 고요한 분위기를 자아내게 된다. 마지막 연에서 어머니가 아니라 "엄마!"라고 부르며 느낌표로 처리한 것은, 어머니의 존재를 더욱 가까이 받아들이기 위한 기법이라고 할 수 있겠다.

어머니가 잠꼬대를 하신다
가만 들어보니 내게 뭐라뭐라 하신다
마치 생시인 듯
또박또박한 음성으로 나를 나무라신다
나무라다가 이번엔 섧게섧게 흐느끼신다

그 모습 너무도 안타까워 깨우려 다가갔다가
주름진 눈가에 척척히 고인
뜨건 눈물 바라보곤
그만 곁에 쭈그려 앉고 만다

도대체 이 밤 나는 또 무슨 죄를 지었는가

어머니는 꿈속 저 세상에, 나는 꿈밖 이 세상에
영영 따로 있는 줄도 모르고
지극정성 눈물로 나를 꾸짖으시는,

아아, 지금 어머니는 오매일여다
　　　　　　　　　　　－「어머니의 오매일여」전문

　'일여(一如)'라는 단어에서 '일(一)'은 '늘' 또는 '한 가지로'라는 뜻이며, '여(如)'는 '그러하다'라는 뜻이므로, '일여'는 '늘 한결같다', '끊어짐 없이 한결같은 상태를 유지하다'라는 의미가 된다. 화두 드는 것과 관련하여 '일여'를 설명하면, '화두가 한결같이 지속적으로 들리는 상태'라고 할 수 있다. 따라서 '오매일여'란 깨어 있을 때나 잠을 잘 때나 화두가 한결같이 들리는 경지를 의미한다.

　어머니는 "꿈속 저 세상에, 나는 꿈밖 이 세상에/ 영영 따로 있는 줄도 모르고/ 지극정성 눈물로" 꾸짖으며 잠꼬대를 하신다. 그 모습을 지켜본 시인은 "아아, 지금 어머니는 오매일여다"라고 형상화하기에 이른다. 생시에 딸을 나무라던 것처럼 꿈속에서도 나무라고 있기 때문이다. 자신을 나무라고 있는 상황이 유쾌하지는 않을 테지만, 가슴 아픈 정경조차 '오매일여다'라고 능청부릴 수 있는 것이 시인이다.

여식이 나이 들면 어머니를 여인으로서 이해하고 연민하게 된다. 어머니를 연민하는 것은 자신을 연민하는 것이며, 훗날의 자화상을 연민하는 것이 된다. 젊어서는 결코 닿을 수 없는 접경에서 자신을 철저히 인식해 가는 과정이라고 할 수 있다.

4. 나가면서

여름학기 기말 시험지를 채점하다가 공과대학생이 여백에 쓴 편지를 읽게 되었다. 이 과목을 수강하기 전까지 인문학은 쓸모없는 학문이라고 생각해왔다고 한다. 그가 존경하던 공과대학 교수는 "인문학도 학문이냐? 생활에 무슨 보탬이 되느냐?"라고 가르쳤는데, 이번 수강을 계기로 그 가르침이 얼마나 잘못되었는가를 깨달았다는 내용이다.

동일한 맥락에서 문학을 생각해볼 수 있다. 생활에 직접 도움을 주지 않는 문학 또한 한가로운 사람들의 유희라고 비난받을 수 있다. 그러나 전공 지식이 더욱 빛나는 데 기여하는 것은 인문학을 바탕으로 한 비판적 · 객관적 · 합리적인 사고이다. 기계문명을 만들어내고 이끌어가는 주체가 정직하지 못하고 배려심이 없다면, 기계문명은 괴물들에 의해 운용되는 공상 괴기 영화에 불과하다. 우크라이나 영공에서 격추된 말레이 민간 항공기가 그 안타까운 예이며, 세월호 여객선 침몰 사고 과정에서 꽃다운 생명들을 제물로 삼은 선원들의 행위가 바로 그것이다.

이즈음에서 박규리의 시에 의의를 부여할 수 있다. 인간정신의 고양을 위해 자신을 성찰하고 존재를 치열하게 탐구하는 것, 고요하고도 포용력 있는 모성을 지향하는 것, 오매불여의 경지를 갈망하며 수행하는 자세는, 박규리 시의 장점이자 모든 시인이 추구해야 할 가치가 될 것이다.

─『불교문예』(「신작소시집 해설」, 2014년 가을호)

완전한 자유, 순례하는 탐미주의자

– 이종승 수필집 『정갈한 신뢰』

1. 들어가며

이종승 수필가는 필자의 중학교 때 선생님이시다. 소쩍새가 봄밤 내내 울어대던 산골마을에 선생님은 국어교사로서 우리와 조우하였다. 어린 자녀와 사모님과 함께 척박하기만 했던, 그러나 인정만은 풍요로웠던 전북 진안군 주천중학교를 찾아오셨다. 진달래처럼 수줍은 아이들은 선생님으로부터 지식과 지혜와 사랑을 전수받을 수 있었다.

세월은 흘러 사춘기 문학소녀는 중년여성이 되었고, 선생님도 교단을 떠나 여유로운 여생을 보내신다고 한다. 이렇게 재회하게 된 것은 삶의 고개를 몇 굽이 넘어 사십여 년만의 일이다. 참으로 사람의 일이란 예단할 수 없는가보다. 까마득한 과거 속에서 한 의미가 손짓해오기도 하기 때문이다.

선생님의 수필집에 감히 '비평'이나 '해설'이란 말은 붙이지 않으려고 한다. 비평의 시각보다는 인간적인 천착이 더 소중하다고 생각하기 때문이다. 수필을 먼저 읽은 사람으로서 독자들이 작품을 이해하는 데 도움이 되기를 바랄 뿐이다.

2. 진인(眞人)을 찾는 여정

'붓 가는 대로' 쓴 글이 수필이라고 한다. 여기서 붓 가는 대로 쓴다는 것을 쉽게 쓴다는 의미로 받아들이면 안 된다. '시'가 순간적인 영감에 사로잡혀 쓸 수 있는 문학의 갈래라면, 수필은 발효된 삶이 자연스럽게 우러나는 문학이다. 즉, 순조로운 자연의 이법을 닮았다고 하여 수필을 '붓 가는 대로' 쓴 글이라고 정의하지 않았을까 한다. 그렇다면 선생님의 삶의 고리에서 수필은 아주 중요한 자리를 차지하게 되고, 연륜만큼이나 농익은 작품을 생산하게 되리라는 것은 두 말할 나위 없겠다.

선생님의 수필을 개괄해보면, 진인眞人을 찾는 여정이 곧 삶임을 인지하는 작품이 다수이다. 젊은 시절 우리를 가르칠 때도 도덕적인 인간, 베푸는 인간, 정의와 진리를 실천하는 인간상을 역설하시곤 하셨다. 그때나 지금이나 동일한 삶의 철학을 지니고 계시다는 생각에 미소가 머금어진다.

> 그분은 강원도의 오지 학교에서 한미한 학동들을 위해 주머니를 털어 뒷바라지를 했다. 책과 공책을 사들고 가가호호를 방문하여 향학열을 고취해주었다. 시험지를 인쇄하여 고등학교 시험에 낙방한 제자의 집에까지 들고 가서 격려해주었다. 건강이 부실한 제자를 병원에 데리고 가고 주머니를 털어 입원비를 보탰다.
>
> … 중략 …
>
> 둘이는 애주가였다. 내 집의 술이 익으면 아내더러 술상을 차리라 했고, 그의 술이 고이면 자진해서 술상을 주문했다. 눈발이 푸짐하다고, 빗소리가 시원하다고 찾아갔다. 달빛이 휘영청 밝다고 함께 술병을 차고 산마루에 오르고, 마음이 울적하다고 주막으로 갔다.
>
> ―「진인(眞人)을 그리며」 중에서

민중국어사전을 찾아보면, 진인眞人은 '참된 도(道)를 체득한 사람'이라고 언급되어 있다. 인용글에 등장하는 주인공의 행위에서 선생님은 참된 도를 감지한 것이다. 주인공의 행위를 진인의 경지로까지 올려놓은 것은 그러한 행위가 바로 선생님 자신이 추구하던 행위이기도 하기 때문이다. 선생님이 산골의 주천중학교에 계셨던 것처럼, 주인공도 강원도 오지 학교에 봉직했던 듯하다. 당시의 선생님들은, 특히 오지 마을의 선생님들은 지식을 전달하는 교사의 본분을 넘어 아이들의 보호자 역할까지 담당하였다. 이처럼 정의롭고 자애로운 선생님들의 이야기는 미담으로 세상에 회자되고 있다.

삶이 제대로 풀리지 않을 때 가장 먼저 생각나는 것이 선생님이었다. 부모님보다 더욱 죄송스럽고, 부끄러움을 느끼게 한 것이 선생님이었다. 선생님은 가장 큰 의미를 지니고 내 삶을 견인해간 동력이었다. 가난한 학생이 꿈과 현실의 괴리에서 몸부림칠 때 선생님은 구원의 손길을 내밀어주셨다. 행정실 직원까지 열한 명의 선생님이 재직하던 산골학교를 생각하면 지금도 가슴이 뜨거워온다. 제자의 꿈을 위해 주머니를 털어 상급학교 등록금을 마련해주신 선생님, 마른 가슴으로는 결코 그 날들을 회상할 수 없다. 그래서 가끔은 마술에 걸린 듯, 동화나라의 진인들에 대한 이야기를 학생들에게 들려주곤 한다.

선생님이 제자들을 돌보던 것처럼 인용글의 주인공도 학생들을 사랑한다. 그래서 둘은 의기투합하였고, "내 집의 술이 익으면 아내더러 술상을 차리라 하고, 그의 술이 고이면 자진해서 술상을 주문"하면서, "눈발이 푸짐하다고, 빗소리가 시원하다고" 그리고 "달빛이 휘영청 밝다고 함께 술병을 차고 산마루에" 오르곤 하였다. 선생님은 참된 도리를 실천하는 사람이 있으면 기꺼이 같이하기를 원하셨다. 그와 같은 맥락을 지닌 글이

이 수필집에는 다수 등장한다. 선생님의 그러한 행위는 삶의 질을 높여가기 위한 부단한 자기반성, 자기수행의 방법이라고 할 수 있다.

> 성적표는 초라하지만 인성이 고운 두 여학생이 있었다. 우등생보다 더 관심을 두면서 자상하게 보살핀 다음 교문을 떠나보냈다. 둘이서 몇 년이 지나자 여고를 졸업하고, 설날을 맞이하여 술병을 들고 내 집을 찾아왔다. 사양을 해도 자꾸만 세배를 하기에 손길을 잡아주며 고맙고 반가워서 눈물이 그렁그렁한 일이 있다.
>
> 한문을 가르치며 숙제를 못해서 대뿌리로 도맡아 손바닥을 맞는 녀석이 있었다. 그래도 수시로 불러다 남자다운 패기와 견고한 의지가 대견해서 어깨를 토닥여 주었다. 그 뒤로 시내버스 차장을 거쳐 고속 직행의 기사를 거치면서 튼실한 농장주가 되었다. 지명이 넘었어도 지금껏 나를 만나면 얼싸안고 반긴다. 그런 자리에서 제자의 손바닥을 만지며 미안했다고 하면, 오히려 선생님의 극성으로 무식을 면했다고 꾸벅 절을 한다.
>
> —「스승의 그림자」 중에서

공부를 잘하는 것도 좋지만 마음이 아름답거나 남자다운 패기를 지닌 제자도 진인을 추구하는 선생님에겐 소중할 뿐이다. 「스승의 그림자」에서 언급되는 이야기는 「진인(眞人)을 그리며」에 등장하는 주인공의 이야기와 맥을 같이한다. 그래서 두 사람은 살뜰히 아끼고 존경하는 사이가 된 것이다.

선생님은 이 글에서 오천석 선생의 '무명교사를 위한 노래'를 소개하고 있다. "나는 무명 교사를 예찬하는 노래를 부르노라. 전투에 이기는 것은 위대한 장군이로되 전쟁에 승리를 가져오는 것은 무명의 병사로다. 새로운 교육제도를 만드는 것은 이름 높은 교육가로되 젊은이를 올바르게 이끄는 것은 무명의 교사로다." 그렇다. 선생님은 무명의 교사로서 본분에 충실하고자 노력하셨다. 승진에 연연하지 않고, 평교사로서 아이들을 사랑하는 일에 최선을 다하셨다. 그 진인다움이 여유롭고 낭만적인 여생을 열어나가는 동력이 되었을 것이다. 선생님은 인간을 교육시키기보다 인간을 키우는 데 힘을 기울여야 한다. 인간을 사람다운 사람으로 키우는 것, 얼마나 중요하고 어려운 일인가. 그래서 학생들은 참된 도를 실천하신 선생님을 기억하고 흠모하게 되는 것이다.

3. 노장사상의 구현

중학교 시절, 선생님은 가끔 선친의 풍류에 대해 이야기하곤 하셨다. 선생님의 선친은 전형적인 선비로서 풍류를 즐길 줄 아는 분이셨다. 선친의 그러한 행동양식을 그리워하며, 선생님도 닮아가고 있는 듯하다.

하루는 어른들이 집을 비운 사이에 호기심으로 용수의 술을 손가락으로 찍어 먹었다. 그 맛이 신기해서 이번에는 작은 술잔으로 마셔 버렸다. 그 뒤로 어린 것이 술에 취해서 뒤뚱거리다가 이웃 어른들의 눈에 띄어서 웃음거리가 되고 말았다. 부전자전이라고 박장대소를 하는 게 아닌가. 사실 시조의 '세월이 여류하여'로 시작되는 가락을 선친이 가르쳐 주어서 어른들이 시키면 아무데서나 무릎장단을 치고 불러대던 나였으니.

애주를 하신 선친은 삶도 구름에 달 가듯이 지나가셨다. 달이 찢어지게 밝은 밤이면 뒤 산자락 소나무 밑에 도롱이를 깔고 앉아 주전자를 비우며 시조창을 즐기셨다. 모내기를 하는 날에도 일꾼들에게 술잔을 권하고 당신은 논두렁에 앉아 소리를 뽑으셨다. 일가 집을 찾아가면 예외 없이 칙사처럼 술상을 올리었다. 그렇지 않으면 서운하여 '고얀놈'이라고 고개를 돌리셨다. 아무리 괘씸한 사람이라도 찾아와 술잔을 권하며 용서를 구하면 화로의 눈처럼 분노를 녹였다.

—「풍류의 술잔」 중에서

선친이 술을 좋아하니 어머니는 늘 가양주 담그는 일에 최선을 다했을 것이다. 어른들이 집을 비운 하루, 선생님은 술독의 술을 탐닉하다가 그만 취하고 만다. 어린애가 비틀거리며 돌아다니는 모습은 동네사람들의 웃음거리가 되기에 충분했을 것이다. 풍류에는 반드시 음주가무가 따르기에 선친이 시조창을 즐겨 부른 것은 당연한 일이다. 마당 개 삼 년이면 풍월을 읊는다고, 자연스레 선생님도 아버지가 부르는 시조창을 부르게 되고, 동네 어른들이 시키면 부끄럼 없이 큰 소리로 불렀다고 한다. 유난히 눈이 맑은 아이가 시조창을 호기롭게 부르던 모습이 눈에 선하다.

풍류는 유교사상보다는 노장사상의 영향을 많이 받았다고 할 수 있다. 유교사상은 질서와 명분을 중요시한 반면, 노장사상은 자연의 이법에 따르는 삶을 더욱 중요시하였다. 구름에 달 가듯이 거리낌이 없다는 것은 조화로운 자연의 질서에 반하지 않는다는 것을 의미한다. 이러한 삶은 자연을 해치거나 지배할 대상으로 여기지 않으며, 인간 역시 자연의 일부일 뿐이라는 인식이 지배적일 때 실현 가능하다. 이러한 삶의 방식을 자칫 무능하다거나 무책임하다고 생각할 수 있으나 숙고해보면 그렇지 않다. 부드러운 것은 강한 것을 이기고, 일방적으로 옳기만 하고 그르기만 한 것은 존재하지 않는다. 다양성 속에 존재하는 모든 것들은 서로 다를 뿐이다. 유교사상이 흑백 논리에 근접해 있다면, 노장사상은 현대를 풍미하는 해체주의, 즉 다양성을 인정하는 논의에 맥락이 닿아 있다.

고샅길은 인적이 그치고 사립문조차 열려 있다. 집에는 견공이 어슬렁거리고 외양간에는 소가 새김질을 하고 있다. 건너편의 냇가에는 마을 사람들이 멱을 감는 소리가 와자하다. 위뜸에서는 여자들이 진을 치고, 아래뜸에서는 남자들이 진을 진 채. 달은 빙그레 웃으면서 천진스런 동네 사람들을 제 빛살로 어루만지고 있다.

내가 어슬렁어슬렁 계곡의 입구에 있는 정자나무에 이르자 벌써 선발대가 나를 반긴다. 주조장에서 가져온 통나무 막걸리 통을 작대기로 걸쳐 어깨에 멘 조 선생과 김 선생. 솜방망이에 석유를 묻혀서 횃불을 든 최 선생. 석유통을 둘러멘 박 선생. 쟁반에 초고추장과 표주박을 든 이 선생. 그물처럼 널찍한 족대를 말아 쥔 유 선생과 몰이꾼으로 자원한 서무 직원인 박 주사와 김 주임. 차림새는 모두 허름한 막일꾼이나 다름없다.

각설이패를 닮은 무리들은 만나자마자 흥겨워서 웃음소리가 터지기 시작한다. 아마존의 원주민처럼 자연인의 모습이다. 이 산 저 산에서 울어대던 소쩍새가 놀랐는지 애잔스런 울음소리를 그친다. 무리를 지어 쪽쪽쪽 소를 모는 소리로 조잘거리던 머슴새들도 놀라서 입을 다문다. 수풀에서 노닐던 반딧불이가 어지러이 흩어진다. 달빛이 물든 강변의 물줄기만 조용하게 흘러갈 뿐이다.

—「달밤의 천렵」 중에서

인용글은 선생님이 주천중학교에 근무할 당시의 일화를 소재로 하고 있다. 어느 여름, 고적감과 무료함을 달래기 위해 동료들은 운일암반일암에서 달밤의 천렵을 즐기기로 한다. '천렵'이란 물 좋은 냇가에서 고기를 잡아먹으며 유흥을 즐기는 것을 말한다. 시골사람들은 농번기가 끝나거나 마을의 단합이 필요할 때면 물가에 나가 천렵을 하였다. 유년 시절 그 잔치에 끼어들어 맛있는 음식을 얻어먹었을 뿐 아니라, 어른들의 가무를 호기심어린 눈으로 훔쳐본 일이 있다. 그처럼 재미있는 천렵을 달밤에 한다면, 그 낭만은 배가되기에 충분했을 것이다.

첫 문단에서는 산골마을의 밤풍경이 문학적으로 묘사되고 있다. 도둑이 없기 때문에 사립문은 밤낮으로 열려 있고, 집집마다 개나 소, 돼지 등을 한 마리씩은 키우고 있다. 땀 흘려 일한 저녁에는 어른아이 할 것 없이 냇가에 나와 목욕을 하였다. 마을을 휘돌아 흐르는 냇물의 어느 지점에는 남정네들이 모이고, 다른 지점은 아낙들의 전용 목욕 장소였다. 가끔은 암묵적인 합의를 깨고, 짓궂은 청년들이 여자들 목욕 장면을 훔쳐보거나, 옷을 가지고 달아나기도 하였다. 아득한 구비 전승 속에나 등장할 만한 이야기이다.

일행은 솜방망이 횃불과 초고추장, 족대, 막걸리를 준비함으로써 달밤의 천렵을 즐길 준비가 완벽히 갖추어졌다. 선생님과 동료들은 달밤의 흥취에 젖어 가식 없는 잔치를 벌였을 것이다. 혹여 껄끄러운 일이 있었을지라도 물에 흘려보내고, 새로운 날을 맞이했을 것이다. 자연인이 되었을 때 용서하지 못할 일은 없기 때문이다. 그러한 정경이 아름다워 보였는지 소쩍새와 머슴새도 숨을 죽였다. 풀숲에 어지러이 반딧불이가 춤을 추고, 계곡물만이 소리 없이 흘러갈 뿐이다.

4. 탐미주의자의 변(辯)

예술은 아름다움에 대한 탐구에서 시작된다. 탐미주의자의 시선을 지니지 않고는 예술가로서의 자격이 없다는 의미이다. 어느 예술가인들 그렇지 않으랴마는 이번 작품을 탐독하면서 아름다움을 추구하는 데 혼신을 다하고 있음을 알게 되었다. 지적인 호기심 또한 아름다움에 대한 탐구와 맥락이 닿아 있다. 수필가의 눈에 포착된 아름다운 것들, 새로운 것에 대한 호기심은 단순한 호기심을 넘어 그것을 찾아가는 여행으로까지 이어진다. 좋은 책을 발견하면 밑줄까지 그어가며 행간에 내재해 있는 의미를 놓치지 않는다.

다음 글은 김기철의 『고향이 있는 풍경』에서 발췌한 문장이다.

> "개구쟁이 아이들이 그냥 천진난만하게 뛰놀기만 해도 천상의 낙원으로 변할 것 같다. 비록 누추한 늙은이가 비틀거리는 걸음으로 그 안에 들어가 앉아 졸고 있다고 해도 이번에는 그 노인들이 신선으로 비칠 것이 분명하다."
>
> 으아리꽃을 보다가 "살이 베일 정도로 상큼하게 다려 입은 여인의 모시치마저고리도 이처럼 청량한 느낌을 주지 못할 것이다."라고 하였다.
>
> "나는 지금 달개비 꽃 한줌을 작은 화병에 꽂아 놓고 입을 벌리고 앉아 있다. 우화등선이라는 것이 바로 이런 경지인가! 마치 생동하는 꽃의 정령들이 한데 어울려 군무를 추는 것 같기도 하다."
>
> ─「향기로운 야인」 중에서

인용글의 저자는 번역문학으로 문명을 날렸지만, 초야로 들어가 도자기를 빚고 수필을 쓰며 은거하고 있다. 산업화되기 이전, 우리들이 건너온 고향의 모습을 재현하려는 듯 돌담을 쌓고, 맨드라미와 들국화를 가꾸며, 들꽃으로 왕관을 만들기도 하고, 알밤을 주워 이웃에게 나눠주기도 한다. 가마솥에 이밥을 지어 잔치를 벌이고, 자신이 키운 무공해 작물로써 식탁을 꾸민다. 선대의 할아버지들이 사랑방에서 나그네를 대접하였듯, 그러한 풍속도를 구현하며 살고 있다. 그와 같은 삶을 추구하는 분이기에 글에서도 천진함이 묻어난다.

첫 문단에서는 천진한 아이들이 뛰어노는 공간이 천상의 낙원인바, 누추한 늙은이가 졸고 있다 해도 신선으로 보일 것이라는 형상화이다. 인간의 욕망이 배제된 자연의 공간, 이곳이 바로 무릉도원, '샹그릴라'이다. 영국의 작가 제임스 힐튼James Hilton이 1933년에 펴낸 『잃어버린 지평선(Lost Horizon)』이란 소설에서 이상향으로 설정된 공간 샹그릴라. 히말라야 설산 어딘가에 자리하고 있다는 샹그릴라는 인류의 이상향으로 인식되어왔다. 100살이 되어도 40대의 건강을 유지할 수 있고, 일상의 근심과 고통으로부터 해방되는 공간이 바로 샹그릴라이다. 수필가가 꿈꾸는 곳이 바로 그런 공간이 아닐까 한다.

수필가의 촉수는 으아리꽃에서 모시치마저고리의 청량함을 발견하기도 하고, 달개비꽃잎에서 꽃의 정령들이 군무를 추는 모습을 상상하기도 한다. 여기서 우리가 주목해야 할 것은, 그처럼 아름다운 문장을 짚어내는 이종승 수필가의 심안心眼이다. '아는 만큼 보인다'는 말이 있듯이, 아름다운 문장을 포착할 수 있는 것은 수필가의 내면이 아름답기 때문이라고 말할 수 있기 때문이다.

> 5월 어느 날엔가 혼자서 산행을 하다가, 호젓한 산장에 드는 정감으로 이 여사에서 하룻밤을 보낸 일이 있다. 그런데 새벽을 맞는 분위기에 신들린 듯 반해서, 매년마다 몇 차례씩 성지를 순례하는 의식으로 찾아가고 하였다. 부푼 기대를 안고 방문하는 시기는 5월이 대부분이다. 그때가 가장 화려한 잔치로 새벽을 열어주므로. 어쩌다 간혹 들어서는 나그네이지만 안주인은 조선의 선비라도 모시는 양 지순한 인정으로 반긴다. 주인이 안내하는 동편의 객창에 자리를 잡으면 깔끔한 자리가 덮인 목침대가 있고, 사면의 유리창은 파르스름한 커튼으로 가려져 있어서, 나 같은 범부가 머물기엔 호사스럽기까지 하다. 산채에 머루주를 얹은 저녁상을 물리고 가벼운 목욕을 한 다음, 촛불을

밝혀 놓고 시를 읽다가 일찍 잠자리에 든다. 새벽 잔치를 온전하게 누리려면 조심스런 예비가 있어야 하겠기에……

—「새벽이 열리는 집」 중에서

이 글을 읽다보면 지극한 탐미주의자의 내면세계가 들여다보인다. 새소리를 탐닉하기 위해 예비 의식을 치르는 모습이 자못 경건하기까지 하다. 고대의 제사장이 의식을 치르기 며칠 전부터 몸과 마음을 정결히 지닌 것처럼, 목욕을 하고 시를 읽다가 기도하는 마음으로 잠자리에 든다. '그러면 신통하게도 내가 눈을 뜨는 시간에 산새들도 합창을 시작한다. 산새들에게는 신령스런 영감 아니면 어떤 묵계라도 있는가 보다.'(「새벽이 열리는 집」) 새벽 새소리를 듣기 위해 그곳을 찾은 것처럼, 이종승 수필가는 아름다운 사람이 살고 있거나, 아름다운 풍경이 펼쳐지는 곳이라면 어디든 마다하지 않았다. 수필가의 그러한 행적을 '순례하는 탐미주의자'라고 이름 붙여도 손색이 없을 것이다.

5. 나가며

고독이 넉넉해야 큰 뜻을 지닐 수 있고, 고독이 넉넉해야 위대한 일을 생각할 수 있다면, 고독은 인간에게 해로운 요소가 아니라고 하겠다. 특히 예술가들에게는 고독이 명작을 탄생시키는 중요한 시간이 될 수 있다. 하지만 예외가 있다. 이종승 수필가는 한 번도 고독을 노래하지 않았다. 그의 글들을 보면 아름다운 인간관계를 지향하고, 그 관계 속에서 베풀면서 풍류를 즐기는 모습이 주로 형상화된다. 그렇다면 고독해야 글을 쓸 수 있다는 말은 수정되어야 하지 않을까?

선생님의 글에는 아름다운 일들, 미더운 일들만이 향기롭게 묘사되어 있다. 선생님은 참으로 아름다운 사람, 아름다운 사람을 사랑하는가 보다. 그러니 주변에 삭막한 세상사가 어른거리지 않을 수밖에. 이런 생각들을 하면서 마음이 한결 놓이고 푸근해진다. 여생을 윤택하게 보내시기 때문에 걱정할 것이 없기 때문이다. 부디 사모님과 자녀, 그리고 제자들, 지인들과 아름답고 건강한 삶을 가꾸어 가시기 바란다.

소의 비유를 통한 자아 찾기

– 오형근 시집『소가 간다』

1. 들어가기

오형근 시인은 계간 《불교문예》로 2004년 4월에 필자와 같이 등단한 등단 동기이다. 인사동 조계사의 현대불교문학상 시상식장에서 신인상을 수상할 당시 혜문스님과 손진수, 오형근이라는 이름을 똑똑히 기억하고 있다. 그후 혜문스님은 국외로 밀반출된 문화재 찾기 운동에 전념하는 것을 텔레비전을 통해 알게 되었고, 손진수 시인 또한 만나지는 못하지만 시 쓰기에 최선을 다하리라고 생각한다. 세 사람의 등단 동기 중 유일하게 교류하는 사람이 오형근 시인이다.

오형근 시인은 말수가 적고 사람 앞에 나서기를 싫어해서 눈에 잘 띄지 않는 사람이다. 중등 교단에서 오랫동안 학생들을 가르치며 체득한 정직성과 치밀함은 소리도 없이 큰일을 해내는 장점이 되어 현대불교문인협회의 사무국 일을 빈틈없이 해내기도 하였다. 그의 성실함은 유난히 작은 눈과 연계되어 내게 각인된 이미지이다. 우리는 협회의 주요 행사에서 맡은바 일을 수행하면서 격려와 응원을 아끼지 않았다.

오형근 시인의 이번 시집은 「소」 연작 46편과 「無題」 연작 10편으로 구성되어 있다. 왜 '소'와 '無題'인가? 「소」를 연작으로 쓰게 된 것은 소가 지닌 함의들이 마음에 들었기 때문일 것이다. 소를 닮고 싶은 간절함이 소의 생태미학을 애정 어린 시선으로 형상화하게 되었을 것이라는 생각이다. 그렇다면 '無題'는 또 무엇인가. 무제는 제목을 붙이지 않겠다는 것인바, 이것은 곧 있음이 없음이요, 없음이 있음이라는 불교적 가르침의 영향이 아닐까 생각한다. 구태여 시에 제목을 붙일 필요가 있겠느냐는 '비움'의 철학이 반영된 것이다.

2. 소의 비유를 통한 자아 찾기

심우도는 인간의 본성을 소로 비유하여 목동이 잃어버린 소를 찾는 과정을 열 단계로 그린 선화禪畵이다. 소(본성)를 찾기 위해 산속을 헤매던 목동은 마침내 도를 깨닫게 되고, 마침내는 이상향에 도달한다는 내용을 담고 있다. 많은 동물 중에서도 소를 인간의 본성에 비유한 이유는 무엇일까.

서정주는 마지막 시집 『80소년 떠돌이의 시』에서 황소를 이렇게 형상화하고 있다. "내 어린 눈에 처음 뜨인 이 나그네는/ 아주 점잔하고 깨끗하고 믿음직해서/ 우리 집의 누구보다도 더 어른다워 보였다./ 여름밤엔 마당가의 모깃불 옆에서/ 풀을 먹으며 새김질을 하다가는/ 한숨을 후우 내쉬었는데/ 이것은 할머니 것보다도 훨씬 크고 높아서/……/ 그가 사실은 우리 집 주인인 것만 같았다./ 이 세상 사람들과 가축들 중에서/ 가장 구리지 않은 푸른똥을 누던 소"(「우리 집의 큰 황소」).

서정주의 증언에 의하면, 할머니는 집안을 일으켜 세운 장본인으로서 집안사람 모두의 존경을 받았다고 한다. 그런데 시「우리 집의 큰 황소」에 등장하는 황소는 할머니의 권위보다도 높은 자리에 위치한다. 뿐만 아니라 세상에서 가장 구리지 않은 푸른똥을 누는 동물로 환기되고 있다. 이러한 인식은 서정주뿐만 아니라 그 시대 대부분 사람들의 공통된 인식이었을 것이다. 산업화 이전의 농경사회에서 소가 차지하는 비중과 역할은 대단했는바, 농사일을 도우며 삶의 희비를 나누는 가족의 일원으로 인식되었기 때문이다. 예로부터의 이러한 인식이 인간의 본성에 대한 소의 비유를 탄생시키지 않았을까 생각한다.

> 그리움마저
> 죄가 될 줄이야
>
> 누렇게 타버린 소
>
> —「소 1」 전문

한국의 토종 소는 검정색과 누런색이 호피무늬처럼 얼룩진 '칡소'였다. 박목월이 1930년에 작사한 동요 '얼룩송아지'에서의 '얼룩소'도 칡소를 지칭한 것이었다. 그런데 일제강점기에 토종 한우의 씨를 말리고자 누런 소를 권장·보급시켰다고 한다. 이 사실을 말해주는 이 없으니 후대 사람들은 누런 소를 한우라고 믿으며 살아왔고, 우리의 정서 깊은 곳 역시 누런 소가 차지하게 된 것이다.

1960~70년대 아이들은 학교에 다녀오면 소꼴을 베기도 하고, 소를 몰고 다니며 풀을 뜯겼다. 담력이 센 아이들은 소잔등에 올라앉아 호기를 부리기도 했는데, 그러한 모습은 한 폭의 그리움으로 남아 있다. 그러나 인용시가 형상화하는 "그리움마저/ 죄가 될 줄이야"에서의 그리움은 그

런 종류의 그리움이 아니라, 삶의 과정에서 생성되는 감정이라고 할 수 있다. 그리움을 사전적으로 해석하면 '보고 싶어 애타는 마음'이라고 정의된다. 여기서 그리움의 대상을 자칫 '사람'으로 한정할 수 있는데 꼭 그렇지만은 않다. 지적인 욕구에 대한 갈망, 이상세계에 이르고 싶은 소망은 무엇인가를 기다리는 감정으로 나타나기도 하며, 이때의 기다림은 그리움으로 환기될 수 있다. 따라서 유한하고 결핍된 인간에게 그리움은 숙명 같은 것일 수밖에 없다.

시인은 왜 그리움마저 죄가 된다고 형상화했을까. 그리워한다는 것은 무엇인가를 욕망하는 마음이다. 따라서 비움(空)을 추구하는 종교적 관점에서 생각하면 죄가 될 수도 있을 것이다. 비운다는 생각마저도 비워야 하는 진리 추구의 과정에서 인간은 늘 죄인일 수밖에 없다. 그리하여 부끄럽고 송구한 마음은 누렇게 타버리고 말았다. 소의 털빛을 누렇게 타버린 부끄러움으로 환기한 것이다.

소의 눈은

노승만이
낚싯줄 드리울 수 있는

호수

—「소 9」전문

유사 이래 시인들은 크고 맑은 눈을 호수에 비유해왔다. 소는 유난히 크고 순박한 눈빛을 지니고 있다. 마음속에 티끌이 있는 사람은 만들어낼 수 없는 맑고 평온한 호수이다. 이렇게 맑고 깊은 호수에 누가 감히 낚싯줄을 드리울 수 있으랴. 평생을 수행 정진해온 노승이라면 몰라도 말이다.

이 시는 절차탁마의 흔적이 깊다. 소 눈을 '노승만이 낚싯줄 드리울 수 있는 호수'라고 은유한 기교가 참으로 눈부시다. 소 눈을 '호수'라고 형상화할 사람은 더러 있을 것이다. 그러나 '노승만이 낚싯줄 드리울 수 있다'는 형상화는 오형근만의 사유라고 장담할 수 있다. 소에 대한 깊은 천착이 없었다면, 그리고 자신에 대한 오랜 성찰이 없었다면 결코 표현해낼 수 없는 형상화이다.

> 선한 의지도
> 때가 아니면 꺾이는구나
>
> 벼락 맞은 못난 소의 뿔
>
> ―「소 14」 전문

앞에서 기술했듯이, 소는 불교적·도교적 관점에서 많은 의미를 함의한 동물이다. 그처럼 신성하고 선한 동물이 벼락을 맞는다는 상상은 꿈에서조차 할 수 없다. 그러나 시인은 소의 뿔이 뭉그러지고 비뚤어진 것이 벼락을 맞았기 때문이라고 형상화하고 있다. 벼락하고 거리가 먼 소가 벼락을 맞았다는 형상화는, 선한 의지도 때가 아니면 꺾일 수밖에 없다는 형상화와 대응을 이룬다.

삶이란 예측할 수 없는 길이다. 의지를 세웠다고 해서 뜻대로 되는 것도 아니고, 착한 일을 했다고 하여 부자가 되거나 권위 있는 사람이 되지도 못한다. 누가 삶 앞에서 장담하며 큰소리칠 수 있단 말인가. 그리하여 우리는 때로 기뻐하고, 때로는 좌절하면서 삶이라는 고해의 강물을 건넌다. 시인 역시 인간이기 때문에 희로애락을 겪으며 삶을 견인해왔을 것이다. 그러한 절망감이 "선한 의지도/ 때가 아니면 꺾이는구나"라는 형상화를 낳은 것이다.

결코 길지 않은 시구에 깊은 절망과 탄식과 슬픔이 내재되어 있다. 선한 의지로써 뜻을 세웠으나 때를 잘못 만나 이루지 못했을 뿐 아니라, 악한 사람을 징벌한다는 벼락까지 맞는 지경에 이르고 말았다. 여기서 벼락 맞은 소는 시인 자신이다. 뜻을 세웠으나 여지없이 뭉그러지고 만 시인의 자존심이 못난 소의 뿔로 환기된 것이다. 자신이 못났다는 사실을 여실히 들여다볼 때처럼 참담하고도 부끄러운 일은 없을 것이다.

> 소가 간다
> 눈 감고 간다
> 감아야
> 길 환하게 보인다
>
> 아파서
> 잘 보이는
> 길
>
> ─「소 41」 전문

생물체에게 눈은 세계, 즉 타자를 조망할 수 있는 기관이다. 눈이 볼 수 있는 대상은 사물이거나 더욱 확대하자면 자연이다. 하지만 눈을 감으면 불가시의 세계, 영혼의 세계까지 볼 수 있다. 눈을 감는다는 것은 사색한다는 것이고, 사색에 들어가면 불가시 세계의 온갖 물상과 마음들이 보인다. 물리적 세계의 모습은 눈을 떴을 때 볼 수 있지만, 삶의 길은 눈을 감고 명상에 들었을 때 더욱 훤하다.

눈을 감아야 길이 훤하게 보인다는 형상화와 함께 "아파서/ 잘 보이는/ 길"이라는 형상화는 애상을 자아낸다. 아파보지 않은 사람, 즉 시련을 겪어보지 않은 사람은 삶의 깊이를 인지하지 못한다. 안타깝게도 삶의 깊이는 직접체험으로만 터득할 수 있기 때문이다. 절절하게 아파보지 않은 사람은 슬픔이 승화되어 만든 길을 알아보지 못하고, 이해하지도 못한다. 한이 승화되었을 때만이 열리는 사람의 길, 해탈의 길에서 만나는 아름다움은 무엇보다도 훤할 것이다.

3. 제목 없는 시

시에 일일이 제목을 붙여야 한다는 것은 곤혹스러움을 낳기도 한다. 자신의 감정을 자유롭게 피력하면 되었지, 꼭 제목을 붙여야만 하는가. 선대의 시인들도 '무제'라는 제목 하에 시를 쓴 사람이 많다. 그들이 '무제'라고 이름붙인 시를 살펴보면, 형식적인 측면이나 내용적인 측면에서 시가 요구하는 규정을 벗어나 있는 것을 알 수 있다. 즉, 시론이 요구하는 긴장이나 함축, 상징, 이미지, 비유 등에 구애받지 않는다는 뜻이다. 오형근의『무제』연작 역시 그러한 맥락에서 크게 벗어나 있지 않다.

> 잘, 밀봉되어있어서난살아갈수있네내안의험악한생각들나도놀라고
> 마는끔찍한상념들이겉으로는나타나지않아남들은눈치채지못하네그
> 것들내밖으로터져나오기만하면으 으으, 악!
> 　나는늘감사하고있네.
> 　흐흐웃네.
> 　　　　　　　　　　　　　　　　　　　ー「무제 3」 전문

인간은 선과 악을 동시에 지닌 채 가면을 쓰고 살아간다. 특수한 상황에서 선이 활성화되면 좋은 사람으로 평가받고, 악이 활성화되면 나쁜 사람으로 평가받게 되는 것이다. 하지만 특정한 가면을 쓰고 있을 때라도 내면에 잠재해 있는 본능의 얼굴을 자신은 적나라하게 인지할 수 있다. 그래서 밖으로 나오지 못하도록 꼭꼭 숨겨놓고는 그 험악함의 위력에 흠칫흠칫 놀라기도 하는 것이다. 이 시는 내면에 들어찬 사악함을 극대화시키기 위해 띄어쓰기까지 무시하고 있다.

속내를 혼잣말로 중얼거리는 형식을 취하고 있는 시는, 잘 밀봉된 내면에 감사해하다가도, 그것들이 터져 나오는 순간을 상상하면서 비명을 지르기도 하고, 남들을 완벽하게 속였다는 생각에 이르면 음흉한 웃음을 짓기도 한다. 적당한 가면은 인간생활에서 꼭 필요하다. 때와 장소에 어울리게 가면을 썼을 때 교양 있는 사람, 예의바른 사람이 되는 것이다. 때와 장소를 안 가리고 본능이 시키는 대로 행동한다면 세계의 질서는 파괴되고 말 것이다.

> 자살한 사람이 남겨 놓고 간 개를 구조했다는 소식을 듣고 엉뚱하게도 오래전에 일기장들을 태울 때 남겨 놓은 그 일기장을 마저 태워 버려야겠다고 생각하는 것이다, 은근슬쩍.
>
> ―「무제 10」 전문

유품은 기려야 할 유품이 있는가 하면, 남기지 말았어야 할 유품이 있다. 자살한 사람이 두고 간 개는 주인을 잃고 비참한 생활을 이어갔을 것이다. 요즘은 동물보호단체의 구조 활동이 활발하여 많은 유기견이 구조되지만, 방치된 개들의 야생에서의 삶은 비참하기 그지없다. 시에 등장하는 개는 남기지 말았어야 할 유품이 아니라, 죽지 않고 책임졌어야 할 가족이었다. 시인의 상상력은 엉뚱하게도 태우다 만 일기장을 마저 태워야 겠다는 데 이른다. 남은 일기장이 산 사람들에게 어떤 존재가 될는지 걱정스러웠던 것이다. 한때 자신의 진솔한 삶을 기록한 일기장이 남은 사람들에게 동일한 의미로 남는다는 보장이 없기 때문이다.

이 시를 읽으며 소중하게 간직했던 일기장을 태운 기억이 떠올랐다. 꼭꼭 싸맨 보따리를 어머니께 맡겨놓았다가 끝내 안심이 안 되어 마당가에 쪼그리고 앉아 태웠던 기억. 죄 지은 일도 없이 죄가 될지 모른다는 불안감이 부른 참극이었다. 시인도 그와 같은 맥락에서 일기장을 태우려고 하지 않았을까.

4. 나가기

오형근 시인은 불심이 깊은 사람이다. 그의 생각과 말과 행동에서 부처의 가르침을 보는 것은 어려운 일이 아니다. 따라서 시집의 제목 『소가 간다』는 아주 그다운 발상이라고 하겠다. 소는 걸음걸이가 여유롭고, 속세의 티끌이 묻지 않은 순박한 눈을 지니고 있다. "마음 한 귀퉁이에 소를 키운 지 30년이 넘는다."고 말하는 소, 오형근. 그가 천착해가는 삶의 길이 시작품으로 형상화되어 빛을 발한다.

소가 가는 길, 이것은 오형근 시인의 길일 뿐만 아니라 진솔한 삶을 살아가고자 하는 사람들의 길일 것이다. 소와 함께 걸어가는 시인의 길이 훤하기만을 바랄 뿐이다.

강진의 신화 쓰기

– 김해인 시집『강진시문학파기념관』

1. 들어가는 글

    김해인(본명 김재석) 시인을 만난 것은 2011년 만해축전 기간 중 만해마을에서이다. 같은 문예지로 비평가와 시조시인이 된 우리는 축전 기간 중 많은 부분에서 교감을 나누었다. 남도의 정 깊은 사투리를 감칠맛 나게 구사하는 그는 눈이 큰 사슴을 연상시키는 인물이었다. 목포에서 고등학교 영어교사로 재직하다가 2012년에 명퇴하고 지금은 전업시인의 길을 걷고 있다.

    그가 시집『강진시문학파기념관』을 출간한다고 하면서 해설을 부탁해 왔다. 1993년 첫시집『까마귀』를 낸 이후 그는 시조집을 포함해 무려 열여덟 권의 시집을 발행하고 있었다. 자서를 읽는 동안 얼마나 무섭게 시 창작에 몰입해왔는가를 알 수 있었다. 그것은 애정을 넘어 강박증적 집착에 가까운 것이었다. 하루 종일 학생들을 가르치면서도 시가 물밀 듯이 밀려와 서랍 속에 똬리를 틀곤 했다는 것이다.

    '앞산의 여우도 죽을 때는 고향으로 머리를 둔다.'는 말이 있다. 하물며 사람이라면 고고성을 울린 산하를 어찌 잊을 수 있겠는가. 그리하여 시인들은 고향에 대한 시를 많이 써왔다. 대표적인 예로 서정주의 『질마재 신화』를 늘 수 있다. 그는 고향 질마재의 사람들과 전승되는 이야기, 동식물에 이르기까지 고향마을 공간을 신화적으로 재탄생시켜 한 권의 시집으로 엮은바 있다. 오직 한 고장의 이야기로만 한 권의 시집을 구성했다는 측면에서 『강진시문학파기념관』은 『질마재 신화』와 공통분모를 지닌다.

『강진시문학파기념관』이란 제목이 암시하듯이, 김해인 시인의 이번 시집은 고향 강진의 이야기로 일관되어 있다. 시인의 강진 사랑은 유달라서 시조집 『다산』을 비롯하여 대부분의 시집과 시조집들이 고향을 특징짓는 내용들로 구성되어 있다. 그러나 그가 처음부터 이 같은 작품만을 쓴 것은 아니다. 시집 『샤롯데모텔에서 자고 싶다』, 『달에게 보내는 연서』 등 초기의 작품들은 서정시인다운 면모를 많이 지니고 있다.

심리학적 관점에서 살펴보면, 인간은 나이 들수록 고향을 그리워하게 된다고 한다. 그것은 자신이 태어난 곳, 즉 어머니의 자궁으로의 회귀를 꿈꾸는 인간의 본능이라고 할 수 있다. 그러한 견지에서 중기 이후 드러나는 시인의 고향 인식은 지극히 당연하다고 하겠다.

2. 자연공동체 인식, 그리고 나

시집의 첫 장에는 「시론」이 안배되어 있는바, "언어의 연금술이 은유라는 걸" 뒤늦게 깨달은 사실에 대해 언급하고 있다. "진흙소인 해가/ 우주의 시계인 달이/ 해와 달의 자식인 별들이/ 몸으로 보여준 것을/ 깨닫지 못했다니// 구름이 밤낮으로 보여준 것을/ 몰랐다니// 아버지가/ 어머니라는 백지에 갈겨놓은/ 문장이 나인 것 또한// 나의 연서를 받은 살구꽃이/ 내게 보낸 답장이/ 황금의 열매인 것을" 그리고 "시가/ 은유의 자식이라는" 것을 깨닫게 되었다는 것이다.

시의 내용이 사실이라면 시인은 시의 실체를 보고, 만지는 경지에 이르렀다고 할 수 있겠다. 많은 시인들은 시를 쓰면서도 시가 무엇인지 모른다고 한다. 그만큼 시는 한 마디로 정의하기 힘들고, 실체를 잡기 어려운 생성자이다. 그런데도 시인은 '언어의 연금술은 은유이며, 시는 은유의 자식'이라고 정의하기에 이른다. 왜 그런가에 대한 구체적인 해답은 해와 달과 별 그리고 어머니와 아버지, 살구꽃과 민들레 등 우주 만물과 '나'와의 관계망 인식에서 찾을 수 있다. 나는 독자적인 내가 아니며, 우주 인드라망의 일부로 존재한다는 인식이 그것이다. 이러한 인식을 지니는 순간 시 또한 나와 다르지 않다는 것을 깨닫는 것이다.

시인은 세상의 존재자들을 과학적인 언어로 규명하지 않고, 은유의 관계로써 말하고자 한다. "아버지가/ 어머니라는 백지에 갈겨놓은/ 문장이 나"라는 구절을 논리적으로 해석하면, 아버지와 어머니가 결혼해 성관계를 맺음으로써 내가 태어나게 되었다고 말해야 맞을 것이다. 그러나 그는 어머니라는 백지에 아버지가 휘갈긴 문장이 바로 나라고 말하고 있다. 그래서 '나'라는 인간은 아버지의 글 쓰는 능력에 따라 정체성이 형성되고 변모할 수 있다고 강조한다. 이러한 은유가 바로 시이며, 세상의 이법은 이러한 은유의 고리로 연결되어 있다는 인식이다. 이와 같은 인식에 다다르기까지 많은 고뇌의 시간이 필요했을 것이다. 기나긴 사유의 시간 없이는 닿을 수 없는 경지이다. 이즈음에서 우리는 시집의 첫 장에 「시론」을 안배한 이유를 짐작할 수 있겠다. 이 시집은 바로 이와 같은 시론을 근간으로 쓴 시들의 묶음인 것이다.

우주 공간에서 100% 순도를 지닌 사물은 없다. 다시 말해 독자적인 존재자는 없다는 것이다. 우주의 사물들은 어떤 식으로든 서로 몸을 나누고 얻어오기도 하면서 관계를 지닌다. 따라서 '나'라는 존재에 대해 천착하다 보면 수많은 사물 혹은 인식들이 나를 이루는 데 관여하고 있음을 깨닫게 된다. 그 중 대표적인 것이 가장 순수했다고 볼 수 있는 어린 시절 시공간 속의 관계자들이다. 어린 시절, 내면의 중심에 강력하게 각인된 순수추억은 영원성을 부여받으며 인간에게 지속적인 영향을 미친다. 그리하여 전 생애의 기억 중에서 가장 선명한 그림으로 자리 잡게 되는 것이다. 시「우두봉」이 그러한 사실을 집약적으로 보여준다.

> 내 몸이 풀잎 같은 약골이어도
> 내가 어디 가서
> 무시 받지 않는 것은
> 세상이 너그러워서 그런 줄 알았다
>
> 내가 궁지에 몰려 있다가
> 이카로스처럼 빠져나간 것도
> 내가 지혜를 잘 발휘해서
> 그런 줄 알았다
>
> 내가 발걸음 옮길 때마다
> 내 등 뒤에
> 누군가가 저만치 떨어져서
> 날 지켜 준다는 것은 생각도 못했다
>
> 경호원이자 수호신인 우두봉이
> 내 생의 구원투수인 것을
> 탐진강이 귀띔해 주지 않았더라면

나는 여전히 덤벙거리며 살았을 것이다

심지어 풀과 나무와 새들이
나를 하염없이 바라보기에
나를 연모해서 그런 줄 알았더니
내 뒤에 서 있는 우두봉 때문이라니

우두봉이 이마에 손을 대고
세상을 굽어보다가
내가 위기에 처할 때마다
내 등 뒤에 나타나 버티고 섰던 것이다

― 「우두봉」 전문

　'우두봉'은 강진을 대표하는 산봉우리이며, 시인은 이 봉우리를 보며
자라온 듯하다. 이순의 강을 건너던 어느 날 시인은 문득 깨닫는다. 한없
이 약골인 자신이 어디 가서 무시 받지 않고 살아온 것, 궁지에 몰렸다가
도 잘 빠져나온 것은 세상이 관대하고 자신이 지혜로워서인 줄 알았더니
그렇지 않더라는 것이다. 그것은 바로 우두봉이 등 뒤에 버티고 서서 지
켜주었기 때문이라는 것을 뒤늦게 알게 된 것이다.

　현실적으로 산봉우리가 어떻게 인간을 지켜줄 수 있겠는가. 산봉우리
는 인간의 행위에 영향을 줄 수 없는 무생물이다. 그러나 시인은 우두봉
을 의인화하여 자신을 보호해주는 든든한 언덕으로 상정해놓고 있다. 이
러한 현상은 인간의 한계를 능가하는 보호자를 갖고 싶어 하는 간절함이
만들어낸 결과라고 할 수 있다. 다른 한편으로는 우주 관계망 속의 존재
자를 형상화한 것이라고 해도 좋을 것이다.

　그런데 그처럼 강력한 힘의 대상이 현실공간이 아니라 어렸을 적 보고
자란 우두봉이라는 사실에 주목해야 한다. 어린 시절 강력하게 각인된 고

향의 자연환경은 신비로운 힘이 덧씌워지면서 신화적으로 승화되는 경우가 많다. 고향을 노래하는 대부분의 작품들이 신비성을 띠는 이유가 바로 이 때문이다. 서정주가 곱사등이었던 재곤이를 거북이로 은유함으로써 영원한 생명성을 부여한 것이 그 한 예이다.

이 시집에는 강진의 역사적·문화적 인물들, 문화재, 자연환경 등이 총망라되어 형상화되고 있다. 구체적으로 열거해보자면, 가우도·탐진강·다산·영랑·강진경찰서·고성사·죽도·옴천사 등 헤아리기 어려울 정도이다. 고향에 대한 간곡한 애정은 시인으로 하여금 '고성사'라는 절을 계절별로 노래하도록 추동하기도 하였다. 외지인의 눈에는 포착되기 어려운 미세한 변화가 시인에게는 쓰지 않고는 못 배기는 충동으로 다가온 것이다. 그러한 출렁임은 시 「탐진강」에서도 여실하게 나타난다.

> 처음부터
> 저리 늠름한 생이 어디 있나
>
> 저리 되기까지는
> 돌, 자갈, 바위, 소(沼)에
> 엎어지고, 깨지고, 휘몰아치고
> 이마와 무릎이 성한 데가 없었지
>
> 다친 곳이
> 한두 군데가 아니었지
>
> "상처 없는 생은
> 살아봤다 할 수 없다"는 말
> 어디서 들은 것 같은데
>
> ─「탐진강」 일부

시인의 내면에 새겨진 탐진강은 "돌, 자갈, 바위, 소(沼)에/ 엎어지고, 깨지고, 휘몰아치"면서 긴 시간을 견뎌온 자신의 모습과 흡사하다. "상처 없는 생은 살아봤다 할 수 없다." 칠흑의 어둠을 인내한 자만이 새벽을 맞이할 수 있고, 혹한 속에서 마디게 자란 자작나무가 깊은 울림을 전하는 악기가 될 수 있다. 늠름하게 흐르는 탐진강을 바라보며 시인은 그러한 생이 자신의 모습이기를 내심 바란다.

작품에 등장하는 자연물은 시인의 삶과 무관하지 않다. 그것은 자연물이 고향 산천에 존재한다는 이유에서만이 아니라, 시인 자신이라는 등식을 성립시키면서 더욱 친근하고 애잔한 이미지를 함의하기 때문이다. 즉, 강진이라는 공간에 시인이 포함된 것이 아니라 강진은 시인과 동일한 선상의 존재자가 되는 것이다.

고려시대 강진은 아름다운 비색상감무늬 청자를 생산해낸 고장으로도 유명하다. 이러한 사실을 시인의 예리한 안테나가 흘려보낼 리 없다. 천공의 경지에서 빚어진 청자기는 해상 무역의 발달과 함께 세계 곳곳에 귀중품으로 보관되어 전해지는데, 그것은 바로 강진이 장보고가 활동한 청해진과 가까운 거리에 위치하기 때문이다. 이러한 지정학적 조건이 강진을 청자기 생산의 본고장으로 거듭나게 한 것이다.

경찰서 난장이담장에
청자를 놓아
담장 역할을 하게 하다니,
아무리 강진이 청자의 본향이라지만

한때 개밥그릇으로 굴러다닌 청자,
남아도는 청자로 담장을 만들었다 하더라도
외지인들 지나가다가

엉뚱한 생각날까 봐 겁나는 걸

　　　　　　　　　—「강진경찰서 청자담장」 일부

　시 「강진경찰서 청자담장」을 보면, 한때 강진에 청자기가 얼마나 흔했는가를 짐작할 수 있다. 산야에 굴러다니는 돌멩이처럼 많아서 경찰서 담장을 쌓는 데도 사용될 정도이다. 물론 상품上品으로 담장을 쌓지는 않았을 것이다. 개밥그릇 용도로 쓰일 만큼 흠이 있고 비틀린 청자기였겠지만, 외지인들 눈에는 귀한 것이니 도둑이라도 맞을까봐 걱정스럽다.

　강진 하면 남도의 사투리를 아름답게 승화시킨 영랑을 생각하지 않을 수 없고, 유배생활하면서 강진의 문화에 막대한 영향을 미친 다산을 짚고 넘어가지 않을 수 없다. 시인은 앞서 출간한 시집들에서 이들에 얽힌 이야기를 다수 노래한바 있다. 영랑 생가의 돌담 옆 공터는 어릴 적 친구들과 해 지는 줄 모르고 놀던 놀이터였다. 이처럼 훌륭한 시인의 체취를 맡고 자랐으니 그 자긍심과 그리움이 얼마나 크겠는가. 그래서 작년에는 다산을 집대성한 시조집 『다산』을 출간하기에 이른 것이다. 다산에 대한 시는 이번 시집에도 여러 편 등장한다.

　　　　다 밝힐 수 없는 사연으로
　　　　생의 발목이 잡혀
　　　　더 살아보고 싶은 마음이 나지 않을 때
　　　　다산이 내게 다가왔지

　　　　고개 숙인 내 영혼의 어깨를 또닥이며
　　　　다산이 내게 속삭였지,
　　　　일사이적에 견줄
　　　　슬픔이 내게 있냐고

적거지 강진의 사의재에서 다산초당까지
경학에 덜미 잡힌 뒤에도
두물머리가 뇌리를 떠난 날이
몇 날이나 있었겠냐며

절도안치인 손암도 버티는데
그에 비하면
한참 사치인 자신이 못 버틴다면
그게 말이 되냐며

하루에 두 차례 어김없이
찾아왔다 돌아가는
구강포 바닷물처럼 삶은 가차 없는데
자신도 연민에 빠진 적이 있다며

다 털어놓을 수 없는 사연으로
생의 발목이 붙들려
더 살아보고 싶은 마음이 나지 않을 때
다산이 내게 찾아왔지

―「다산과 나」전문

　다산은 조선 후기의 진보적인 실학자이다. 저서를 집필하고, 실용적인
기계를 발명함으로써 문화뿐 아니라 건축과 농사에 많은 이바지를 했음
에도 불구하고 정쟁에 휘말려 파란만장한 삶을 살다간 위인이다. 유배생
활하면서 강진의 문화에 많은 영향을 미치게 됨으로써 다산은 강진이 사
랑하는 인물로 자리매김하게 된 것이다. 시「다산과 나」에서 다산은 내가
"다 밝힐 수 없는 사연으로/ 생의 발목이 잡혀/ 더 살아보고 싶은 마음이
나지 않을 때"마다 위로자의 역할을 해준다.
　다산 일가는 천주교도였다. 이교도를 제거한다는 명분으로 남인을 탄

압한 신유사옥 때 삼형제가 말려들어 한 명은 죽고, 두 명은 귀양을 가는 일사이적—死二謫의 화를 당한다. 일가가 풍비박산되는 아픔을 겪으면서 귀양살이하는 심정이 오죽했을까. 시인에게 다산은 아무리 아픔이 크다고 한들 일사이적에 견줄 수 있느냐면서 강진에 발 묶여 있으면서도 고향의 "두물머리가 뇌리를 떠난 날이" 없었다고 말한다. 더불어 절해고도로 귀양 간 손암도 견디며 살고 있는데, 그에 비하면 자신은 한참 사치스럽다는 것이다. 여기서 '두물머리'는 경기도 광주 다산의 고향을 휘감고 흐르는 강어귀를 가리킨다.

"다 털어놓을 수 없는 사연으로/ 생의 발목이 붙들"린 사람이 어디 시인뿐이겠는가. 차라리 털어놓을 수 있는 사연은 사연도 아니다. 말로 해명될 수 없는 삶의 순간들이 얼마나 많이 존재하는가. "하루에 두 차례 어김없이/ 찾아왔다 돌아가는/ 구강포 바닷물처럼 삶은 가차 없는데" 말이다.

> 내 눈빛에 담겨
> 마실 나간 적이 있는 가우도를
> 애써 피한 것은
> 잘못 되면 책임지어야 되기 때문이지
> 눈빛 마주치지 않으리라
> 마음 단단히 먹었는데
> 가을바다에 뒤숭숭한 내 마음이
> 가우도와 또 눈이 마주치다니
> 지난여름 도라지꽃 무더기로 데리고
> 폐교마저 데리고
> 내 눈에 똬리 틀고 떠날 줄 몰라
> 애 많이 먹었지
> 제 발로 걸어 나갈 생각 않기에
> 더위 먹은 여름에 데려다 주느라

또 한 차례 발품을 팔아야 했지
말 많은 강진만에
파도들의 입방아에 올랐다 하면
죽어도 주워 담지 못하니
오해 받을 일은 삼가야 하지
이제 가우도 출렁다리도 생겨
드나드는 사람들 많으니
내게 의존할 필요가 하나 없지
저것이 내게 뭔 맘을 먹었기에
나를 쳐다보는 눈빛이 저리 하염없는지
성가서 죽겠는 걸
저러다 병이라도 나면
좋은 구석 하나 없는 나 같은 놈을 다
눈독들이다니

　　　　　　　　　　　　　—「가우도」 전문

　시「가우도」에서 시인은 '가우도'를 연정을 품고 있는 이성으로 환기한
다. 사실은 시인이 가우도에 집착하면서, 역으로 가우도가 보잘것없는 자
신을 연민한다고 능청을 부린다. 그러한 행실이 파도의 입방아에 오르면
주워 담지 못할 것이니 오해받을 일은 삼가야 된다느니, "내게 뭔 맘을 먹
었기에/ 나를 쳐다보는 눈빛이 저리 하염없는지/ 성가서 죽겠"다느니, "좋
은 구석 하나 없는 나 같은 놈을 다/ 눈독들이다니" 등의 형상화는 몹시
해학적이어서 독자로 하여금 폭소를 터트리도록 만든다. 가우도를 얼마
나 가슴 깊이 간직했으면 눈이 짓무르도록 보고 싶은 연인으로 환기했을
까. 농도 짙은 해학에 웃음이 터지면서도 안타까운 연민의 감정으로 가슴
한켠이 찡해온다. 이 시는 서정성이 매우 짙은 절창이라고 할 수 있다.

어느 날
초저녁에 잠에서 깨어보니
시가
미워 죽겠어야

나를
무기력하게 만든
장본인이
시인 것을

아무 때나 자고
아무 때나 일어나고
아무 때나
밥 먹고

패가망신이
코앞에
얼씬거려도
눈치 채지 못하다니

— 「웃음엣소리—시가 미워」 전문

이 시집은 5부로 구성되어 있는데, 그중 제5부는 「웃음엣소리」 연작 열아홉 수가 부제만 달리한 채 안배되어 있다. '웃음엣소리'는 말 그대로 가볍게 웃어넘길 수 있는 작품으로 해석할 수 있을 것이다. 인용한 시 「웃음엣소리-시가 미워」는 부제에서 엿볼 수 있듯이 자신을 무기력하게 만드는 시가 밉다는 내용이다. 시 귀신에 사로잡힌 시인은 "아무 때나 자고/ 아무 때나 일어나고/ 아무 때나/ 밥 먹"으면서 오직 시만 생각하는 나날을 보낸다. "패가망신이/ 코앞에/ 얼씬거려도/ 눈치 채지 못"한 채 말이다. 단순히 시가 밉다고 투정하는 듯하지만, 짧은 행간 속에 내재한 시인의 고뇌가 짙기만 하다.

3. 나가는 글

시집을 일독하는 동안 가슴이 내내 먹먹하였다. 시가 무엇이기에 온 영혼을 사로잡힌 채 살아가는가? 몸과 영혼을 갉아먹으면서도 시는 아무런 대가를 제공해주지 않는다. 패가망신의 그림자가 눈앞에 드리워도 눈치채지 못한 채 안타까운 외사랑을 포기하지 못하는 사람이 바로 시인이다.

김해인은 그동안 고교 교사로서 혼신을 다해 일했다. 그가 정년을 몇 년 앞두고 명예퇴직을 택한 것은 몸 바쳐 시를 사랑하기 위해서였다. 우두봉으로, 탐진강으로, 가우도로 번져가는 사랑의 불길을 온전히 받아들이기 위한 선택이었다. 오직 자신만을 보아달라고 안달하는 강진의 문화와 자연을 외면하지 못해서였다. 사랑의 아픔이 마디마디 전달되어 읽는 이의 삭신까지 자긋자긋 쑤셔온다.

이즈음에서 시인에게 한 마디 하고 싶다. 사랑의 불길을 좀 삭이고 건강을 돌보라고 말이다. 건강해야 하염없이 바라보는 가우도의 눈길도 받을 수 있고, 다산과의 우정도 오래오래 지속할 수 있지 않겠는가.

2015, 대전문학의 길

인류문명은 고전주의, 낭만주의, 구조주의 등을 거치며 발달·진보해왔고, 21세기 현대를 이끌어가는 주된 담론은 해체주의이다. 새로운 담론의 탄생은 반드시 과거 사조의 문제제기로부터 출발한다. 그 시대가 직면한 문제를 타개해줄 대안으로써 담론이 탄생하지만, 시간의 흐름에 따라 또 다른 문제가 생성되면서 그러한 문제를 해결해줄 방안으로써 더욱 진일보한 담론이 요구되는 것이다.

그동안 지구촌 사람들을 지배해온 사고는 이원적인 흑백논리였다. 우주의 모든 현상을 아름다움과 추함, 정상적인 것과 비정상적인 것, 이로운 것과 해로운 것 등으로 나누고 차별해왔다. 피부색이 희어야 우월한 인종이며, 검은 색 피부를 지닌 인종은 열등하고, 서양문화는 고급문화인 반면 물질적으로 풍요롭지 않은 나라의 문화는 저급하다는 인식이 주류를 이루었다. 그러나 현 시대는 그러한 고정관념이 많이 와해되었는바, 그 저변에는 해체주의가 존재한다.

이전에는 정치, 경제, 사회, 문화 등 모든 사회문화구조가 수목형을 이루었다. 가는 줄기들은 좀 굵은 가지로 수렴되고, 좀 굵은 가지는 더 굵은 가지로 수렴되며, 더 굵은 가지는 몸통이라는 하나의 상부 권력으로 수렴되었다. 이러한 사회에서 개인의 인격과 자유는 존중되지 않았다. 그러나 해체주의를 지향하는 현대의 사회문화구조는 덩이줄기(Rhizome)로써 형상화된다.

덩이줄기 식물은 누구의 지배도 받지 않으면서 스스로 자립하여 커간다. 가는 줄기의 끝이 비대해져서 하나의 세계를 이루고, 또 다른 줄기가 뻗어나가 덩이를 이루면서 각각의 영역을 발전시켜 나아간다. '들뢰즈'와 '가타리'는 저서 『천개의 고원』에서 해체주의의 이러한 원리를 잘 설명하고 있다. 각각의 전공 지식과 문화가 진보하여 천 개의 봉우리를 이루고, 천 개의 봉우리는 서로 만나 인류문명이라는 유장한 고원을 형성하는 것이다.

사조의 흐름은 그 시대의 모든 분야에 영향을 미치는데, 학문 분야 역시 그러한 물줄기에서 자유롭지 않았다. 따라서 현대의 학문은 전공 분야만을 고집하지 않고, 서로 다른 학문을 물리적·화학적으로 통합·발전시키는 통섭의 학문을 추구하고 있다. 통섭의 경지는 천 개의 봉우리가 만나 형성된 고원이라고 할 수 있다. 통섭의 상상력이 얼마나 긍정적인 결과를 낳는지는 '가스통 바슐라르'가 쓴 시론서 『공기와 꿈』, 『촛불의 시학』, 『공간의 시학』 등이 입증한바 있다. 그는 물리학적인 상상력을 문학에 접목시킴으로써 독창적인 문학 이론을 낳은 것이다.

이러한 해체주의를 굵게 요약하면, 서로 다름을 인정하고 존중하자는 의미로 해석할 수 있다. 수많은 서로 다름이 상생·발전하면서 조화로운 사회라는 고원을 형성한다는 뜻이다. 히말라야 오지에 사는 소수민족의 낯선 문화가 새로운 가치로 부각되는 것도 이러한 사조의 영향이라고 할 수 있다. 이즈음에서 우리는 '가장 지방적인 것이 가장 세계적이다.'라는 말을 되새겨보지 않을 수 없다.

눈을 돌려서 한국문단의 상황을 개괄해보자. 한국문단은 중앙문단과 지방문단이라는 두 부류로 나뉘어 있다. 그런 다음 중앙문단에서 인정받아야 글을 잘 쓰는 사람이라고 인식하고 있다. 이러한 현상은 수목형 사회문화구조의 고정관념이 잔재하는 근거이기도 하지만, 지방 문인들의 불성실하고 안이한 창작 태도가 그 원인이라고 할 수 있다. 비록 대전이라는 지방에 거주하지만, 내 몫의 문학을 잘 갈고닦았더라면 그러한 말은 듣지 않았을 터이다.

우리는 대처에 내놓아도 손색이 없는, 수많은 생명 중에서도 빛을 발하는 작품을 탄생시켜야 한다. 그러한 작품을 탄생시킬 노력조차 없이 자신이 최고라고만 떠든다면 '방안 퉁소'밖에 더 되겠는가. 우리의 오지에는 누구도 흉내 낼 수 없는 거대한 봉우리가 잠재하고 있다. 독특한 색깔과 몸짓으로 정체성 짙은 노래를 부른다면, 우리의 오지가 세상을 불러들일 수 있을 것이다.

―『한국문학시대』(「권두에세이」, 2015년 봄호)

저 자 안 현 심

1957년 전북 진안에서 태어났다. 2004년 ≪불교문예≫ 봄호에 나태주 · 문정
희 추천으로 시인이 되었고, 2010년 ≪유심≫ 1월호에 최동호 추천으로 문학
평론가가 되었다. 『연꽃무덤』 외 네 권의 시집과, 산문집 『오월의 편지』, 논저
로 『서정주 후기시의 상상력』과 『미당 시의 인물원형 계보』, 『한국 현대시의
형식과 기법』이 있으며, 평론집 『물푸레나무 주술을 듣다』가 있다. 진안문학
상(2011년)과 한남문인상 젊은작가상(2012), 풀꽃문학상 젊은시인상(2015),
한성기문학상(2015)을 수상하였다. 현재, 한남대학교와 중부대학교에 출강하
면서 ≪불교문예≫ 편집위원으로 활동하고 있다.

이메일: ansim99@hanmail.net

한국 현대시의 형식과 기법

초판 1쇄 인쇄일	2015년 10월 19일
초판 1쇄 발행일	2015년 10월 20일

지은이	안현심
펴낸이	정진이
편집장	김효은
편집/디자인	김진솔 우정민 박재원
마케팅	정찬용 정구형
영업관리	한선희 이선건 최재영
책임편집	우정민
인쇄처	월드문화사
펴낸곳	국학자료원 새미 (주)

등록일 2005 03 15 제25100-2005-000008호
서울특별시 강동구 성안로 13 (성내동, 현영빌딩 2층)
Tel 442-4623 Fax 6499-3082
www.kookhak.co.kr
kookhak2001@hanmail.net

ISBN	979-11-86478-48-6 *93800
가격	22,000원